The Darkest Touch
by Jaci Burton

闇に煌《きら》めく恋人

ジェイシー・バートン
田辺千幸［訳］

ライムブックス

THE DARKEST TOUCH
by Jaci Burton

闇に煌《きら》めく恋人

主要登場人物

アンジェリーク（アンジー）・デヴロー……考古学者
ライダー……〈光の王国〉のデーモンハンター
イザベル（イジー）・デヴロー……アンジェリークの双子の妹。考古学者
ダルトン
トレース
マンディ
｝〈光の王国〉のデーモンハンター
ディレク
ニック
｝兄弟。ハーフ・デーモン。デーモンハンター
ルイス……〈光の王国〉の守り手
マイケル……〈光の王国〉の守り手
テイス……〈闇の息子たち〉の魔王。デーモン
アーロン
バート
｝テイスの弟。デーモン

プロローグ

オーストラリアのとある洞窟

その手は冷たかった。この暗く、じめじめした洞窟と同じくらいに。アンジェリーク・デヴローは氷のようなその手にしっかりと捕らえられていた。どれほどあがいても無駄だった。身をよじらせ、腕を振り払おうとしたが、いささかも緩まない。その手の持ち主であるバートは、彼女こそずっと探し求めてきた存在なのだとつぶやき、アンジェリークの手をブラック・ダイヤモンドの上にかざした。すると、さっきまでは無機質なただの石だったものが、神秘的な青い光を放ちはじめた。

こんなはずじゃなかった。ディアボロ・ダイヤモンド社が考古学者であるアンジェリークに依頼したのは、ブラック・ダイヤモンドを探し出すこと。そして彼女は約束を果たした。けれどその過程で、彼女はいくつものことを知ってしまった。ディアボロ・ダイヤモンド社の社長だと思っていたバートが、実はデーモンだったことも。

そしていまアンジェリークは、巨大な洞窟のなかでバートの手先たち――地獄の底からやってきた見るもおぞましい生き物たち――に囲まれていた。バートは彼女を使って、ブラック・ダイヤモンドを目覚めさせようとしている。

だが、なにも起こらなかった。石から放たれていた光は、まもなく消えた。バートは顔をしかめて毒づき、彼女は〈闇の女王〉ではなかったのだと言った。

いったいなにを言っているの？ 〈闇の女王〉ってなに？

恐怖が全身を包んだ。バートが彼女に向けたまなざしはそれ自体が凶器のようだ。手首を握る彼の手に力がこもり、アンジェリークの両脚が震えはじめた。

「痛い」アンジェリークはかぼそい声で言い、人間ではありえない力でつかんでいる彼の手をもう一度振りほどこうとした。

ライダーが現われたのはそのときだった。アンジェリークは安堵のため息をついた。初めて彼とその仲間たちと出会ったのは、ブラック・ダイヤモンドを探して洞窟をさまよっていたときだった。彼らはデーモンハンターだと名乗り、ここは危険だからすぐに立ち去るようにと言った。けれどあのときはデーモンの存在すら知らなかったから、その言葉に耳を貸そうともせず、アンジェリークは洞窟で発掘を続けた。挙げ句に、こうして彼らの魔の手に落ちてしまったのだ。ライダーならバートとこの恐ろしい生き物を倒せる？ そうであることをアンジェリークは祈った。

ライダーはアンジェリークの手に自分の手を重ね、もう彼女は必要ないだろうとバートに言った。バートの手を放させ、祭壇から彼女を遠ざける。バートは抵抗しなかった。もう彼女が必要なかったのかもしれない。バートはブラック・ダイヤモンドに視線を戻した。

そのあいだにアンジェリークは呼吸を整え、周囲を見回した。洞窟のなかはデーモンでいっぱいだ。逃げ道はない。

考古学者である彼女にとって、過去の亡霊は友人のようなものだ。ひとりで廃墟を訪れることもあるし、骸骨となった遺体を発見することも珍しくはない。遠い昔にこの世を去った者たちがいつもまわりにいることに慣れていた。恐ろしいと思ったことは一度もない。

けれど、今回ばかりは事情が違う。デーモンの存在を知り、地獄の生き物たちを目の当たりにしただけでなく、わけのわからない石に手をかざすという、なにかの儀式に加担させられたのだ。彼女自身がデーモンとなんらかのつながりがあることをほのめかすバートの言葉を、アンジェリークは受け入れることができなかった。

「なにかが起きる」デーモンの儀式らしいものを続けるバートを見ながら、ライダーがアンジェリークにささやいた。「チャンスが来たら、きみはここから逃げるんだ」

「どうやって？」

ライダーはトンネルの方向を頭で示した。「デーモンはいっせいにおれたちに襲いかかってくるだろう。洞窟の入り口が手薄になる。あそこに向かえ」

彼を残していくのは気が進まなかった。「あなたたちは？」

ライダーと仲間たちは、〈光の王国〉と呼ばれる組織に属するデーモンハンターだった。その任務は、デーモンを統率する〈闇の息子たち〉を倒すこと。なにかの力を持つらしいブラック・ダイヤモンドを〈闇の息子たち〉が追い求めていることを知って、彼らもこの洞窟までやってきたのだ。いまそのなかはデーモンでいっぱいだった。屈強な男でもすくみあがるほど恐ろしい生き物たちが迫ってきていた。巨大な生き物もいれば、毒のあるかぎ爪と牙を持つ動きの敏速な生き物もいる。どうやってそんな化け物と戦うつもりなのか、アンジェリークには想像もできなかった。

「おれたちはそのためにここにいる。あいつらと戦うために。きみは訓練を受けていないし、きみを守りながら戦うのはおれでも無理だ。だからここから逃げてほしい」

ライダーの言うとおりだ。アンジェリークはあんな生き物とは戦えない。けれどここから逃げ出したくはなかった。まだ答えてもらっていない疑問が山ほどある。

ライダーは彼女が渋っているのを感じたらしく、目をすがめて言った。

「おれは本気で言っているんだ、アンジー」

アンジェリークは息を吸い、あきらめといっしょに吐き出した。喉元まで出かかった何千もの反論の言葉を呑みこむ。自分は足手まといにしかならないとわかっていた。それにもちろん、命は惜しい。「わかった。逃げるわ」

「よし。洞窟の入り口でおれたちを待っていてくれ」

ライダーはその場をあとにしようとしたが、アンジェリークに強く手を握られて振り返った。

「なんだ？」

「気をつけて」もう一度彼に会いたかった。ディアボロ・ダイヤモンド社の仕事を請け負っただけで、バートに協力したわけではないのだと釈明したかった。自分のせいではない。ほかにどうしようもなかった。バートが何者なのかを知らなかったのだから。

「大丈夫だ。これが終わったら、ゆっくり話そう」

アンジェリークはライダーの手を放し、トンネルのほうへとゆっくり移動しはじめた。まさにそのとき、デーモンハンターのすぐ近くで光が炸裂した。うなり声と怒号があがり、ハンターとデーモンの戦いがはじまった。煙があたりに充満し、デーモンが溶けるにおいがアンジェリークの鼻をついた。

それが合図だった。アンジェリークは必死になってトンネルを走りはじめた。心臓の鼓動が激しくなり、暗いトンネルのなかで時折よろめく。だれかが、あるいはなにかが追ってくるのではないかと思いながら、懸命に前進を続けた。首筋の毛が逆立つのがわかった。いまにも、かぎ爪を持つ手が喉にからみついてくる気がする。トンネルのなかほどまで来たときには、肺は燃えるように痛み、脚はゴムになったように力がはいらない。それ以上走りつづけることができなくて、アンジェリークは足を止めて息を整えた。脚の震えがあまりにひどくて、このままくずおれてしまいそうだ。一気に放出されたアドレナリンと恐怖のせいで、全身が汗みずくだった。

ようやく普通に呼吸ができるようになり、耳の奥でどくどくと流れる血液の音がしなくなったところで、アンジェリークは耳を澄ました。なんの音も聞こえない。

洞窟の奥はしんと静まりかえっていた。彼女が走っているあいだも戦いの喧噪はトンネルのなかで反響していたのに、いまは静けさだけが広がっている。

不安が募った。あそこでなにがあったの？　ライダーは無事？　ほかの人たちは？　足音が聞こえはしないかと、アンジェリークはさらに耳を澄ました。デーモンを倒したら洞窟の入り口で会おうとライダーは言っていたのに、彼らが来る気配はない。

逃げなければいけないことはわかっていた。自分が考えていることが、ばかげているのも。**だめよ、アンジェリーク。それは勇敢とは言わない。ただのばかよ。**

けれどどうしても、なにが起きたのかを知りたかった。ライダーの様子を確かめなくてはいけない。彼は怪我をしているのかもしれない。助けられるのは、あるいは助けを呼びに行けるのは、自分しかいないのかもしれない。

アンジェリークはきびすを返し、来た道を戻りはじめた。はじめは歩いていたが、やがて走り出した。自分でもどうしようもないなにかに駆り立てられるように、洞窟の奥に向かって走っていく。トンネルの終わりまでやってきたところで、アンジェリークは足を止めた。恐ろしい生き物にむごたらしく殺されたハンターたちの死体が、一面に転がっている光景が脳裏に浮かんだ。

どうするつもりなの、アンジェリーク？　ひとりでデーモンと戦うの？

どうしてわたしはこんなことをしているんだろう？

なぜなら、ライダーならきっと同じことをするだろうから。彼は決してアンジェリークを置き去りにしたりはしない。

ひと目だけ見て、そうしたら逃げよう。わたしは強いし、すばやく動ける。そう、わたしならできる。アンジェリークはそろそろと角を曲がった。

大きく息を吸ってから洞窟に足を踏み入れ、おぞましい生き物に飛びかかられることを覚悟しながら、ざっとあたりを見回した。

アンジェリークは呆然として目を見開き、眉間にしわをよせた。

だれもいない。

いったいどこに行ったのだろう？　彼女がたどってきたトンネル以外に出口はないはずだ。洞窟のなかにはいり、ほかに通路があるのかもしれないと思いながらぐるりと見渡す。

やっぱりないわ。ほかに出口はない。

それなら、みんなはいったいどこに行ったの？

バートが儀式を行っていた祭壇に歩み寄った。ハンターたちの姿は見えず、デーモンもどこにもいない。なにもかも、だれもかれもが消えていた。

ブラック・ダイヤモンドだけを残して。

どうしてブラック・ダイヤモンドを残していったのだろう？〈光の王国〉にとっても〈闇の息子たち〉にとっても、なにより大切なもののはずなのに。ブラック・ダイヤモンドはデーモンに力を与えることができるのだと〈闇の息子たち〉は言っていた。そして彼らを阻止することが〈光の王国〉の目的だった。

にもかかわらず、ブラック・ダイヤモンドを残して全員が姿を消してしまった。

いったい、いついなくなったのだろう？

バートが彼女の手をつかみ、ダイヤモンドにかざしたときの感覚を思い出して、アンジェリークは深く息を吸った。ぶーんとうなるようなエネルギー――あの石からはすばらしい力が放たれていた。けれどすぐに冷たく黒い石に戻ってしまった。

その力を形にできるのは、アンジェリークではなかったから。

ブラック・ダイヤモンドはこの世のものではない。わかっているのはそれだけで、あとは謎だった。大きくて、美しくて、身震いするほど恐ろしい謎。

それなのに、彼らはあの石を残していった。なにかがおかしい。

決断できなかった。どうすればいい？　ここに残していく？　デーモンが戻ってきたらどうする？

いいえ、だめ。残していくわけにはいかない。

アンジェリークは気が変わらないうちにあたりを見回した。だれかが置いていったらしいバッグを見つけると、駆け寄って手に取り、ブラック・ダイヤモンドを両手で抱えた。重さは五キロ程度で、ボウリングのボールくらいの大きさだ。儀式をはじめたときの鮮やかな青い光はもうすっかり消えていた。この石の本当の力を呼び起こすには、触媒となるなにかが必要なの？　バートは、それがわたしだと思った？

疑問は山ほどあるのに、答えはひとつもわからなかった。

わかっていることがひとつだけあった。〈闇の息子たち〉が戻ってくる前に、ブラック・

ダイヤモンドをどこかに隠さなくてはいけない。なにかとんでもないことが起きる前に。

とんでもないこと——たとえば、アンジェリークの双子の妹のイザベルが現われて、ブラック・ダイヤモンドを見つけるようなことだ。イザベルも同じ考古学者ではあるけれど、アンジェリークとは違い、イザベルにとっての考古学は有名かつ裕福になるための手段でしかなかった。イザベルが本当にどこか近くにいるのではないかと、アンジェリークはふと考えた。彼女はいつもアンジェリークの発掘場所のそばをうろついていたから、もしそうだったとしても少しも意外ではない。イザベルはそのことにまったく罪の意識を感じていなかった。彼女なら、アンジェリークをうまく丸めこんでブラック・ダイヤモンドを自分のものにし、一番高く買ってくれる人に売りつけようとするだろう。

そうなれば恐ろしいことが起きる。

アンジェリークはブラック・ダイヤモンドをバッグに入れると、デーモンがあとを追ってくるのではないかと怯えながら、急いでその場をあとにした。洞窟の入り口にたどり着くと、外はひどく暑かったにもかかわらず、大きく息を吸った。無事に洞窟を逃げ出したし、ブラック・ダイヤモンドもここにある。

洞窟の脇の岩にもたれ、ひたすら待った。何時間にも感じられた。

ライダーたちがきっと出てくるはず。

けれどだれも出てはこなかった。待っている時間が長くなるにつれ、だれも出てこないという確信が大きくなっていく。

　プランBを行動に移すときだ。ライダーは洞窟の入り口で待っていろと言ったけれど、彼が現われないなら、アンジェリークは自分で決断しなくてはいけない。

　後悔の念が押し寄せた。もしライダーが生きていたら、ブラック・ダイヤモンドを持ち出した彼女に激怒するだろう。

　死んでいたら？　アンジェリークは心臓をつかまれたような気持ちになった。

　感情はいらない。論理的に考えるのよ。もしライダーが死んだのなら、彼女はたったひとりでここにいるということになる。それもブラック・ダイヤモンドといっしょに。これを〈闇の息子たち〉に渡すわけにはいかない。

　ここから逃げなければならなかった。この国を出て、デーモンのいないところに逃げなければ。ブラック・ダイヤモンドを隠し、自分の置かれた状況を見極め、これからどうするべきかを考えるのだ。いまここで考えるわけにはいかない。いまは考えられない。頭が混乱していた。時間が必要だ。

　どうにかしてライダーと〈光の王国〉に連絡を取り、ブラック・ダイヤモンドを彼らに渡そう。〈闇の息子たち〉に奪われてはいけない。

　わかっていることが、あまりにも少なすぎた。

　たとえば、〈闇の女王〉のこと。バートはアンジェリークこそが〈闇の女王〉だと信じていた。ブラック・ダイヤモンドに対するなにかの力を持っているのだと考えていた。

　けれど違った。そしてアンジェリークにその力がないのであれば、だれが持っているかを推測するのは難しいことではない。

イザベル。

〈闇の女王〉。

どれほど追い払おうとしても、その考えはまたすぐに戻ってきた。

イザベル。

彼女のことを知っていれば、うなずける。

バートは双子のうちの違うほうを選んだのだ。

〈闇の息子たち〉の目的がイザベルとブラック・ダイヤモンドを手に入れることなら、〈光の王国〉もまた必死になってイザベルとブラック・ダイヤモンドを探し出そうとするだろう。そんなことをさせるわけにはいかなかった。イザベルとはなにかにつけ衝突してきたが、彼女を守ると母に約束したのだ。

自分がなにをしなければいけないかを悟って、胸が痛んだ。ライダーを裏切るのだと思った。待っていろと言われたのに、その言葉に従わないのだから。

ブラック・ダイヤモンドを持ち去る以外、アンジェリークにできることはない。この場を去り、〈闇の息子たち〉の手の届かないところに隠さなければならない。

〈光の王国〉にも見つからないところ。

そしてイザベルにも。

アンジェリークはひとりだった。ライダーには彼女を助けられない。彼は死んだのかもしれない。ハンターたちは全員があそこで息絶えたのかもしれない。そしていまこの瞬間にも、〈闇の息子たち〉がブラック・ダイヤモンドを探しているのかもしれない。

あの冷たく暗い洞窟でライダーが血の海のなかに横たわっているところを想像して、アンジェリークの胸の真ん中に鋭い痛みが走った。けれどそれを脇へ押しやり、考えないようにした。

考えちゃだめ。行動するのよ！

ぽっかりと口を開けた洞窟の入り口を振り返った。「ごめんなさい、ライダー」涙をこらえながら、つぶやく。

アンジェリークはもたれていた岩からからだを起こし、走りはじめた。

1

二カ月後
イタリア　シチリア島

ライダーは再び狩りをしていた。いつなにをするのか、どうやるのか、彼に指示する人間はいない。ひとりで行動できることが心地よかった。

まるで軍隊時代に戻ったかのようだ。精鋭中の精鋭たちが集まった特殊部隊は、自分の運命を自らが握っている場所だった。ライダーはそんな日々が気に入っていて、一〇年の歳月をそこで過ごした。だが、人を殺すことを楽しく感じはじめた自分に気づいて軍隊をやめ、一匹狼の日々もそこで終わった。だが英雄として故郷に帰ってまもなくデーモンハンターとなり、普通の人々が知らないもうひとつの現実に立ち向かう日々がはじまった。

殺すことが再びライダーの仕事になった。だが相手はデーモンに変わり、ひとりで行動することもなくなった。ほかのデーモンハンターたちのことは嫌いではなかったが、彼はひとりで行動することに慣れていたし、一対一で獲物を追いつめていくほうが好きだった。

獲物のことを思うと、口元が緩んだ。アンジェリーク。デーモンハンターたちのなかで、彼女を探し出すのにもっともふさわしいのがライダーだった。ライダーはデーモンハンターのなかでは一番彼女のことを知っていたから、だれよりも完璧にこの任務を遂行できるはずだ。彼女に触れ、彼女の心の内を知り、長い時間をいっしょに過ごしたのだから。

彼女の嘘にも気づいていた。

そしていま彼女を見つけた。あとは彼女を追いつめて、ブラック・ダイヤモンドを取り戻すだけだ。

だがそれは彼女がブラック・ダイヤモンドを手元に置いていればの話で、そんな愚かなことをするとは思えなかった。

アンジェリークのことをよく知っているわけではないが、愚かだと感じたことは一度もない。だからおそらく、あの小さな貸家にブラック・ダイヤモンドはないだろう。

その家は、開けた場所にぽつんと一軒だけ建っていた。だが、裏手には木や茂みが密集するブドウ園が広がっていたから、身を隠す場所には困らない。細い道が通じていなかったなら、木の葉に埋もれるようにして建つこの家を普通の人間は見つけることができないだろう。姿を隠したい者にとっては、最高の場所だ。

ライダーは、見つけられたくないと思っている人間を見つけるのが得意だった。たとえ一日二四時間働くことになろうとも、草の根を分けてでもアンジェリークを探し出すと固く心に決めていた。彼女はライダーを利用したのだ。そして洞窟からブラック・ダイヤモンドを持ち出し、逃走した。

けれどライダーは彼女を見つけた。二度と逃がすつもりはない。

この家を探り当てたあと、ライダーは身を隠し、あたりにどれくらい人がいるのかを調べた。

通る者はいなかった。一台の車もやってこない。そこでライダーは日が落ちるのを待ち、敷地の裏手の密集した藪のなかに車を隠した。

めったに人が通ることのない小道を使って、家のほうへと歩を進めた。道の両側には低木がびっしりと生えていて、裏口から彼の姿が見えないように遮ってくれた。家のなかに明かりはなかったから、アンジェリークは眠っているのだろうと彼は思った。

その小道はカーブを描く私道と並行して延びていたから、車が来れば見逃すことはない。だがこのあたりを通る車がそもそもないのだから、だれかが来るとは思えなかった。ライダーはようやくその家を見張ることのできる場所を見つけて陣取った。いくらか高台になっているその地点からは、なにもかもがよく見える。彼は家の裏口と、万一に備えて私道にも目を光らせた。

木にもたれ、しばらくは彼女を見張ることに集中しようと決めた。一日か二日のあいだはただ彼女の行動を観察し、毎日をどう過ごしているのかを調べるのだ。ルイスからこの任務を与えられてからずっと、彼は目的を果たすことだけを考えていた。復讐だけを考えていたと言ったほうがいいかもしれない。

激しい怒りが彼のなかに渦巻いていた。

少し冷静になるべきかもしれない。ターゲットから距離を置いて、自分がしていることを客観的に見るべきかもしれない。

ただの仕事じゃないか、ライダー。彼女はただの仕事なんだぞ。

わかっていた。それでもただの仕事のはずの彼女のことを考えては裏切りだと感じ、怒りを覚えている。彼のなかでふつふつと沸きたつものがある。それがなにかは承知していた。感情だ。よくない兆候だった。感情がまったく介在しない仕事を彼は好んだ。なにも余計なことを考えず、ただ仕事だけに集中できるほうがいい。彼は父親とは違うのだから。父は、根拠もなく侮辱されたと思いこみ、激しい怒りだけを抱えて人生を駆け抜けた。死ぬまで父が戦いつづけた内なるデーモンは、すべてが想像の産物だった。ライダーの記憶のなかの父がまともだったことはない。あるいは正気ではなかったのかもしれない。けれど決して医者にかかろうとはせず、その代わりすべてを家族にぶつけて、恐怖と醜悪さと苦痛をあたりにまき散らした。

決して父親のようにはならないと、ライダーは遠い昔に誓った。父は他人に苦痛を与えることを楽しんでいた。自らのなかにあるデーモンを解き放っていたのかもしれない。

ともあれライダーは、現実を生きていたかった。そしてその現実とは、手のなかのレーザー銃であり、目で見て殺すことのできるデーモンだ。自分にとっての現実とは殺したデーモンの数であって、戦士の現実についてあれこれと頭のなかでこねまわすことじゃない。妙な感情など克服してみせるとライダーは思った。おれは父親とは違う。それを証明するために、これまでの人生を費やしてきたんじゃなかったか？

デーモンを殺すことだけに集中しているあいだは、大丈夫だ。デーモンを倒すことに感情の介入する余地はなく、まさにそれはライダーにうってつけの仕事だった。

アンジェリークの場合は、自分が過ちを犯したとわかっていた。彼女に近づきすぎた。彼女と話をし、キスをした。

アンジェリークは、彼のなかの感情を解き放った。

彼女は危険な存在だった。

ライダーは〈光の王国〉の〈守り手〉であるルイスに、任務を遂行すると断言した。アンジェリークを見つけ出し、ブラック・ダイヤモンドのありかを突き止め、彼女とダイヤモンドの両方を〈光の王国〉へと連れ戻すのだ。

これまで任務を果たせなかったことはない。今回も失敗するつもりはなかった。ただ待てばいい。いずれアンジェリークがブラック・ダイヤモンドのところまで、彼を連れて行ってくれるだろう。

いずれは。

張りつめた神経を緩めかけたとき、一階のカーテンが揺れて、アンジェリークが窓から外をのぞいているのが見えた。今日の午後、どこかから車で戻ってきてそのまま家のなかにはいって以来、彼女の姿が見えたのは初めてだ。

彼女が外に出てこないことを切に祈りながら、ライダーは木の葉の隙間から様子をうかがった。

なにも起きない。カーテンが元の位置に戻されて明かりが灯り、彼に見えるのはアンジェリークの影だけになった。

どの窓にもカーテンがかかっている。アンジェリークが一階で移動しているシルエットだけが見えていた。この家の間取り図を持っていたから、レイアウトはわかっている。一階にはキッチンと居間、二階には寝室とバスルーム。ひとりか、せいぜいふたり用のこぢんまりした家だ。仕かけた盗聴器が、なかの物音をすべて拾っていた。アンジェリーク以外はだれもいないし、電話も使っていないことがわかっている。ひとりごとすら言っていなかった。

料理する音が聞こえたあと、シャワーの水音がし、一一時頃にはすべての明かりが消えた。ベッドにはいったのだろう。

ライダーは腕時計に目をやった。もうすぐ一二時だ。暖かい夜だったのは幸いだった。茂みから這い出ると、なにかあれば仕かけてある機器が教えてくれるはずだと思いながら、岩の上に横になった。少し眠っておかなければ、いざというときに動けない。一日や二日くらいならぶっとおしで行動することはできるが、なにが起きるかわからなかったから、神経を研ぎ澄ませておきたかった。アンジェリークはすでに妹のイザベルと連絡を取っていて、ふたりはブラック・ダイヤモンドでなにかを企んでいるかもしれないと、〈光の王国〉は考えていた。まだだれもイザベルの行方をつかんではいなかったから、アンジェリークが導いてくれればいいと思っていた。もちろん、こうしているいまもほかのハンターたちがイザベルを追っている。

彼らのほうが先にイザベルを見つけるかもしれない。

持久戦だった。長く待たずに済むことをライダーは祈った。

なにかの物音にライダーはぱっと目を開け、腕時計を見た。午前三時。くそっ。目をしばたいて眠気を追い払うと、アンジェリークは起きているのだろうかと考えながらライダーは耳を澄ました。明かりはついていない。さっきの音はなんだ？

家のなかでなにかが倒れる音がした。ランプだろうか。ライダーは即座に立ちあがった。光が揺らめいて消えた。アンジェリークがランプを倒したのかもしれないと考えながら、全身の神経を研ぎ澄ます。それとも彼女が悪い夢を見たのかもしれない。

悪夢ならよく知っている。彼がたどってきた人生も悪夢のようなものだと言えるかもしれない。とりわけこの半年間に起きた出来事は、まさに現実世界の悪夢だった。眠るのが怖くなることもときどきあった。

音はあれっきりだった。いきなり駆けこんでいって、ひそかに見張っていたことを教えたくなかったから、ライダーはその場から動こうとはしなかった。ただ万一に備えて武器を手に取り、準備だけは整えておく。

監視カメラを設置する時間があればよかったのにと思ったが、それにはアンジェリークが家を留守にするまで待たなければならない。そうなれば、家のなかの様子がもっとよくわかる。だがいま彼の皮膚は不安のあまりぴりぴりしていた。なにか悪いことが起きているときの感覚だった。

気に入らなかった。なにかがおかしい。ライダーは音を立てずに茂みのなかを移動し、ブドウ園のなかを家へと向かった。裏口までやってくると、ノブをそっと回した。鍵がかかっている。いい兆候だ。だれかが押し入ったわけではない。窓へと移動し、薄いカーテンごしになかをのぞいた。暗視ゴーグルをかけていたから、墨を流したような闇のなかでも物の輪郭はわかった。

動きはない。アンジェリークは一階にはいない。盗聴器に接続したイヤホンからは、彼女の息遣いが聞こえていた。

だが眠っているときのような、ゆったりと落ち着いた呼吸ではない。

深く荒々しい呼吸。

恐怖にかられているときの呼吸だ。口を押さえられているのか、声は発していない。なぜそんなことがわかるのか自分でもさだかではなかったが、ライダーには確信があった。アンジェリークは動きを拘束され、身をすくませている。

ちきしょう。家のなかにはいる必要がある。

監視はこれまでだ。

ドアを蹴り飛ばして階段を駆けあがりたかったが、そうするわけにはいかなかった。状況判断が先だ。それはつまり、ドアの鍵を開ける時間が必要だということだった。

道具を取り出して、シンプルな鍵を開けているあいだにも、刻々と貴重な時間が失われていく。アンジェリークは、頑丈な防犯器具をドアにとりつけてはいなかった。ほめられたことではないが、ライダーにとっては幸いだった。数秒もしないうちに、かちりと音を立てて鍵が開いた。ライダーはその音に顔をしかめ、ドアがきしらないことを祈りつつ、そっと押し開けた。

ドアはきしらなかった。開けっ放しにしたまま、一歩ずつゆっくりと歩を進めていく。階段の位置はわかっていたから、突進したい気持ちを抑えてそちらへ向かった。

ゆっくりだ。慎重に。二階にいる何者かに気づかれるな。

忍耐力が限界に近づいていた。武器を構えて階段をあがり切ったところで、押し殺した声が聞こえてきた。

「ブラック・ダイヤモンドのありかを教えろ。でないとおまえの心臓をほじくり出して、食ってやる。おまえは生きたまま、それを眺めるんだ」

状況を察知したライダーの全身を、冷たい恐怖が駆けめぐった。アンジェリークに覆いかぶさる人影がある。ベッドに横になったアンジェリークを何者かが上から押さえつけ、両手を彼女の首にかけている。

何者だ？　デーモン？　人間とデーモンのあいだに生まれた混血のデーモンでないことは確かだ。あいつらなら、家に足を踏み入れたとたんに、あのすさまじいにおいに気づいたはずだ。それに、悪臭を放つあの図体の大きな生き物は、言葉を話せない。

アンジェリークは恐怖にすくみあがっているらしい。ひとことも発することができず、ほんの数センチのところまで近づけてきた相手の顔を、大きく見開いた目で見つめている。必ず倒す。だがまずはやつの注意を引くことだ。ライダーはベルトに差した鞘からナイフを抜くと、慎重に狙って投げた。ナイフはその生き物の肩甲骨のあいだに突き刺さった。

生き物は跳びあがることも、痛みに倒れることもなく、そのままゆっくりとライダーに向き直った。

淡い水色に光る目。純血のデーモンだろうか？　デーモンの目は確かに水色だが、こんなふうに暗闇で光るものを見たことはなかった。まるで蛍光灯だ。

生き物が近づいてきた。

「アンジェリーク、逃げる準備をするんだ」ライダーは声をかけたものの、反応はなかった。彼女がショック状態なのか怪我をしているのかもわからなかったし、自分の声が聞こえているのかどうかすらさだかではない。だがいまは、目の前の生き物に集中しなければならない。

「あの女は、おまえには従わない。あいつはおれのものだ」生き物はじりじりと接近しながら言った。

ライダーはためらうことなくレーザー銃の狙いをつけて、紫外線を浴びせた。人間だろうとデーモンであろうと関係ない。これで死ぬはずだ。

生き物は動きを止め、胸から腹部に広がった青い光を見おろした。両手を広げてライダーをにらみつけると、苦痛にうめく。

「痛い」

生き物は前進を続けた。ありえない。デーモンはUV《紫外線》レーザーで死ぬ。もちろん人間なら黒こげだ。いったいあれはなんだ？　ライダーはもう一度銃を構えて引き金を絞ったが、やはりきき目はなかった。そこで今度は内側から焼きつくすつもりで、マイクロ波銃を生き物に向けて放った。

やはり効果はない。生き物はわずかにいらだちを見せ、動きをつかの間止めただけだった。生き物はにやりと笑った。ライダーの武器が自分にはきかないことを悟ったのだ。

ちきしょう。アンジェリークから生き物を引き離すつもりで、ライダーはあとずさった。廊下をじりじりと階段のほうへと後退していく。生き物はあわてる様子もなく、さっきまでと同じ足取りで近づいてきた。ライダーをもてあそぶかのように。これがなにかのゲームであるかのように。

ライダーに異存はなかった。あの生き物をアンジェリークから引き離すことができるなら、喜んで相手をしてやる。ついてくることを願いながら、彼は一段ずつゆっくりと階段をおりはじめた。

望みどおり、生き物は彼のあとを追ってきた。

ライダーは階段をおりながら、ナイフを取り出した。ハイテクの武器がきかないのなら、もっと原始的なものを使うまでだ。

「来い」ライダーは両足を開いて構え、ナイフを突き出した。

生き物はナイフを見つめ、それからライダーに視線を戻した。「おまえにおれは殺せない」

「死なないものはないさ」ライダーは応じたが、生き物はふたりのあいだの距離をつめようとはしなかった。急ぐつもりはないらしい。ライダーが動くのを待っているのかもしれない。あるいは、負けるはずがないという自信の表われだろうか。

自信過剰は隙を作る。いまのライダーはなんにでもすがりたい気分だった。

「おまえは人間だ。においでわかる。この女と同じように」

「なにが言いたい？」ふたりは居間にはいった。リングのなかのレスラーのように、向かい合ったまま円を描いて移動する。

「おれもかつては人間だった」

いったいどういう意味だ？　こいつは何者だ？「いまは違う」

生き物の唇がめくれあがり、とがった歯があらわになった。あの歯には気をつけろとライダーは心のなかでつぶやいた。「そうだ、いまは違う。いまはもっと強くなった。おれには力がある。彼らはすばらしい力と永遠の命を与えてくれた」生き物が息を吸うと、胸がふくらんだ。「おまえと遊ぶのはもう飽きた。おれにはやることがある」

「それじゃあ、さっさとやろうじゃないか」

「〈闇の息子たち〉は、己のものを手に入れるためにやってきたのだ」生き物が突進してきた。ライダーはすんでのところで身をかわすと、からだの向きを変えて、深手を負わせられることを祈りながら生き物の背中の左側にナイフを突き立てた。生き物は頭をのけぞらせ、ぞっとするようなわめき声をあげた。ライダーがナイフを引き抜くのと、生き物が振り返ったのが、ほぼ同時だった。

ライダーはナイフに目をやった。血だ。血が出るのなら、殺せるはずだ。

生き物は再び襲いかかってきたが、ライダーは今度は逃げなかった。生き物がライダーの肩をつかみ、突き飛ばそうとした。だがライダーは生き物の心臓にナイフを突き立て、相手の力を利用してそのままうしろに投げとばした。ライダー自身も勢いよくテーブルにぶつかったが、生き物は激しい音とともに壁に激突した。ライダーは痛みに顔をしかめながらも、立ちあがった。

生き物も起きあがったが、足をひきずり、胸の傷から血を流している。明らかに弱っていて、ライダーに向けた顔には驚きの表情が浮かんでいた。

「そのナイフは……なにでできている？」

ライダーはナイフに目をやり、それから生き物の苦痛にゆがむ表情を見てにやりとした。

「銀だ」

生き物は首を振った。「おれは永遠に生きると言われたんだ」

血にまみれた両手を見おろし、いらだちの咆哮をあげた生き物は、ひと筋の煙となって消えた。

あれはなんだ？　ライダーはたったいま生き物が立っていたところへ歩いていった。なにもない。血だまりが残っているだけだ。

あんなばかなことをするデーモンを見たことはなかった。家の外に出て左右を見回してみたが、やはりなにもいない。ドアを閉めて、急いで二階にいるアンジェリークのところに戻った。彼女はさっきとまったく同じ姿勢でベッドに横たわっていた。身動きひとつせず、目も大きく見開かれたままだ。呪文でもかけられたかのように、表情はうつろだった。ライダーは武器を置き、ベッドの縁に腰かけて彼女の肩をつかんだ。

「アンジェリーク」あえて低い声で呼びかける。「アンジー、おれだ、ライダーだ」

彼女は動かなかった。彼がいることに気づいた様子もない。今度は揺すってみた。

「おい、目を覚ませ。もう大丈夫だ」

やはり反応はない。ライダーは彼女を抱きあげ、頭を自分の腕に乗せた。

「アンジー、起きるんだ」頬を軽く叩く。「アンジー、頼むから起きてくれ」

それでも反応がなかったので、ライダーは彼女を強くひっぱたいた。

アンジェリークは息を呑み、ついで悲鳴をあげはじめた。放してとばかりにライダーの胸を両手で押したが、ライダーは力を緩めなかった。

「落ち着くんだ、アンジー。ライダーだ。大丈夫だ、終わったんだ。やつはもういない」

アンジェリークは抗いつづけた。目に恐怖の色をたたえ、布団の下で足をばたつかせる。ライダーは彼女を両手ですっぽりくるみ、自分のほうに引き寄せた。その肌は氷のように冷たく、全身をがたがたと震わせている。心を縛りつけたうえ、これほどの恐怖を与えるとは、いったいなにをされたのか、ライダーには想像もつかなかった。

ようやくアンジェリークは暴れるのをやめたが、震えは止まらなかった。ライダーからからだを離し、手で彼の顔を探る。息遣いが荒かった。「ライダー」

ライダーはうなずいたものの、暗視ゴーグルのおかげで彼にはアンジェリークの姿が見えているが、彼女はなにも見えないのだと気づいた。明かりが必要だ。

「そうだ。ランプは壊れたらしい。ちょっと待っていてくれ。天井の照明を探すから」

ライダーは動こうとしたが、アンジェリークは彼をつかんだ手を放そうとはしなかった。

「約束する。明かりをつけるだけだ」

彼女がようやく手を放した。ライダーはスイッチを見つけるとゴーグルをはずし、柔らかな光で部屋を満たした。

アンジェリークの黒髪は顔と肩のまわりでもつれ、大きな緑色の瞳は恐怖の色をたたえている。シーツは腰のあたりで丸まり、つんと上を向いた小ぶりの――完璧だった――乳房とピンク色の乳首と日に焼けた肌があらわになっている。ライダーは恐怖にこわばった彼女の顔に気づき、急いでベッドへと戻った。まだ震えている。足元のバッグからジャケットを取り出すと、冷えた彼女のからだを温めるためなのか、彼の視線を奪うその肉体を隠すためなのかはわからなかったが、彼女の腕を取って着せてやった。

「あれは……あれはなに？」アンジェリークの声はしわがれていた。「デーモン？」

「わからない。そうだと思うが、あんなのは初めて見た」

「わたしもよ」息遣いはまだ荒い。ライダーは彼女の手首に指を当て、脈を確かめた。かなり速い。手はひどく冷たかった。

「彼は……あの生き物はブラック・ダイヤモンドを欲しがったの」

「そうだろうと思った。この家にあるのか？」

アンジェリークは首を振った。彼女が顎を引くと、髪がはらりと頬に落ちた。

「いいえ、ここにはない」

怒ってもいいはずだった。訊きたいことは山ほどあったし、ブラック・ダイヤモンドを持って逃げたことをなじってもいいはずだ。それこそ彼がここに来た目的だった——ブラック・ダイヤモンドを取り戻すこと。いまこそ、そのありかを訊き出すときだった。

だがこんなふうに震えるアンジェリークを前にすると、彼にはとてもできなかった。とりあえず彼女をここから連れ出さなくてはいけない。あの生き物や、〈闇の息子たち〉が送りこんでくるなにかほかの恐ろしいものから遠ざけなくてはいけない。そのあとで、〈光の王国〉に連絡を取る必要があった。見たことを報告し、情報を集めてもらうのだ。

それまでは彼がアンジェリークを守らなければならない。

ライダーの任務はブラック・ダイヤモンドを取り戻すことだった。そしてアンジェリークとイザベルを見つけること。

アンジェリークを見つけたことで、第一段階はクリアした。だがその先には、越えなければならないさらに大きな山が待っていた。

パンドラの箱が開いて、アンジェリークと共にそのなかに足を踏み入れてしまったような気がした。

アンジェリークには怒りを覚えていたし、精神的には距離を置こうと決めていたはずだった。それなのにいまライダーは彼女の肩に腕を回し、寄り添って座っていた。

そしていまいましいことに、それが心地よかった。

まずい。まったくもってまずい。

ライダーは腕を離して立ちあがり、彼女を見おろした。

「もう大丈夫か？」

アンジェリークはうなずき、ベッドの脇に足をおろした。「ええ、平気」

「服を着るんだ。五分で荷造りをしろ。〈闇の息子たち〉が第二陣を送りこんでくる前に、ここを出る」

ライダーはくるりと向きを変えて、部屋を出た。距離を置く必要があった。おれはおれの仕事をする。彼女を守り、ブラック・ダイヤモンドを取り戻す。

だがアンジェリークとの関わりはそこまでだ。彼女のことを気にかけるつもりはなかった。

2

島の反対側に、ライダーは新しい隠れ家を見つけた。

これ以上ないくらい辺鄙なところだった。まるで丘の上の要塞のようなそのコテージは平屋の小さな石造りで、まわりを高い石の塀に囲まれ、その姿を隠そうとするかのようにあたりには木立が広がっている。近くに家はなかった。それどころか、数キロ四方に一軒もない。完全に孤立した場所だったから、ライダーがいてくれてよかったとアンジェリークは思った。

いきなりこの家までやってきたわけではなかった。ライダーはまず水際までおりていき、崖の様子を確かめた。崖をのぼるのはまず不可能だから、通路は一カ所しかないということになる。それなりの装備がなければ、あそこをのぼってごつごつした岩山のどこかに隠れるのは無理だ。足を滑らせれば一巻の終わりだ。

身を隠すには最適だった。そのうえだれも住んでいない。ライダーは朝一番に不動産業者に連絡を取り、法外な料金を提示して、いますぐに使いたいと頼んだ。あまりに辺鄙なせいでだれも住みたがらなかったのか、業者は鍵を渡してくれ、一時間後にはふたりはその家にいた。

ゆうべアンジェリークが荷造りをしているあいだ、ライダーは妙に黙りこくったままだった。荷物を車に載せ、彼女を追い立てるようにして出発したときも口を開こうとはしなかった。いずれ彼があれこれと訊いてくることはわかっていたが、アンジェリークも無言を貫いた。

車はライダーが運転していたのでアンジェリークは眠ろうとしたが、結局うつらうつらしただけだった。あまりに神経がたかぶっていたし、いまにもなにかがその角から飛び出してくるような気がして、とても眠れない。そのうち気持ちが落ち着いたら、眠れるだろう。それとも、そんな日は永遠に来ないのかもしれない。あの生き物に眠りから引きずり出されたときの衝撃を忘れることはできるだろうか？　悲鳴をあげないように口を押さえられた、あの冷たい手の感触が記憶から消える日は来るだろうか？　心臓をほじくり出すと脅されたことや、ベッドに横たわる無力な彼女を押さえこんだ、あの恐ろしいまでの力を忘れられるだろうか？

もしライダーが来てくれなかったら、いったいどうなっていただろう？

アンジェリークはからだを震わせ、着ているカーディガンを胸の前でかき合わせた。開け放した車の窓から暖かな日差しが射しこんでいたにもかかわらず、いまだにデーモンの氷のような指に触れられているような気がした。

二度とぬくもりを感じることはないのかもしれない。

ライダーがガレージに車を止めると、ふたりは荷物をおろし、家のなかへとはいった。

「素敵な家ね、ライダー」

ライダーは家の内装にはまったく興味がないようで、鋭いまなざしで外を眺めただけだった。「ああ」

けれどアンジェリークはたっぷりとその家を観察した。

「趣があって、こぢんまりしていて、くつろげるわ。庭もきれい。それに裏には小さなプールまである」キッチンを抜けて、裏口から外に出た。

小さなプールだったけれど日当たりがよく、まわりは高い石の塀と木立に囲まれている。塀の向こうは崖だったから、だれかがはいってくるおそれはない。煙となって現われるのでないかぎり。

ゆうべのことを思い出して、アンジェリークは身震いした。

どうやってわたしを見つけたの？　デーモンにしても、ライダーにしても。それもあとで尋ねようと彼女は決めた。

居間にはソファがふたつあった。石造りのソファで、布団のように厚いクッションを敷いてある。石の壁に合わせて、コーヒーテーブルとエンドテーブルも石でできていた。エアコンがなくても、涼しく過ごせそうだ。

寝室はひとつきりで、キングサイズのベッドが置かれていた。

「寝室はきみが使うといい」戸口から寝室をのぞいているアンジェリークの肩越しに、ライダーが言った。

「あなたはどこで寝るの？」

アンジェリークが振り返ると、ライダーは一歩あとずさった。

彼は肩をすくめた。

「おれはそれほど眠らない。どうしても寝なきゃならないときは、ソファを使うさ」

彼のよそよそしい態度に困惑して、アンジェリークは両手で自分を抱きしめた。「そう」

「だがバスルームはいっしょに使うことになる」

「そうね。あなたがプールをお風呂代わりにするなら話はべつだけれど」

「遠慮しておく」ライダーはそう言い残すと、裏口から出て行った。

笑わせようとしたつもりだったのに。ライダーは機嫌が悪いらしい。無理もないとアンジェリークは思った。ブラック・ダイヤモンドを盗んだのだから、ライダーが腹を立てていて当然だ。ライダーが、ブラック・ダイヤモンドと彼女を探し出す任務を与えられていることは間違いなかった。デーモンとの戦いは予想外だったのだろう。

彼女にしても、ゆうべ寝室でデーモンと遭遇するとは夢にも思っていなかった。闇のなかで光る目を思い出しただけで、全身が冷たくなる。アンジェリークは頭を振ってそのイメージを追い払い、ライダーを追って外に出た。彼は屋根のあるポーチの柱にもたれていた。アンジェリークは白い揺り椅子に腰をおろし、気持ちのいい天気と花の香りを楽しみながら、休暇でここに来ているのならよかったのにと考えていた。人生が、なにも心配事のないものならよかったのに。

ないものねだりをしても仕方がない。

「デーモンはどうやってわたしを見つけたのかしら？」

ライダーは視線を海に向けたまま答えた。

「わからない。きみがなにか手がかりを残したんだろう」

「手がかりなんて残していないわ」

ライダーは彼女に向き直った。

「おれはきみを見つけた。違うか？」

「あなたは人間じゃないの。それに〈光の王国〉の手助けだってある」

ライダーは目を細めた。

「そしてやつらはデーモンだ。おれにはない力がある。やつらを見くびってはいけない」

「わかった」

「ブラック・ダイヤモンドはどこだ？　アンジー」

アンジェリークは驚いた様子もなく、首を振った。「いきなり訊くのね」

「探りを入れてくるとでも思っていたのか？」

アンジェリークは両手で膝を抱えた。言い争う元気はない。わかっていたことだ。

「いいえ」

「質問に答えるんだ」

「ここにはないわ」

「わかっている。ゆうべ、あの家のなかは捜した。どこにある？」

彼の声は冷たく、口調はそっけなかった。ゆうべ見せてくれた優しさと温かさが恋しかった。「安全なところに」

「どこだ？」

「言えないわ」

「言うつもりがないということか」

「ええ、そうよ」

ライダーは息を吸い、いらだちを表わすかのように音を立てて吐き出した。アンジェリークもまたいらだっていた。ここ数カ月はずっとそうだ。答えの得られない疑問がいくつもあったし、イザベルの居場所もつかめないままだ。ライダーも同じようにいらだってくれるというのなら、大歓迎だ。

ライダーはアンジェリークの向かいの椅子に座ったが、少しもくつろいではいなかった。すぐにでも立ちあがれるように、クッションの縁に浅く腰かけている。黒い瞳をまっすぐ彼女に向けた。「オーストラリアであったことを覚えているか？」

うなずいた。

「それなのに、まだきみはブラック・ダイヤモンドを支配できると思っているのか？」

「支配なんてしていないわ。隠しているだけ」

ライダーは思わず髪をかきむしり、首を振った。

「〈闇の息子たち〉からは隠せない。やつらはいずれ見つけるだろう。きみのことも。時間の問題だ。そんなことを許すわけにはいかない」

「ブラック・ダイヤモンドは見つからない。信じて」

ライダーは鼻で笑っただけだった。信じてもらえなくて当然だとアンジェリークは思った。それだけのことをしたのだから。それでも彼の態度に心が痛んだ。

「ライダー、ブラック・ダイヤモンドは安全なところに隠したわ。〈闇の息子たち〉の手が届かないところに」

「わからないだろう、そんなこと。〈光の王国〉が持っているほうが安全だ」

「ええ、そうよね。そうしたらブラック・ダイヤモンドを利用できるものね。わたしの妹のことも」

ライダーの眉間のしわが深くなった。

「〈光の王国〉は、ブラック・ダイヤモンドもきみの妹も利用したりしない」

アンジェリークの視線が彼を通り過ぎ、木漏れ日のほうへと流れた。

「そうかしら。妹を守れるのはわたしだけだわ」

「イザベルはどこにいる？」

「わからない。まだ居場所をつかめないの」

「彼女と連絡を取っているのかと思っていた」

「取っていないわ」

「どうしてだ？」

「わからない。携帯にかけても出ないの。南イタリアのどこかで発掘をする予定だったのを知っていたから、この島までは追いかけてくることができたのよ。でもここで行き止まり。このあたりで作業している考古学者全員にあたってみたけれど、だれもあの子の居場所を知らなかった」

「だれかがかくまっているんだろうか？」

アンジェリークは肩をすくめた。「かもしれない。でもどうしてわたしから隠れなきゃいけないのか、わからないわ」

「ほかのだれかから隠れているのかもしれない。彼女に敵はいるのか？」

アンジェリークは声を立てて笑った。

「敵だらけよ。お金目当てで宝探しをしていれば、いつだってだれかを怒らせることになるわ。わたしだって、イザベルのために邪魔者を追い払ったことがあるもの。あの子はバイヤーや、地方政府や、ほかにもいろいろな人とやりあっていたわ」

「どうしてきみを避ける？」

「わからない」

イタリアに着いて妹を捜しはじめてからというもの、その疑問が頭を離れなかった。ふたりはいつだってうまくやってきたのに。ちょっと待って、いまさらだれをごまかそうというエリークが快く思っていないことを知っていた。けれどふたりが連絡を取り合わなかったことはない。それどころか、アンジェリークがなにか行動を起こすたびに、そこにはイザベルの影がつきまとった。仕事のうえでは、ふたりは競争相手だった。それはつまり、アンジェリークがいるところに、イザベルは必ず姿を見せるということだ。そして妹がなにかトラブルに巻きこまれたりしないように、アンジェリークは常に気を配っていた。

イザベルにはトラブルがついて回った。なにかにつけまずい事態が起き、アンジェリークが手助けしなければならないこともしばしばあった。イザベルは彼女をあてにしていたから、必ず自分の居場所は明らかにしていた。

それなのに、どうして今度は姿を隠すの？　なにかがおかしかった。

「イザベルに連絡がつかないのは、めったにないことなのか？」ライダーが訊いた。

「ええ」これだけは正直に答えることができた。「いつだって連絡がついたわ。わたしたちは、同じ地域で作業していることが多かった。イザベルはいつもわたしのしていることに首を突っこんでくるのよ。腹立たしく思うこともあったくらい。だから、わからないの。あの子はオーストラリアにもいなかったし、いまも連絡がつかないままだわ」

顔をあげると、ライダーが彼女を見つめていた。ぬくもりをたたえた彼の黒い瞳は、見慣れたものになりつつあった。

「イザベルが心配なのか」

「ええ」

「彼女の身になにかあったと思う理由でもあるのかい？」

最悪のシナリオを考えまいとして、こみあげてくる涙をこらえた。

「いいえ。なにかあったら、わたしにはわかるわ」

「双子のつながりというやつか？」

うなずいた。「専門家は否定するけれど、本当なの。子供のころから、どちらかが怪我をしたら、もう一方は必ずわかったわ。それにお互いの気分や不安も感じられる」

成長するにつれ、そうした強いつながりをふたりはいらだたしく思うようになっていた。べつべつの人間として生きたいと望んだが、絆が切れることはなかった。

「だがきみはイザベルが……」

ライダーは最後まで言おうとはしなかったが、彼が呑みこんだ言葉はわかっていたからアンジェリークはそのあとを引き取って言った。

「死んだとは思わない。なにかまずいことに手を出して、それをわたしに知られたくないんだと思う。連絡が取れないのは、きっとそれが理由だわ。わたしを避けるなんて、本当にひどいわ」

怒りのほうが不安よりはましだ。怒りはエネルギーを与えてくれる。万一のことを考えたりしたら、絶望の海に呑みこまれてしまうだろう。妹を失うわけにはいかない。イザベルはたったひとりの家族なのだ。

ライダーは身を乗り出した。「心配しなくていい。〈光の王国〉はハンターたちに国じゅうを捜させている。見つかるのも時間の問題だ」

それがいいことなのか、悪いことなのか、アンジェリークには判断がつかなかった。できることなら、自分の手でイザベルを見つけ、身も心も無事であることを確かめたい。訊きたいことも、不安もたくさんあった。オーストラリアでわかったことを考えれば、不安のほうが大きい。

〈光の王国〉が先にイザベルを見つけたら、どうなるかしら?

状況はすでにアンジェリークの手に負えるものではなくなっていた。そのことがどうにも気に入らなかった。

3

イザベル・デヴローには船が必要だった。それもいますぐに。

あいにくそれほどの蓄えはなかったから、簡単に借りられるとは思っていなかった。けれどいざとなれば、短いスカートをはいて髪を整え、口紅を塗って、ハーバーに停泊しているヨットのオーナーのだれかに言い寄ってもいい。

その金持ちの妻か、あるいは――もっと悪いことに――愛人に撃たれたり、刺されたり、首を絞められたりしないのであれば。いいえ、やっぱりだめ。もっとほかに方法があるはずよ。

アンジェリークだったら、こんなときどうするだろう?

もちろん、正しいやり方で解決するに決まっている。

彼女のすばらしい姉。イザベルはこうしているいまも、彼女を感じることができた。灯台のように進むべき道を示してくれるアンジェリーク。イザベルは常に彼女を感じていた。アンジェリークのことを考えると、温かい毛布をかけてもらったような気になる。あらゆる悪いことから守ってくれるように思えた。

あらゆる闇から。

イザベルはその思いを振り払った。

アンジェリークにも手助けはできない。

今回は。そしてこれからも。自分だけでやると決めたのだ。

いまはとにかく海に出ることが重要だった。なんとしても目的を果たすつもりだ。あそこに彼女を待っている宝物があるのだから。期待に全身が打ち震えた。できるものなら、そのあたりの砂浜から海のなかへと歩いていきたいくらいだ。今世紀最大の発見があそこにあるのだ。近づくことさえできれば、彼女のものになる。

だが海のなかを歩いていくのは、まったく現実的ではない。

イザベルは小さな村のほうに向きを変え、鼻にしわを寄せながら今後のことを考えた。まだ朝の早い時間で、太陽は丘の上にようやく顔をのぞかせたところだ。ひしめきあって建つ不ぞろいな家並みにも、もうすぐ日が照りつけるだろう。

コーヒーが飲みたかった。イザベルはハーバーから階段をおりてカフェにはいり、カプチーノを注文すると、店の外のテーブルに座って、奇跡が起こってはくれないだろうかと考えた。

奇跡。神の介入。これまで自分がしてきたことを考えれば、まずありえない。サタンとの取引のほうが、まだ可能性がありそうだ。

「船を探しているそうだね」

イザベルは、突然現われた人影を見あげた。サタンその人かしら？

飛躍のしすぎよ、イジー。「なんですって？」

男は彼女の向かい側に腰をおろすと、持っていたコーヒーをテーブルに置いた。

「船を探していると聞いた」

アメリカ人のアクセントだった。そのうえすごくハンサムだ。黒髪、煙るようなセクシーな瞳、ミケランジェロの作品かと思うくらい彫りの深い顔立ち。完璧だった。人間の姿になった神のようだ。日に焼けて、筋肉質で、そして彼の言葉を信じるなら、イザベルの救世主になるかもしれない。

「船を持っているの？」

「ああ」

「貸してくれるの？」

「いや、きみを乗せてあげてもいいと考えている。考古学者だそうだね」

「どこでそれを？」

彼はにっこりと笑った。歯までが真っ白で非の打ち所がない。この人に欠点はあるのかしら？

「二〇人くらいの船のオーナーから、きみに気をつけろと言われたよ」

つぎつぎと船を回って無駄にした時間を思い起こしながら、イザベルは顔をしかめた。まるで施しをねだっている物乞いみたいに、すげなく追い払われたのだ。いずれその借りは返させてもらうつもりだ。

「そういうことね。それで、どうしてあなたはわたしを探していたの？」

「きみの専門知識を利用させてもらおうと思ってね」

「わたしのことなんて、なにも知らないくせに」

知っているはずがない。レーダーに引っかからないように、今回は偽名を使っている。できるかぎりアンジェリークには見つかりたくなかった。

「きみは考古学者で、海中で探したいものがあると言っていたそうじゃないか。それが意味するものはひとつしかない」

好奇心が沸き起こり、訊き返さずにはいられなかった。「なにかしら？」

「きみはアトランティスを探している。もっと言えば、海底神殿を」

「その仮説は、もう何百回も反証されていると思ったけれど」

男は椅子の背にもたれ、腕を組んだ。「そんなことはなんの意味もない。事実、あそこにあるんだから」彼は頭で海を示した。

「信じているのね」

「ああ、信じている」

「あなたはだれなの？」

「名乗るべきだろうな」男は手を差し出した。「ダルトン・ガブリエルだ」

イザベルはその手を握り返した。

「イザベル・スミスよ」

ダルトンは片方の眉を吊りあげた。

「スミス？　もう少し、独創的な名前はなかったのかい？」

「その名前のパスポートも公の書類もあるわ、ミスター・ガブリエル。わたしが必要なのはあなたの船なの。もちろんその分のお支払いはするわ」

「ダルトンでいい。実を言えば、おれが求めているのは燃料と船のレンタル代以上のものなんだ、イザベル」

警戒心が頭をもたげた。「なにをお望み？」

「パートナーだ。おれも神殿を見つけたいと思っている。だがおれは考古学者じゃない」

「それじゃあ、なんなの？」

「投資家さ。おれには金がある。ないのは技術だ」

「なるほどね」興奮が全身を駆けめぐり、目の前のカプチーノ以上に神経を研ぎ澄ませてくれた。うまく立ち回れば、彼女の目的に役立つかもしれない。この男が信用できるならの話だが。イザベルはできるだけ落ち着いた声で尋ねた。「それで、条件は？」

「おれが資金を出す。発掘に必要なものすべてを用意しよう。もしなにか見つかれば、発掘の許可を取り、宝物の——きっとあるはずだ——回収に首を突っこもうとする当局にも対処して、すべてきみの——それからもちろんおれの——手柄になるように取り計らう」

「続けて」イザベルはテーブルを飛び越えて彼にキスしたいという衝動を必死でこらえ、石畳の道路をサンダルでこつこつと叩きながら言った。

「つまり、リスクの大部分をおれが負うということだ。だから、手に入れたものの七五パーセントをもらう」

おっと。だがいまの状況では、イザベルはなにひとつ手に入れることができないとわかっていた。それでもダルトンのその数字には、交渉の余地があるような気がした。

「五〇ね」

ダルトンは声をあげて笑った。まるでお気に入りのチョコレートのように、濃く深みのある声だ。神経の先端をくすぐられている気がした。イザベルはその思いを振り払った。これは仕事よ、遊びじゃないの。

「それはないな、イザベル。さっきも言ったが、おれが失うもののほうがはるかに多い」

彼がイザベルについて知らないことは、まだたくさんあった。イザベルは昔からずっとこの手のゲームをしている。そして、たいてい勝っていた。「わたしがいなければ、あなたはなにも手に入れられない。アトランティスが本当に存在したというあなたの空想につきあってくれる考古学者が、ほかにもいるなら話は別だけれど。いままでだれも見つけることのできなかった宝物が海の奥深くに眠っているって、あなたは信じているのよね？」

イザベルは、彼が怒りをあらわにするのを待った。彼女と同じくダルトンも、これまでずっと探し続け、失望を味わってきたのだろうから。けれど彼はその形のいい唇で、すばらしい笑みを作っただけだった。

「一本取られたね、ミズ・スミス。六・四だ。言っておくが、これ以上譲る気はない。だれかほかの人間を見つければいいことだ」

その口調――鋭さが感じられた――から、彼が本気で言っているのがわかった。イザベルは引き際を心得ていた。「それでいいわ。あなたは考古学者を手に入れたわよ、ダルトン」

「金を出す前に、いわゆるきみの履歴書を見せてもらいたいね、イザベル」

イザベルはうなずいた。

「もっともなことね。わたしもあなたの財務状況が知りたいわ。あなたがわたしを船に連れこんで、好きにもてあそんで、それから海に沈めるつもりじゃないってことを確かめないと」

ダルトンはおかしそうに笑った。

「おれたちはいいパートナーになれそうだ」

ここ数日で初めてイザベルは肩の力を抜いた。

「だといいわね。どちらも、失うものが多そうだし」

「きみはどこに泊まっているんだい？」

ホテルの名前を告げながら、イザベルはいくらか気恥ずかしさを覚えていた。町で一番安いホテルだったからだ。けれど手元がかなり乏しくなっていたから、できるかぎり節約する必要があった。ダルトンの登場は、これ以上はないタイミングだった。明日にはビーチで眠る羽目になっていたか、あるいはアンジェリークに連絡を取らざるを得なくなっていただろう。どちらも歓迎できない事態だ。

「午後には、おれのポートフォリオを届けさせよう。経歴や資産状況、きみが確かめたいと思うだろう数字すべてだ。じっくり見て、満足してもらえたら、おれの船はここにある」

ダルトンはポケットからメモ帳を取り出してなにかを書きつけると、ページを破り取って彼女に渡した。

イザベルはその紙切れをショートパンツのポケットに押しこんだ。

「わたしの履歴書は？」

「きみが来るときに持ってきてくれればいい。確かめるのにそれほど時間はかからないはずだ」

イザベルはうなずいて立ちあがり、ダルトンもそれにならった。

「今夜会おう、イザベル」

「会える確信がありそうね」

「ああ」

彼の自信が気に入った。「それじゃあね、ダルトン」

イザベルはこの取引がうまくいくことを祈りながら、彼に背を向けて歩き出した。現金が必要だった。それも早急に。今回は発見しなければならない。少なくともなにかを。

そろそろわたしの人生にも、なにかいいことが起きてもいいころじゃない？

＊

ダルトンは遠ざかっていくイザベルを眺め、緩やかに揺れる彼女の腰を堪能した。

桟橋をそぞろ歩く彼女を見つけたのは二日前だ。砂色のショートパンツに薄手のタンクトップを着て、黒みがかった金色の髪をポニーテールにした彼女は、原野で見つけたダイヤモンドのようだった。彼女を見て一瞬動きが止まったのは、オーストラリアで会ったアンジェリークにそっくりだったからだ。ただイザベルの髪のほうが色は淡く、からだのある部分はより丸みを帯びている。アンジェリークはすらりと引き締まったからだつきだったが、イザベルは……なまめかしかった。

それを見たとたんに、ダルトンのからだはかっと熱くなった。そしていま、カフェで彼女と向かい合わせに座り、いぶかしげなその目を見つめたときにも同じことが起きた。彼女を見るだけでからだは妙な具合になり、また同じような熱っぽさを感じた。

いや、それは正しくない。ただの熱さではなく灼熱だった。そして彼女は、まったくそのことに気づいていない。

見せかけだろうか？　そうかもしれないし、そうじゃないかもしれない。

まとまりのない自分の思考にダルトンはあきれて首を振った。よりによっておれがそんなことを考えるとは。だがあの美しい瞳に心を打たれない男がいるだろうか。緑色と金色の混じった、神秘的で魅力的な瞳。

アンジェリークとは双子かもしれないが、ふたりはまったく同じというわけではなかった。いくつもの違いがある。

イザベルを見つけられたのは運がよかった。彼女が桟橋から去ったあと、ダルトンは船のオーナーたちに近づき、彼女がなにをしていたのかをさりげなく聞き出した。船を借りたがっているおかしな考古学者だというのが、返ってきた答えだった。

ダルトンは彼女の目的を直感で悟り、この計画を考えついたのだ。

ポケットから携帯電話を取り出し、ボタンを押した。一回めの呼び出し音でルイスが出た。

「ポートフォリオは用意してくれたか？」ダルトンは尋ねた。

「彼女は餌に食いついたということだな？」

「見事にね。どうしても船が必要らしい」

「いい知らせだ。すべて準備は整っている。おまえが所有する架空の会社ダルトン・インターナショナルに関する書類は、すでに船に届いているはずだ。〈光の王国〉からそう連絡があった」

〈光の王国〉は例によってやることに抜かりがない。「ありがとう」

「自分がなにをしているか、承知しているんだろうな、ダルトン？」

「よくわかっているさ。しばらくは彼女につきあうよ」

「目を離さないようにしろ。彼女がブラック・ダイヤモンドや〈闇の息子たち〉となにかつながりがあるのか、なにか知っているのかを確かめる必要がある。あるいは、デーモンの兆候を見せるかもしれない。なにかわかったら、知らせてくれ」

「アンジェリークはどうなった？」

「ライダーがいっしょだ。彼女を見張っている」

「イザベルを見つけたことは、ふたりには言わないでくれ。しばらくはおれひとりに任せてほしい。双子を会わせる前に、どういう状況なのかを確認したいんだ」

ルイスが返事をするまで、しばしの間があった。

「いいだろう。妹は行方不明だとアンジェリークが考えているほうが、我々には有利に働くかもしれない。〈光の王国〉がイザベルを見つける手助けをしてくれると思ったら、ブラック・ダイヤモンドを手放す気になるかもしれない」

「あんたのそういうところが好きだよ、ルイス。腹黒いところが」

ルイスはくすくす笑った。「それは私の台詞だ。腹黒さでは、おまえたちには負けるよ」

「それは確かだ」

「手早くやるんだ。時間がない」

「わかった」ダルトンは電話を切り、船へと向かった。

沖合いで彼を待っていたのは、クルーズ船ほどの大きさの船だった。ダルトンは桟橋からモーターボートに乗り、水先案内人に連れられて全長五〇メートルの美しい船に近づきながら、思わず首を振っていた。どうして〈光の王国〉にこんなことができるのか、彼には見当もつかなかったし、知りたいとも思わなかった。だがデーモンハンターが必要とするもの

——お金であれ、偽の身分証明書であれ、この仰々しい船のような小道具であれ——はなんでも、電話一本で数時間のうちに用意された。

ダルトンは〈光の王国〉の一員になって一〇年になるが、それこそ湯水のように資金が使われるのを見てきた。資金は潤沢だったが、いまだにそれがどこから出ているのかはわからない。

この船が何百万ドルもすることは明らかだ。なにもかもが申し分なかったし、迷ってしまいそうなくらい部屋数も多い。つまり、イザベルが来る前に頭に叩きこんでおかなければならないことがたくさんあるということだ。彼はこの船のオーナーということになっているのだから。隅々まで知っておく必要があった。

彼女が来ることはわかっていた。ルイスに頼んだポートフォリオが望みどおりのものに仕上がっていれば、イザベルは嬉々としてやってくるだろう。

彼女は、自分で気づいている以上にダルトンを必要としていた。切迫した経済状況のためだけではないと感じ取るのに、さほど時間はかからなかった。彼女のなかには、なにか……よくないものが存在している。それがなにかはわからなかったが、普通ではないものについては、ダルトンはよく知っていた。

つまるところ、ダルトン自身が普通ではないのだから。イザベル・デヴローが本当は何者なのかを突き止めるのに、もっともふさわしいのはダルトンなのかもしれなかった。

＊

「テイス、話がある」

テイスが振り向くと、弟のアーロンは二歩ほどあとずさった。明らかに彼の熱さを不快がっている。さらにすくみあがらせるために、テイスはあえて険しい表情を作った。

弟たちと違っていることは、常に彼に有利に働いた——上に立つのはだれであるかを弟たちに思い知らせるために、テイスはその違いを利用した。この熱さは彼を孤立させた。ほかの者たちが氷のように冷たいなか、彼だけが己を焼くほどの熱を発していたのは、罪を犯した彼に対する父の罰だった。だが彼は己の運命を呪うのではなく、それを利用した。いまはその力のおかげでリーダーとなった。罪と共に生き、自分の利益に変えた彼のことを父は誇りに思っているはずだ。

「なんだ」テイスは言った。

「新しいデーモンがアンジェリークを見つけた」

「それで？」

「そいつは怪我を負った」

「そんなことはどうでもいい。アンジェリークはどうなった？　連れ戻したのか？　ブラック・ダイヤモンドは？」

「家には置いていなかった。やつは彼女の心を探り、そこにないことを確かめた」

「なるほど。どこにあるかは突き止めたのか？　妹はどうなっている？」

アーロンは首を振った。「あいにく、時間がなかった。デーモンハンターに邪魔をされて怪我を負い、逃げてきた」

「能無しめ」いらだちのあまり、テイスのまわりで炎が揺らめいた。アーロンはさらに数歩うしろにさがった。

「ほかの面々と同じで、やつもまだ慣れていない。自分の状態がよくわかっていないのだ。理解するまで、しばらくかかるだろう」

「それはわかる。だがアンジェリークを捕まえたというのに。どうしてこうそろいもそろって能無しばかりなのだ？」

「新しい作戦は、かなり忍耐が必要らしい」

テイスの忍耐はもう限界を超えていた。人間社会で、人間のふりをして暮らしていた弟のバートは心がやわになり、すべてを台無しにした。そのせいで、〈闇の息子たち〉は大きな犠牲を払ったのだ。

バートはなんという面倒を起こしてくれたことか。

だがそれも終わりだ。テイスが〈闇の息子たち〉のリーダーとなったいま、事態は変わっていくだろう。

すでに変わりはじめてはいるが、彼や残った弟たちにとって満足できるほどではない。人間に迎合したのが、彼らの最大の過ちだった。

人間を利用する――これからはそうするつもりだった。人間は簡単に誘惑できるうえ、彼らの心と肉体は闇の支配者たちの命令に従いやすくできている。あと少しの時間といくらかの実験を経れば、〈闇の息子たち〉のために戦う人間はさらに増えるだろう。人間に力を与えてやれば、テイスと弟たちの目となり耳となり、彼らが行けないところへ行って、彼らのために戦ってくれるのだ。

〈闇の息子たち〉が与えるものを欲しがる人間は山ほどいた。彼らは毎日、新たな人間を仲間にしていた。

〈光の王国〉と戦うために。

ルイスとデーモンハンターは、なにが自分たちを待ち受けているかを知らない。

はからずもテイスの口元が緩んだ。

「なにかおもしろいことでも？」アーロンが訊いた。

「未来を見ていた。我々全員にとってこれほどすばらしい未来は久しぶりだ、弟よ」

4

アンジェリークがプールサイドにいるあいだに、ライダーはルイスに電話をかけ、デーモンに襲われたことを話した。

「これまでに見たどんなデーモンとも違っていたんだ」

「どう違った？」

「いくつか違う点がある。まず、かつては人間だったと言っていた」

「まずいな」ルイスが言った。

「おれもそう思う」

「見た目はどんなふうだ？」

「光る青い目をのぞけば、人間のようだった。おれが使った武器はどれもきかなかった」

「どうやってもそいつを傷つけられなかったということか？」

「それが、銀のナイフだけが効果があった。ナイフを突き刺すと、痛みにうめいて煙と共に姿を消したんだ」

ルイスは電話の向こうで黙りこんだ。「おもしろい」

「いったいどういうことだろう?」

「〈闇の息子たち〉は新しい形のデーモンを作り出したんだと思う。人間を勧誘したり、誘拐したりして、新しい形のデーモンに変えているんだろう。ほかの〈守り手〉たちに警告しておく必要がある」

「そうだな」警告してどうなる? ハンターたちはもう三種類もの武器を携行している。これ以上銃を持たされたら、つぎからは戦車で戦いに行かなければならない。「これからどうする?」

「そいつらに対抗できるような新しい武器を〈光の王国〉に開発させよう。それまでは、おまえもそっちで工夫してみてくれ」

上等だ。南イタリアの小さな村に隠れているあいだは、武器を作るくらいしかできることはない。「わかった、やってみる」

電話の向こうでルイスがにやりとしたのが見える気がした。

「おまえは有能だ、ライダー。きっとなんとかするだろう。おまえの仕事はアンジェリークを守ることだ。彼女がブラック・ダイヤモンドを見つける鍵だ。彼女もいずれは手放さざるを得なくなるだろうが、それまでは〈闇の息子たち〉に狙われ続ける」

「わかっている」

「〈闇の息子たち〉は、いずれまたおまえたちを見つけるだろう」

「おれもそう思っていた。そのうちまた逃げなければならなくなる」

「連絡を絶やすな」ルイスが言った。

ライダーは電話を切ると、武器の材料になりそうなものはないかと家のなかを探しはじめた。ルイスの言うとおり、デーモンはいずれやってくるだろうから、まずは武器を作らなければならない。ここに逃げてきたのは、時間を稼ぐためにすぎない。やつらは一度アンジェリークを見つけたのだ。また見つけることはわかっていた。

だが今度はライダーがいる。とはいえ、さらに多くの新たなデーモンが送りこまれてくるだろうから、役に立つ武器がなければ彼とてアンジェリークを守ることはできない。

「なにを探しているの？」

ライダーは足を止め、アンジェリークを振り返った。「銀だ」

「どうして？」

「きみを襲ってきたデーモンに効果があったのは銀だった」

「そういうことね。それじゃあ銀を探しましょう」

アンジェリークはクローゼットや引き出しを片っ端から開けては、そこにあるものを念入りに調べ、純銀製のものを部屋の中央に並べていった。

ライダーは、あれこれと尋ねたり、説明を求めたりしない彼女が気に入った。そのうえ彼女は、すぐに行動を起こすことができる。

「そういえば、裏のほうに鍵のかかった地下室があったの」床の上の銀の山にさらにピッチャーを加えながらアンジェリークが言った。

「本当に？」

「ええ。敷地のはずれにある茂みの向こうよ。庭を散歩していたときに見つけたの。そのことをあなたに言おうと思って戻ってきたのよ」

ライダーはうなずいた。「見に行こう」

ここは自分たちの家ではないのだから、人のものを壊すことになるが、いまはそんなことを言っている場合ではない。自分たちが使ったものについては、〈光の王国〉が持ち主に弁償してくれるだろうし、どちらにしろなにかがなくなっていることに気づくころには、ライダーもアンジェリークもここにはいない。

アンジェリークは地下室のある場所にライダーを案内した。そこにあることを知らなければ、まずだれも気づかない。探し物はアンジェリークの専売特許だ。ふたりは茂みをかきわけ、ライダーがしゃがみこんで頑丈な南京錠を調べはじめた。数分のうちに開いたところをみると、さほど頑丈な錠ではなかったようだ。

「あなたって、人の家に侵入するのが得意なのね」アンジェリークは苦々しげな笑みを浮かべた。

「それなりの経験を積んでいるからな」

「でしょうね」

ライダーは鍵をはずし、入り口のドアを開けた。とたんに漂ってきたかび臭いにおいに顔をしかめる。

懐中電灯のスイッチを入れ、どっしりした石の階段の先を照らした。「気をつけろ」

地下室はひんやりしていて、ライダーが思っていたよりも広かった。

「すごい、骨董品だわ！」

アンジェリークの声は興奮してうわずっていた。ライダーの脇をすり抜けて床に膝をつくと、透けるくらい薄くなった黄ばんだ布に覆われた古い陶器の山を調べはじめる。

ライダーは地下室の奥にあるテーブルに歩み寄った。まさに彼が必要としていたものがある。年代ものの鞘と革のカバーにはいった古い剣と短刀が何本も並んでいた。

「見せて」アンジェリークが近づいてきた。

そのうちの一本を渡すと、アンジェリークは剣を鞘から引き抜いた。生まれたばかりの赤ん坊を抱くような、愛しげで、慎重で、このうえなく優しい手つきだ。やがて目をきらきらさせながらその剣をテーブルに戻し、ほかのものに視線を走らせた。

「すごいわ。片刃の短剣《カトラス》、両刃の剣《レイピア》、短刀、戦斧まである。いくつかは、中世のころのものよ」

アンジェリークはもの欲しげなまなざしで、テーブルの上を見つめた。ライダーは笑いながら言った。「ぞくぞくするかい？」

アンジェリークの視線はテーブルから離れなかった。

「あなたにはわからないのよ。これだけで莫大な価値があるわ。この家の持ち主は、こんな宝物がここにあることすら知らないんじゃないかしら。いったいだれがこんなものを地下室にしまっておくの？　博物館にあるべきなのに」

「どうだろうな。とにかくいまはおれたちのものだ。さあ、集めてくれ」

アンジェリークはようやく彼に顔を向けた。「なにをするつもり？」

「この武器を使うのさ。持ってあがるのを手伝ってくれないか」

「ライダー、これは骨董品よ」

「いや、これは武器だ」ライダーは持てるだけの剣を抱えると、アンジェリークが来るのを待った。

「持っていくわけにはいかないわ」

ライダーは彼女を無視して地下室を出た。ついてくるのはわかっている。そのまま家のなかへと戻り、持ってきたものをキッチンのテーブルに置いた。アンジェリークも、運んできた剣をその隣に並べた。

「気に入らないわ」

「よくわかったよ。さてと、バーナーがいる」

アンジェリークは不満げな声をあげた。

ライダーはそんな彼女に笑いかけてから、外に出て敷石の通路を進みはじめた。この家でバーナーを見つけられるほど自分に運があるとは思えなかったが、ガレージを探してみても損はない。

だが実のところ、ガレージはかなり設備が整っていることがわかった。

「今日のおれはついているらしい」

ここ数カ月、あまりつきはなかったが、ようやく彼にも運が向いてきたようだ。充分な銀を見つけたうえに、それを溶かせるくらいのバーナーもある。

彼は銀をすべてガレージに運んでくると、頑丈な容器に入れ、仕事に取りかかった。

ほぼ一日を費やしたその作業は、骨の折れるわりに退屈なものだった。バーナーの光から目を守るためにゴーグルをかけたアンジェリークは、彼のそばから離れなかった。ライダーが銀を溶かすのを見守り、彼が休憩するときには飲み物や食べ物を運んだ。そのあいだじゅうずっと無言だったが、その苦々しい表情を見れば、彼のしていることが気に入らないのはよくわかった。

地下室で見つけた古い武器を溶かしていたわけではない。その武器は、銀を液状にしたあとで使うつもりだった。

作業を終えるころには外は暗く、ライダーはすっかり汚れていた。

「シャワーを浴びているあいだ、そいつはしばらく冷ましておこう。それから第二段階だ」

「すてきね」アンジェリークは鼻にしわをよせた。

あいかわらず機嫌の悪いアンジェリークにうんざりしながら、ライダーは家にはいった。うしろからアンジェリークがついてくる。

「わたしたちのものでもない貴重な銀を全部溶かしたところで、あなたはいったいなにをするつもりなの？」バスルームまでついてきたアンジェリークが訊いた。

ライダーは靴と靴下を脱いだ。

「溶かした銀で武器を覆って、デーモンに対して使えるようにする」

「つまり、骨董品を全部台無しにするつもりだっていうことね」

ライダーは頭からシャツを脱ぎ、床に放った。「そういうことだ」

「わたしは気に入らないわ、ライダー」

「そいつはさっきも聞いた」ライダーは手を伸ばしてシャワーをひねると、ズボンのボタンをはずしてファスナーをおろした。

アンジェリークはじっとそれを見つめている。

「ずっとここにいて、文句を言い続けるつもりか？」

「そうかもね」

彼は肩をすくめた。

「好きにするがいいさ」ズボンを床に落とし、くるりと背を向けてシャワーヘッドの下に立った。「だがそれなら大きな声で言ってくれ。シャワーの音で聞こえないだろうからな」

「いやな人ね」

ドアが閉まる音が聞こえ、ライダーはにやりとしながら石鹸に手を伸ばした。

＊

神のようなからだだった。息を呑むほど見事だった。腹部はひきしまり、腕の筋肉はくっきりと盛りあがっている。太ももはがっしりした木の幹のようだったし、ライダーがズボンをおろしたときには自分が女であることを強烈に意識した。

彼が背を向けるまでのほんのつかの間、一糸まとわぬ姿でそこに立っているあいだに、アンジェリークは自分がなにを言っていたのかすっかり忘れてしまっていた。

あやうくよだれを垂らすところだったかもしれない。

我に返ったときには、言い争いを続けるタイミングを失っていた。

ライダーほど頑固で腹の立つ男は初めてだ。彼女がなにを生業としてきたのか、ライダーは知らないらしい。それともどうでもいいと思っているのだろうか。

アンジェリークはバスルームのドアを見つめ、シャワーの水音を聞きながら、ライダーの裸体を脳裏から追い払おうとした。忘れることなどできないのはわかっていたけれど。深呼吸をすると、ドアを開けて議論を続けようかと考えた。

なんのために？　どうにもならないことだ。彼がなにをしているのかはわかっていたし、実のところ、ほかに選択肢はない。なにも腹いせに骨董品を壊しているわけではないのだ。ふたりが生き残るため、彼女を守るためにしているにすぎない。

だからといって、アンジェリークが諸手をあげて賛成する必要はない。

いらだっても無意味だ。下に行って料理をすることにした。怒りはすべて野菜にぶつけてしまおう。ナイフでなにかを切りつければ、気持ちも晴れるかもしれない。

それに野菜は彼女に反論したり、言い返したりはしない。そんなわけで、ニンジンやズッキーニやカボチャを切り終えたときには、アンジェリークの気分はかなりましになっていた。

「きみにナイフを持たせると危険だな」

「気をつけたほうがいいわよ」アンジェリークは振り返ることもなければ、ライダーに視線を向けることもなかった。清潔そうな彼のにおいを嗅いでいるだけで危険だ。頭のなかにはまだ、服を着ていない彼の姿が渦巻いている。彼のお尻もすばらしかった。

ろくでもないことを考えている自分にいらだちを覚えつつ、アンジェリークは野菜を鍋に放りこむと、皿を彼に押しつけた。

「外にグリルがあるわ。このお肉を焼いてきてちょうだい」

ライダーはにっこりした。「承知いたしました」

ライダーがいなくなると、アンジェリークは料理に集中した。彼がそばにいるとそれだけで気が削がれる。ようやくデーモンに襲われた衝撃も薄れ、気持ちが落ち着いてきたいまとなっては、ライダーが彼女に与える影響を意識せずにはいられなかった。

やり場のない思い、怒り、いらだち。ぞくぞくし、好奇心をかきたてられ、興奮し、からだが熱っぽくなり、欲求が沸きあがってくる。混乱したその感情は、どれも心のかたすみに押しやる必要があった。〈闇の息子たち〉の手を逃れ、妹を見つけ出す。それがなにより重要なのだから。

その両方を果たす方法を見つけなければならない。

ライダーが手伝ってくれるはずだ。

今夜は彼と話し合おうと決めて、アンジェリークはワインを開けた。すべてをさらけ出して、互いの立場を確認するのだ。

どちらも正直になるべきときだった。

きっとおもしろい夜になるはずだ。

5

イザベルの心臓は興奮のあまり激しく脈打っていた。平然とした態度を装おうとしたけれど、とてもだめだ。モーターボートがダルトンの船に近づいていくにつれ、まじまじとながめてしまう。

その船は美しかった。つややかに輝いていて、乗りこむのが待ちきれないくらいだ。イザベルは自分の人生が変わろうとしているのを感じていた。

ポートフォリオを受け取ったイザベルは、じっくり目を通してから確認のために何本か電話をかけた。荷造りをして、安ホテルをチェックアウトするまでさほど時間はかからなかった。文字通り、桟橋へと駆けつけた。

もちろんその前にシャワーを浴びて服を着替え、身だしなみを整えることは忘れなかった。後援者となるかもしれない男には好印象を与える必要がある。いやらしい金持ちの後援者。うまくカードを切れば、すべての夢がかなうかもしれない。

ボートが船に横づけされると、イザベルは乗組員の手を借りてはしごをのぼり、船に乗り移った。

わお。ぴかぴかに磨きあげられた甲板。座り心地のよさそうなラウンジチェア。バーやジャグジーまである。どれも豪華だ。お金があればどれほどのものが手にはいることか。

「ミスター・ガブリエルはすぐに参ります。お荷物は下のキャビンに運んでおきます」乗組員が小さくお辞儀をしながら言った。

「ありがとう」

イザベルは甲板を歩き回り、手すりに手を乗せて海をながめた。穏やかな青い海。そこには一生に一度のチャンスが眠っている。お腹のあたりがむずむずした。彼女を待ち受けるものへの期待が、ここ数カ月のあいだ抱えていた苦痛と怒りをどこかへ運び去った。

考えちゃだめ。いまは仕事に集中して。

さわやかな風が、いく筋かの髪を頬の上で躍らせた。イザベルは顔に当たる暖かな午後の日差しを楽しみながら、その髪を耳にかけた。どこまでものどかで、船の揺れに身を任せていると、長いあいだ感じたことのなかった安らぎが広がっていくようだ。

イザベルの人生には転機が必要だった。ずっと頭上に垂れこめていた黒雲をなんとしても吹き払おうと、彼女は心に決めた。

今回うまくいけば、そのための風が吹いてくれるはずだ。お金があれば、記憶を葬ることもできるだろう。そうすればいやなことも忘れられる。

「ようこそわが船へ」

ダルトンの声に振り返ったイザベルは、改めて彼の魅力を強烈に意識した。外見だけではない。もちろん白い麻のズボンとボタンダウンの青いシルクのシャツは、日に焼けた肌によく似合っていたけれど、彼にはそれ以上のものがあった。セクシーな声、ゆったりと近づいてくるその足取り、彼女に会えて心からうれしいとでも言わんばかりの笑顔。そういったもののすべてがひとつになった男性に、無関心でいられる女がいるかしら？

差し出された彼の手を握り返したイザベルは、身震いしたくなるのをこらえた。

全身に電気が走り、かっとからだが熱くなる。

わお。これがいわゆる男女の化学反応というものかもしれない。けれどそれだけではなかった。ダルトンの瞳を見つめていると、彼のことを知っている……本当の意味で知っているような気がしてくる。心地よさが広がった。男性といっしょにいてめったに覚えることのない感覚だ。男性はいつもイザベルを落ち着かない気分にさせる。イザベルはこれまで彼らを利用してきたけれど、いっしょにいてくつろぐことはできなかった。

ダルトンは……落ち着く。

「この事業に資金を出すことに合意してくださってありがとう」イザベルは言った。

「おれのポートフォリオに満足してもらえてうれしいよ」

イザベルは思わず鼻先で笑い、自分がそんなことをしたのが信じられずに、ぎゅっと唇を結んだ。

「ごめんなさい。だって……あなたのポートフォリオに文句を言う人なんているかしら？　あなたは大金持ちなのに」

ダルトンは気を悪くした様子もなく、笑顔で言った。

「そういうことだ。おれは利用されるのかな？」

「そうかもしれないわね」

今度はダルトンが鼻を鳴らす番だった。

「正直な女性はいいね。なにか飲むかい？」

正直？　自分のなかにそんなものがかけらもないことはわかっていたけれど、ダルトンに教える必要はない。「いただくわ」

彼はひさしの下のテーブルにイザベルをいざなった。

「ブラッディマリーだ、ディミトリ。ダブルで」

隣の椅子にダルトンが腰をおろすのを待って、イザベルは言った。

「わたしを酔わせるつもり？」

「いいや、おれはただ強いカクテルが好きなだけだ。きみはシングルにするかい？」

イザベルは首を振った。「いいえ、大丈夫。お酒には飲まれないわ」

「そうか」

ダルトンはセロリのスティックで深紅の飲み物をかきまわしてから、グラスを口に運んでごくりと飲んだ。その仕草にイザベルはなぜかどきりとした。赤い色の飲み物から目が離せない。彼女は自分のグラスを手に取った。ぴりっとした味わいが気に入った。

「おいしい」

ダルトンはうなずいた。「ディミトリは腕のいいバーテンなんだ」

「あなたはいつもこういうことをしているの？　船で旅して回っている？」

「そういうわけじゃない。世界を回っているのは、いろいろと仕事があるからさ」

「たとえば？」

「財務関連とか投資とか。だが会社はどれも順調だし、優秀な人材もいる。だから個人的なことに多くの時間を割けるわけだ」

「たとえば？」

「航海やダイビング。骨董品の収集。狩り」

「狩り？　なにを狩るの？」

ダルトンは目を伏せ、グラスを見つめながら微笑んだ。「大物だ」

「おもしろそうね。危険なんでしょうけれど」

イザベルを見るその顔は真剣だった。「命に関わることもある」

どういうわけか、彼の獲物は鹿などではないという気がした。もっとくわしい話が聞きたかった。

けれどダルトンのことを知るのが彼女の目的ではない。彼の船とお金を利用できればそれでいいのだ。

「自分のしたいことができるのって、楽しいでしょうね」

「ああ。きみもアトランティスを見つければ、同じような立場に立てる」

イザベルは冷えたグラスを両手で包みこんだ。

「わたしの夢は、そうなれるくらい成功することよ」

「それは、きみにとって重要なことなのか？」

「ええ」

「どうして？」

「自由と名声が得られるわ。それに、資金繰りを気にせずに宝探しができる。あなたはお金の心配なんてしたことがないから、お金がないというのがどういうことなのか、わからないんでしょうね」

「子供のころのきみは貧しかったのか？」

イザベルは肩をすくめた。「貧しくはないけれど、裕福だったわけでもないわ」

「考古学者イザベル・スミスの情報はなにもつかめなかったんだ。きみのことを聞かせてくれないか？」

調べたはずだとイザベルは思った。本当にわたしのことをろくに知らないまま、投資しようと決めたのかしら？「母が考古学者だったの。なにもかも母に教わったのよ」

「だった？　もう引退しているのかい？」

「死んだわ」

ダルトンはテーブルごしに手を伸ばして、イザベルの手に重ねた。「すまなかった」

「昔の話よ。突然体調を崩してそのまま」

「ほかに家族は?」

イザベルは練習してきた答えを思い出しながら言った。

「いないわ。父はわたしが生まれる前に死んだから、ずっと母とふたりきりだったの。母が死んで、いうなればわたしがそのあとを継いだというわけ。いまは天涯孤独よ」

＊

ダルトンは驚きを表情に出すまいとしながら、イザベルを見つめていた。家族はいないと、たったいま彼女は嘘をついた。最初は偽名を使い、今度は姉がいることを隠した。

「ひとりで生きていくのは大変だろう。ご主人や恋人はいないのかい?」

イザベルは唇をとがらせた。「いないわ。そんなことをしている時間はないもの」

「そんなことをする時間はだれにでもあるものさ」

ふたりの前にディミトリが料理の載った皿を置いた。

「シーフードパスタだわ。どうしてわたしの好きなものを知っているの?」

「これはおれの好物なんだ」ダルトンはフォークを手に取りながら答えた。

ダルトンは、イザベルが食べる様子を観察した。いささかもためらうことなく、おいしそうに口に運んでいる。なるほど。なにかを手に入れようとする女には、相応のエネルギーが必要だ。いっしょに食事をするのをいやがっていないことがうれしかった。

彼女の食欲は食べ物だけにとどまってはいなかった。知識を得ることや、なにかを発見することを熱望しているのがわかって、ダルトンは興味をそそられた。内気なところはなく、話をするのが好きらしい。少なくとも、考古学に関してはそうだった。イザベルは食事をしながら、海底に眠る神殿の研究とその発見がどういう意味を持つかについて滔々と語った。彼女の熱意が本物であることはわかったが、それはどこから来たものなのだろうとダルトンはいぶかった。

彼は空いた皿を押しやると、ディミトリが注いだシャルドネをひと口飲んだ。

「海底神殿を見つけたら、きみはどうするつもりだい？」

イザベルは椅子の背にもたれるとグラスを手に取り、そのなかでワインをぐるりと回した。

「わたしは有名になるわ」

「そして想像もできないくらいの大金持ちになる」

「そうよ」

「わくわくする？」

イザベルは顔をあげて、ダルトンをまっすぐに見つめた。

「ええ。わたしはあさましい人間かしら？」

彼は肩をすくめた。「金は、たいていの人間の活力源だ。金持ちになりたくないやつがいるかい？」あたりを見回しながら言う。「たくさんのものが手にはいる」

イザベルはにっこりした。「よく言うことだけれど、幸せも買える？」

「なにか買いたい幸せでもあるのかな、イザベル？」

彼女の笑みが消えた。「あなたは心理学者でもあるの？」

「まさか。金で買えるものと買えないものを知っているだけさ」

「お金を持っている人にはわかっているはずよね。誤解されている大金持ちを気の毒に思うべきかしら？」

ダルトンは鼻で笑った。

「そうは思わないね。おれは無一文の考古学者を気の毒がるべきかい？」

イザベルはグラスを掲げた。

「一本取られたわ」

「自分がなにを求めているのか、よく考えたほうがいい。手にはいるかもしれないんだから」

「望んでもいないものが手にはいることだってあるわ」

「なにかおれに話しておきたいことでもあるのかい？」

「わたしにはなにも謎なんてないわよ、ダルトン。わたしは見たままの人間だし、自分の人生になにひとつ不満はない」

「本当に？」

イザベルはうなずいた。「ええ。わたしは自分のしたいことをしているの。その結果お金が手にはいれば、なおいいわ。でももし手にはいらなくても、それはそれでかまわない。大事なのは冒険することだから。賞金はただのボーナスよ」彼女は立ちあがった。「船のなかが見たいわ」

いまはこれ以上聞き出せそうもないと悟り、ダルトンも立ちあがった。得た答えよりも疑問のほうが多かったが、とりあえずここは引いたほうがよさそうだ。「喜んで案内しよう」

上の階には、ダルトンの部屋とイザベルの荷物を運ばせたＶＩＰ用の部屋があった。部屋が隣り合っていてよかったと、彼は改めて思った。イザベルがだれかに連絡を取っていないかどうか、探りやすくなる。

どちらの部屋も広々として、キングサイズのベッドにプラズマテレビが置かれ、ジャグジーと大理石の洗面台があった。

「すごい。すごく広いのね」部屋に案内されたイザベルは感嘆の声をあげた。

「きみがくつろいでくれるとうれしいよ」

「この部屋なら一五人いたってくつろげるわ」

ダルトンは声をあげて笑った。「さあ、おいで。下の階を案内するよ」

下の階には、乗組員の部屋や調理室、機関室、倉庫といったものがあった。彼らに直接関係のある場所ではなかったが、どこになにがあるのかをイザベルに教えておきたかった。そうすれば彼女も、自分が対等なパートナーであるかのように感じられるはずだ。

イザベルには彼を信用してもらわなければならない。

ふたりは上のデッキに戻り、イザベルの部屋の前で足を止めた。「荷物をほどくといい。あとでなにか飲みながら、明日の朝の予定を立てようじゃないか。潜るのは早いほうがいいからね」

「そうね。それじゃああとで」

イザベルは部屋にはいってドアを閉めた。ダルトンは自分の部屋に引き取り、モニターに歩み寄ったところで、しばしためらった。彼にのぞきの趣味はない。だがイザベルの行動を監視しなければならなかった。彼女の部屋に盗聴器と監視カメラを仕かけるのは気に入らなかったが、設置しないわけにはいかなかった。だれかと連絡を取ったり、デーモンのような兆候を見せたりしないかを知る必要がある。つまり、モニターを見ていなければならないということだ。

イザベルはすぐに荷物を開こうとはせず、部屋のなかを歩き回っては、あちらこちらを触っていた。なにもかもに感嘆しているかのように、家具のひとつひとつ、部屋じゅうのすべてのものを指先で愛しそうに撫でている。つぎに、海に面した両開きのドアを開けて、潮風を吸いこんだ。それから五分ほど、彼女はドアにもたれ、ただじっと海を見つめていた。

ダルトンはその光景に魅了され、息をするのも忘れた。間近で見たいという衝動をこらえきれず、彼女の顔をアップにした。

沈みかけた夕日が彼女の顔をくすんだオレンジ色に染めていた。垂らした髪が、むきだしの肩の上でゆるやかに波打っている。肌は輝く真珠のようで、ダルトンはその肌のなめらかさを手のひらで感じたくなった。

彼女が大きく息を吸うと、ワンピースの生地ごしに豊かな胸が浮かびあがった。ダルトンの指がぴくりと動いた。触れてみたい。乳首に親指を這わせ、ストラップを肩からずらしてその胸をあらわにするのだ。

股間が硬くなるのを感じて、ダルトンは目を閉じた。彼女の部屋にはいっていき、彼女の前に立つ自分を思い浮かべる。肩にかかる髪を払ってそこに唇を押しつけ、それから顔をあげて彼女の瞳を見つめる。

彼女はうなずき、ダルトンは片手をドアに当てて彼女を見おろす。彼を誘うように、その唇が開く。

ああ、どれほどその誘いに身を任せたいことか。

自分がなにを考えているかに気づいて、ダルトンははっとした。

女のことなど考えてはいけない。仕事のことを考えろ。仕事のことだけを。おれはデーモンハンターだ。これがおれの仕事で、生きている理由なんだ。おれは、普通の人生を送れない。だれかと親しくなったり、愛したりする機会を……与えられていない。それはほかの人のためのものだ。おれではなく。

かつて彼は天使だった。完璧な存在だった。だがひとつの恐ろしい過ちを犯し、その償いをする過程で、ルイスと〈光の王国〉に出会った。それ以来彼は、唯一できることをしてきた――〈闇の息子たち〉とデーモンとの戦いに命を捧げてきたのだ。いつか赦される日が来て、もう一度チャンスをもらえるかもしれない。

けれど彼にはわかっていた。二度と、かつての自分には戻れない。彼のなかの闇が消える日は来ない。

彼のなかでは常に光と闇が戦っていた。イザベルと会ったとき、彼女にも同じものを感じた。彼女にこれほど惹かれるのはそれが理由だろうか？　彼女に触れたとき、熱いものが全身を駆けめぐったのは？

ダルトンは立ちあがり、片手で髪をかきむしりながら、白昼夢を振り払おうとした。モニターのなかでは、イザベルがまだじっと海を見つめている。

ちきしょう、彼女が欲しい。

自分がここにいる理由はわかっているはずだった。これまで任務を苦にしたことは一度もない。いったいイザベルのなにが彼をこれほどまでに悩ませるんだろうか？

ダルトンは首を振り、しっかりしろと自分に言い聞かせてモニターに目をこらした。イザベルはようやくドアから離れて鞄に近づくと、服を片付けはじめた。もうひとつのスーツケースにはノート型パソコンと書類とファイル、それから小さな箱がはいっている。

ダルトンの視線はその箱に吸い寄せられた。南京錠がついていたからだ。イザベルは手にした箱をしばし見つめてから、その箱を持ったままベッドに腰をおろした。

「そいつになにがはいっているんだ？　イザベル」ダルトンはつぶやいた。「見せてくれ」

その声が聞こえたかのように、イザベルはポケットから鍵を取り出し、箱を開けた。

そこには、一冊の本がはいっていた。イザベルは箱をかたわらに置いて、その本を開いた。ゆっくりとページをめくっていた手がある箇所で止まり、そこから動かなくなった。黄ばんだページを愛しげに撫でている。愛情と優しさがこもっていることが、見ているダルトンにもよくわかった。

あいにくそのカメラでは、なにが書いてあるのか読めるほどクローズアップはできなかった。

イザベルは無言のまま、ただひたすら読みつづけている。妙なことにページをめくろうとはしなかった。読みたいことが書かれているのは、その一ページだけらしい。

そのときイザベルが洟をすすった。そしてもう一度。それから片手で顔をぬぐった。

イザベルは泣いていた。

いったいなにを読んで泣いている？

イザベルは上を向き、顔をゆがめた。目を開けたので、悲しみのあまり泣いていたわけではないことがわかった。

怒りの涙だった。

「なんてことしてくれたのよ、母さん！」

部屋の向こうに投げつけられた本が、音をたてて壁にぶつかった。数秒間それを見つめたあと、イザベルはバスルームにはいっていった。

ダルトンは呆然として座っていた。

いったいあそこになにが書いてあるんだ？

6

食事のあいだライダーは、おかしさを表情に出さないようにしながら、しきりに彼にワインを飲ませようとするアンジェリークをながめていた。

彼はほぼ底なしで飲めるくらい酒には強い。もちろんアンジェリークはそのことを知らないし、教えるつもりもなかった。彼を酔わせようとしていることは明らかだったから、なおさらだ。

だがなにが目的だ？　彼を酔わせて思いどおりにするつもりだろうか？　そうは思えなかった。

ふと浮かんだイメージにライダーのからだがこわばった。アンジェリークが彼にまたがり、深く彼自身を迎え入れて激しく腰を使っている。

くそ。そんなことを考えてどうなる？　そんな目で彼女を見ないようにしようとしたが、そのイメージを追い払うのは簡単なことではなかった。いまこの家には、ふたりきりだ。

デーモンのことを考えろ。セックスじゃなくて。

だがいま彼は下半身に支配権を握られていて、デーモンのことなどどうでもよくなっていた。においたつような美しい女性から、しつこいくらいにアルコールを勧められているのだから無理もない。

彼女にはなにか目的がある。

そのうえひどく感じがいい。

ライダーは、食事のあいだじゅうずっとにこやかな笑みを浮かべ、あたりさわりのない会話を続けていた目の前の見知らぬ女性より、けんか腰のアンジェリークのほうが好きだった。しばらくはそのゲームに乗っているふりをするのも楽しかったから、どうでもいいおしゃべりにもじっと耳を傾けていたが、数時間がたち、ワインを数本空けたあとも、話にはなんの進展もない。もう少し飲ませたら、彼女の口も軽くなるかもしれないとライダーは思った。目算ははずれた。興味のある話題はなにひとつ出てこない。そろそろ彼の忍耐も限界だった。

「そんなわけで、モハーベで二年過ごしたら、もう帰りたくなくなって……」

これまでに手がけた発掘や、発見したものや、それを寄贈した博物館の話が延々と続いた。あらかじめ彼女については調べてあったから、どれも知っていることばかりだ。ひょっとしたら、彼女自身より彼女のことを知っていたかもしれない。

話をしているあいだも、ふたりは飲みつづけた。アンジェリークはどちらのグラスにもくりかえしワインを注いでいく。

アンジェリークの口調は変わることなく軽やかで、ろれつが回らなくなることはなかった。

血液中のアドレナリン濃度が高くて、それがアルコールを燃焼させているのかもしれない。

「エジプトで見つけたその像は――」

「アンジー」

「なに？」

「目的はなんだ？」

アンジェリークは首をかしげた。「わたしの話のこと？」

「違う、今夜の目的だ。ワインを四本とこの意味のない会話の目的だよ」

彼女は顔をしかめた。「わたしの話は意味がない？」

「ああ」

椅子の背にからだを預ける。「それって、ずいぶん失礼じゃない」

「本気で言っているとは思えないな。きみにはなにか意図があるはずだ。いったいなんだ？」

「そんなものないわ」

「いや、あるね。きみはおれを酔わせようとした」

アンジェリークは軽くあしらおうとした。「そんなことしていないわ」

「一応言っておくが、おれは酒には酔わない。ワインはうまかったが、本当は冷えたビールかウィスキーのストレートのほうが好きだ」

「あら、たしかどこかに――」

ソファに引き戻した。

「それはよかったわ」アンジェリークは立ちあがったが、ライダーはその手首をつかんでソファに引き戻した。

「まだ話は終わっていない。充分なのは酒だけだ。きみは話がしたいんだろう？　しようじゃないか。きみが考えていることを聞かせてもらおう」

アンジェリークは肩をすくめた。「べつになにも考えていないわ。隠すことだってない」

「それはよかった。それなら、ブラック・ダイヤモンドのありかを教えてくれ」

「それはだめ」

「それなら、もう話すことはない」

ライダーは立ちあがったが、今度はアンジェリークが彼の腕をつかんだ。

「待って」

ライダーは彼女を見おろした。「おれはゲームをする気分じゃないんだ、アンジー」

「ごめんなさい。座ってちょうだい。本当にあなたと話がしたいの」

ライダーは座った。「話したいことがあるなら、そう言えばいい。なにもアルコールの力を借りる必要はないんだ」

「そうね。あなたはいつだってあけっぴろげで、話しやすい相手ですものね」

「きみは本当に生意気な女だな」

アンジェリークは視線を逸らしたが、口元には笑みが浮かんでいた。

「そんなわたしがいいんでしょう?」

そのとおりだった。さっきまでの人当たりのいい穏やかな彼女よりは、いまのほうがいい。あれは見知らぬ女性だった。少し生意気なくらいのアンジェリークのほうが好きだ。自分の意思をはっきり口にしているときのほうが、扱いやすいような気がした。

「それで、話というのは?」

「心配なの」

「なにが?」

「いろいろなことが。あの小屋で起きたこと。デーモンがどうやってわたしの居場所を突き止めたのか。わたしを見つけられるなら、イザベルのことも見つけられるわ」

「彼女の身になにかが起きると考えているのか?」

「考えないようにしているわ。でもあの子が突然姿を消したのは、きっとなにか理由があるはず。あの子はわたしを怒らせてばかりだけれど、でもいまは居場所が知りたい」

「どうして?」

「バートが言ったことを聞いたから」

「きみはイザベルが〈闇の息子たち〉となんらかのつながりがあるんじゃないかと思っているんだな?」

アンジェリークはつらそうにうなずいた。

「わたしじゃなかったの。わたしがブラック・ダイヤモンドに手をかざすと、なかの光が消えた。わたしは〈闇の女王〉じゃなかったってバートが言ったわ。まるで、わたしになにか魔法の力があるとでも思っていたみたいに。そう確信していたみたいに」

「だからといって、それがイザベルだということにはならない」

「そうね。でもあれこれ考え合わせると、そうかもしれないという気がしてくる。イザベルとわたしは双子よ。〈闇の息子たち〉は自分たちですら知らないわたしたちのなにを知っているというの？」

「いい質問だ。きみは本当になにも知らないのか？」

アンジェリークの目つきが険しくなった。「いいかげんにしてよ。わたしがデーモンの側の人間だったら、あんなふうに標的にされたと思うの？　あの生き物に喉をつかまれて、脅されたのよ？　わたしはなにも知らない。洞窟にいたときも知らなかったし、いまだってそうよ」

ライダーは、どう考えればいいのかわからなかった。デーモンは人をもてあそぶのが好きだし、嘘をつくのも好きだ。見えるものが真実でないことはままあった。〈光の王国〉にスパイを送りこむくらい、やつらならなんなくやってのけるだろう。

けれど今回は違うと直感がささやいていた。アンジェリークはデーモンに関わってはいない。少なくとも、直接的には。

「やっぱりイザベルが〈闇の女王〉じゃないかと思うの」

「どうしてそう思う？」

アンジェリークは身を乗り出し、太ももの上で両肘をついて手を組んだ。じっとその手を見つめているのは、彼と目を合わさないためだろうとライダーは思った。

「理由はいくつかあるわ。わたしとブラック・ダイヤモンドのことでバートが困惑していた。それとイザベルの行動。つじつまが……合うの」

「どういう意味だ？　つじつまが合うというのは？」

アンジェリークはさっと顔をあげ、苦痛に苛まれているような瞳で彼を見た。

「あの子のなかには黒い部分があるの。昔からわかっていた。親切で陽気にしていたかと思うと、つぎの瞬間には敵意をむき出しにするのよ。そうすることを楽しんでいるみたいだった。子供のときだけならそれも理解できたけれど、大人になっても変わらなかった。まるで人を、それもとりわけわたしを傷つけることに邪悪な喜びを感じているみたいだった」

「姉妹のライバル心じゃないのか？」

アンジェリークは首を振った。

「違う。それだけじゃない。うまく説明できないわ、ライダー。あの子には腹黒いところがあるの。生まれ持った……邪悪なところが。わたしにはわかる。時々、ものすごくあの子が恐ろしくなることがあるわ。年と共に、ますますそれがはっきりしてきた」

「どういう邪悪さだ？」

アンジェリークは肩をすくめた。「あの子の行動。罪の意識のなさ。ためらいもせず、心を痛めることもなく人を傷つけることができる。それがどういう影響を及ぼすかを考えることなく、欲しいものは手に入れようとする」

「かなり欲深いようだな」

アンジェリークはうなずいた。「そうね、欲深いという表現じゃすまないかもしれない。あの子はいつだってわたしを負かして、一歩先に行きたがったわ。昔からそうだった。それで勝てると思えば、わたしの鼻先から宝物を盗むことだってあった」

「それは、姉妹間のライバル心にも聞こえるが」

「昔はわたしもそう思っていた。でも、いまのあの子は成功を収めた考古学者よ。わたしを負かす必要なんてない。充分、優秀だもの。それなのに、なんとしてもお金持ちで有名になりたがっているみたい。なにもかも手に入れようとするかのように。欲しいものを手に入れるためには、あの子はなんだってする。邪魔をする人間は、だれであろうと排除する。だれとも親しくなろうとはしないし、だれのことも近づけない。わたしとのあいだには絆があるけれど、でもわたしたちは姉妹だもの。そのわたしにすら、あの子は冷たくできるの。

あの子はどこか違っているって、昔からずっと感じていた。でも認めたくなかった。オーストラリアに行くまでは。〈闇の女王〉はわたしじゃないってバートに言われて、ひょっとしたらそれはイザベルじゃないかって思った。でもどうして？　わたしたちは双子よ。わたしは……わたしは彼女とは違うわ、ライダー」

アンジェリークの顔に浮かんだ苦痛があまりに激しくて、ライダーの胸は痛んだ。彼女を抱きしめてやりたかった。ちきしょう。彼女を慰めてやりたい。

いや、だめだ。それはおれがやるべきことじゃない。話をするのはいいが、彼女に触れるのはだめだ。それにおれは、人を慰めるような柄じゃない。

「おれたちのだれもが闇の部分を持っているんだ、アンジー。それをどうするかによって、自分が何者であるかが決まる」

いぶかしげな、そしてなにかを求めているような彼女の表情が、ライダーの胸の奥に突き刺さった。望んでいることすら忘れていた望みが、よみがえってきた。

「それはどういう意味？」

ばかなことを口走ってしまう前に、口を閉じたほうがよさそうだ。

「なんでもない。どこかで読んだ、ばかげた哲学さ。少しは役に立つかと思ってね。どうだい？」

アンジェリークは小さく笑った。「少しはね」

ライダーは立ちあがって窓に近づき、自分はどうして彼女のそばにいるのだろうと思いながら月のない夜空を眺めた。外にいるべきじゃないのか？

それともここを逃げ出したがっているだけなのかもしれない。なにかばかなこと――たとえば彼女を慰めたりとか――をする前に、彼女とのあいだに距離を置こうとしているのかもしれない。

「外をパトロールしてくる」ライダーは彼女に背を向けた。「いいかい、おれたちはきみの妹を見つける。そうしたら、彼女が無事だということもわかるはずだ。だから心配するのはもうやめるんだ」

「わかったわ」

ライダーは裏口から外に出ると、しっとりした夜の空気を胸いっぱいに吸いこんだ。むせるようなクチナシの甘い香りに気分が悪くなったので、なにか不審なものはないかとあたりの様子に目を配りながら、家から離れた。

夜は静まり返っていた。わずかな風すらない。

だが彼の頭のなかは平穏とは言いがたかった。家のほうにちらりと目をやると、キッチンの窓からアンジェリークの姿が見えた。なにかを考えこんでいるのか、眉間にしわを寄せながら皿を洗っている。

ライダーは、彼女が欲しがっていた答えを出さなかった。さっきの話が彼女にとっては大きな意味があって、もっと深くつきつめたがっていることには気づいていたが、会話の途中で逃げ出した。

血筋や邪悪さについての話をあれ以上続けることが、どうしてもできなかったのだ。だれにも触れられたくなかった。彼のなかの暴力を好む部分や、そしてそれがどこから来たものかという話は、だれともしたことがない。

けれど妙なことに、いまは話したいような気がした。今夜アンジェリークがイザベルに対する懸念を口にするのを聞いて、今度は自分のなかにある邪悪な部分について彼女に打ち明けたくなった。

彼女なら、こんな話でも聞いてくれるんじゃないだろうか？

ライダーは首を振った。アンジェリークは優しさが欲しかっただけだ。イザベルは邪悪などではなく、内なる闇を封じこめておけなくなるときはだれにでもあると言ってくれるだれかに、理解してもらいたかっただけだ。

闇を封じこめられる者もいれば、それができない人間もいる。

そして、いまにも落ちるかもしれないと思いながら、綱渡りのように危ういバランスを保っている者もいる。

ライダーは、毎日が綱渡りだった。アンジェリークに優しくできないのは、彼のなかには最初から優しさがないからだ。彼はやはり父親と同じような人間なのかもしれない。

キッチンの明かりが消えた。ライダーは窓から視線を逸らし、空を眺めた。闇にすっぽりと包まれてため息をついたとき、近づいてくる足音が聞こえた。

「なかにはいっているんだ、アンジー」

アンジェリークは、太ももが触れるくらいライダーの近くに座った。

「もう少しで答えが出そうだったのに。あなたは逃げ出したのね」

「答えなんてなかった。おれは、きみが望むものを与えられない」

「わたしを信用していないから」

「それもある」

「わたしがあなたを信用していないと思っている？」

ライダーは彼女に向き直った。「なんだって？」

「わたしは今夜あなたにあることを打ち明けた。妹に対する懸念よ。それって、あなたを信用しているっていうことじゃない？」

暗くてよかったとライダーは思った。彼女にあんなふうに見つめられると……あの瞳に溺れてしまいそうだ。力が抜けて、自制心をなくしてしまいそうだった。

「ブラック・ダイヤモンドがどこにあるかを教えてくれたら、もっときみを信用しよう」仕事に集中するんだ。仕事なら我を忘れるようなことはない。

「わたしはあなたを信用しているわ。ほかのだれよりも。でも妹の命がいま危険にさらされているの」

「証明してみせてくれ」ブラック・ダイヤモンドのありかを彼女が教えてくれさえすれば、すぐにでもこんな会話を終わらせることができるのに。

「ライダー」アンジェリークがからだを寄せてきた。彼女の胸が腕に当たる。彼の膝の上に乗るようにして彼女が唇を重ねてきたので、ライダーは仰天した。

驚きのあまり、動くことができなかった。離れなければならないことはわかっている。けれど彼女が差し出したものを受け取りたかった。彼女の唇はかぐわしくて、熱くて、魅惑的だった。

ライダーはうめきながら彼女を引き寄せた。アンジェリークは彼の髪に指をからめ、ますますキスを深めてくる。その感触が心地よかった。ライダーにぴったりと身を寄せたアンジエリークのからだは、すべてが柔らかかった。一方のライダーは、どこもかしこも硬い。一気にからだが熱くなり、内から沸きあがる生々しい力が、長いあいだ眠っていた導火線に火をつけた。アンジェリークの唇に触れただけで、一気に燃えあがっていた。

こんなことをしてはいけないと考えていたもうひとりの彼はいなくなった。プロらしく距離を置くべきだというルールも消えた。彼の頭のなかにあるのは、彼女をはだかにして、絹のようなその肌に手を這わせ、すべてを味わいたいという思いだけだった。彼女のなかに自らを深く沈めて、ふたりを取り巻く闇を忘れてしまいたい。

アンジェリークの唇は豊かだった。しっとりした舌が彼の口を探り、侵入し、舌にからみついた。彼女はより多くを求めていて、ライダーは喜んでそれに応えたかった。

信頼とはなにかを思い出した。それから闇を思った。暴力を思った。だれかを愛したときに、なにが起きるかを考えた。

アンジェリークの腕をつかみ、そっとからだを離した。

ライダーを見あげる彼女の瞳は、欲望にかすんでいる。ちらりと視線を落とすと、薄手のシャツを乳首が押しあげているのが見えた。触れたかった。彼女を心ゆくまで味わいたかった。

彼女を奪いたい、彼女に自分の印を刻みつけて、自分のものにしたいという欲望がふつふつと沸きあがってくるのがわかった。暴力的なほどの欲望だった。

そのせいで彼の両親はどうなった？

ライダーはごくりと唾を飲みこんだ。喉がからからに渇き、全身が欲望のあまりこわばっている。自分がいまなにをしようとしていたのかが信じられなかった。

「家のなかに戻るんだ、アンジー」

アンジェリークは息を吸いこみ、下唇を嚙んでうなずいた。ライダーの膝からおりると、無言で背を向け、家のほうへと歩き出す。

その足取りをライダーは見つめていた。彼女の腰がどんなふうに揺れて、どんなふうに頭を傾《かし》げているのか。ドアを開けて家のなかにはいるまで、アンジェリークは振り返ろうとはしなかった。

そうじゃない、彼女を信用していないわけじゃない。

ライダーが信用していないのは、自分自身だった。

闇がどこに潜んでいるのか、彼にはよくわかっていた。闇は彼のなかにある。

7

どこまでも澄んだ地中海の真ん中にいると、すべてが自分のもののように思えた。ヨット、乗組員、高価なダイビング機材――そのすべてが。

いずれその日がくる。海底神殿を発見してひと財産築いたら、もう二度と人の手を借りる必要はなくなる。

それがアンジェリークの手であっても。そうすれば、本当の意味でひとりになれる。

ひとりになるべきなのかもしれなかった。

「物思いにふけっているのかい？」

ダルトンの声に、イザベルはにこやかな笑顔で振り向いた。

「潜ることを考えてわくわくしていたの。計画を練っていたのよ」

「神殿を見つけたら手にはいるはずの財産の使い道を考えていたんじゃないのかい？」

彼女の心の内を読んでいるかのようなダルトンの言葉に、イザベルは声をあげて笑った。

彼の正直さが好きだった。そしてアンジェリークのように、宝探しをするイザベルを責めないところも。アンジェリークといっしょにいると、なぜか自分の欲望が悪いことのように思えてくる。けれどダルトンは、彼女の熱意や、冒険心や、成功したいという欲望に正直なところをおもしろがっているようだ。

もちろんイザベルはダルトンに嘘をついていたが、話せることは話していた。彼といっしょにいると、くつろぐことができた。もう長いあいだ、こんなふうに感じたことはない。

「宝物が見つかるとは思っていないわ」

「おれは自信のある女性が好きだ」

彼女は格好よくて、金持ちの男が好きだった。

「わたしといっしょに潜るつもり？」

彼がウェットスーツを着ていることに気づいて、イザベルは尋ねた。ほどよく筋肉のついたからだをぴったりと包んでいる。

「もちろんさ。自分の投資には目を光らせておかなくちゃならないだろう？」

「嘘ばっかり。あなたは冒険がしたくて潜るんだわ。わたしと同じくらい、神殿を見つけたいと思っている」

ライダーは片方の眉を吊りあげた。

「おれはもう少し、謎めいたところを残すようにしないといけないな」

イザベルは小さく笑うと、手すりのほうに向き直った。ガラスのような水を切り裂いて進む船が目的地へと近づくにつれ、ぞくぞくする思いが大きくなっていく。エンジンの音が小さくなると、待ちきれずに海に飛びこみたくなったが、表情は変えなかった。興奮しているところをダルトンに見せるわけにはいかない。わたしはプロなんだから。けれど内心では、まるで子供のようにわくわくしていた。ここからは彼女の舞台だ。

気持ちを落ち着かせるために、イザベルは必要な器具類をチェックしはじめた。ダイビングの機材、カメラ、そのほか海底に持っていくものすべてを確認した。

ダルトンは乗組員たちにてきぱきと指示を与えている。彼らはまるでよく手入れされた機械のように、必要なものをつぎつぎと海のなかへとおろしていった。

いつかはわたしもあんなふうに、自分の乗組員たちに命令を下すわ。みんなわたしの指示に従うのよ。

わたしは彼らの女王になる。全員がわたしの前にひざまずく。

邪悪のベールがイザベルの心を覆った。襲ってきためまいに、思わず手すりを握りしめる。闇。女王。彼女の前にひざまずく手下たち。見るもおぞましい生き物だが、皆、彼女を崇拝している。イザベルのなかで、邪悪さがむくむくと頭をもたげた。なにもかもが彼女に従う。富、強大な力。すべてを支配する。

イザベルはまばたきをすると、喉元にこみあげてきた苦いものを飲みこんだ。

またあの奇妙な幻影だ。ねっとりした油を浴びたように、悪の感覚が彼女にへばりついていた。イザベルは身震いして、それを払い落とした。

ストレスがたまっているのかもしれない。ここのところ、あまり眠れていない。神経が張りつめているに違いなかった。なんとしてもこの宝物を見つけなければならない。そうすれば少しは肩の力を抜けるだろう。

あの日記とは関係ない。母さんとはまったくの無関係よ。わたしはただ想像しているだけ。

手すりに背を向けたイザベルは、ダイビングの準備に意識を集中させた。まもなく、すべての用意が整った。イザベルはタンクを背負ってマスクをつけると、海のなかへと身を躍らせた。ダルトンがそれに続き、機材を持った乗組員たちもあとを追った。

イザベルは海中の探索に熟練しているわけではなかったが、それなりの数はこなしていた。子供のころから海は大好きだったし、ダイビングには魅了された。青い水にすっぽりと包まれたときの静謐さが忘れられなかった。

これまでの調査はここから北東にあたる地点で重点的に行われていて、このあたりの海域を探索した人間はいない。けれどイザベルはこの海域を調べ、海図や数値を入念に検討していたから、どこからはじめればいいのかはわかっていた。

きっかけは直感だったのかもしれないが、イザベルはこの研究に何年もの月日を費やしてきた。ほかの人間にはばかにされたが、こつこつと下調べをつづけた。ひとりで作業するのが好きなのは、そういう理由だ。あえて、学者肌の人間に軽蔑されることもない。今回こそ神殿を見つけるつもりだった。アトランティスを発見する。

これが最後のチャンスだとわかっていた。

ダルトンはイザベルの姿を楽しみながら、少しうしろを泳いでいた。彼女は三つ編みにした髪をなびかせながら、ゆったりしたペースで水のなかを進んでいる。

まるで人魚のようだった。珊瑚や海草のあいだをやすやすとすり抜けていくその肢体はしなやかで非の打ち所がない。彼らがいることなどすっかり忘れているかのように悠々と進んでいた。自分がどこに向かっているのかもよくわかっているようで、地図を貼りつけたプラスチック製の白いボードを手首に結わえつけているものの、時折動きを止めて目印を確かめるだけだった。

＊

日光はほとんど届かなかったので、懐中電灯の明かりを頼りに進んだ。イザベルは海底ぎりぎりのところを泳いでいたが、砂を巻きあげるようなことはなかった。やがて泳ぐのをやめて妙な形をした大きな石を確認したかと思うと、隣にいたダルトンに合図を送った。石を指差してから、手首に結んである白いボードに手早くなにかを書きつけた。

ほかにも同じような石。ダルトンはうなずき、仲間のひとりに身振りで指示をすると、彼はあらゆる角度からその石の写真を撮り、その位置にブイの目印をつけた。一行は前進を続けた。

浮上して昼食を取り、休息のあと、タンクを替えて再び潜る。退屈で骨の折れる作業だったが、イザベルは妥協しなかった。海底をくまなく調べ、なにひとつ見逃さず、神殿に関係のありそうなものはすべて書き留めていく。彼女の探究心はいささかも衰えることがなかった。だが結局その日はなにも見つからず、作業を中止するころには、イザベルは明らかにいらだっていた。一行は船にあがり、マスクやフィンをはずした。

「シャワーを浴びて着替えないか？　コックに料理を作らせるよ。ちょっとくつろごう」ダルトンが言った。

「いいわ」イザベルは彼のほうを見ようともしなかった。固く唇を結んで、自分の部屋へと歩いていく。

ダルトンは微笑みながらそのあとを追って自分の部屋に戻り、ウェットスーツを脱いでシャワーを浴びた。塩水を洗い流す。今日一日は無駄に終わった。イザベルのゴールが遠ざかっただけで、なにも成果はなかった。船にあがったときには、イザベルはいまにもかんしゃくを起こしそうではあったものの、デーモンのような行動を見せることはなかった。

彼女が落胆していたのは理解できたが、その熱心な作業ぶりに、ダルトンは感心していた。今日のような彼女の姿を想像してはいなかった。

自分ではなにもしない女だと思っていた。ほかの人間に働かせておいて、彼女は脇でそれを見ているだけだろうと考えていたのかもしれない。ダルトンが集めた情報によれば、イザベルは手っ取り早く金持ちになれる宝探しに夢中で、すぐに結果が出て見返りも大きい発掘ばかりを行っては、またつぎの現場へと向かっていたという。

だが今日見た彼女はまったく違っていた。生まれながらのリーダーの片鱗を見せていた。

粘り強く、決断力があり、明確な目的を持ち、目的を達成するまで耐え抜く。

彼女には、知らない部分がまだたくさんあるようだ。集めた情報と現実の彼女には矛盾しているところがたくさんあった。ダルトンは混乱が嫌いだった。

シャワーから出てからだを拭き、ショートパンツと袖なしのシャツを着たダルトンは外でイザベルを待つことにした。

そろそろ彼女を問いつめるときだ。もっと彼女を……深く知るべきだろう。イザベルには、隠していることがたくさんある。

彼女が隠していたあの本になにが書かれているのかを知りたかった。いったいなにが、本を壁に投げつけるくらい彼女を動揺させたんだ？

母親に対してあれほどの怒りを抱いているのはなぜだ？

自分の身元や姉のアンジェリークについて嘘をついた理由は？

探り出さなければならない答えは山ほどあった。だが時間は限られている。そういうわけで通路を歩いてきたイザベルを、ダルトンは笑顔で迎えた。だが彼女の顔に笑みはなかった。

「まだ落ちこんでいるのかい？」ダルトンは彼女のために椅子を引いてやった。

彼女が腰をおろすと、ダルトンはディミトリに合図を送った。すぐに飲み物が運ばれてきた。

「ありがとう」イザベルはグラスを手に取ると、カクテルをごくごくと飲んだ。グラスを置いたときには、いくらか肩から力が抜けたように見えた。「飲まずにはいられないわ」

ダルトンはグラスの縁を指でなぞった。「今日は思いどおりに進まなかった？」

「そうね。現実離れしたことを考えていたのかもしれない。機嫌を悪くしていて、ごめんなさい」

「一日で神殿を見つけられると思っていたのかい？」

イザベルはグラスを見つめた。「ええ、そう思っていたわ。もしかしたら、見つけられると思いたかったのかもしれない。わからない」イザベルはカクテルを再び手に取り、飲み干した。ディミトリが近づいてきて、なみなみとカクテルのはいったグラスを空になったものと取り替えた。ダルトンは彼に向かってうなずいた。

「結果を早く出したいと思うのは当然だよ、イザベル」

イザベルは物思いにふけっているかのように、海原に視線をさまよわせた。

「あそこにあるって確信があったの。今日中に見つかるはずだって思いこんでいた。ばかね、子供みたい。そんなことわかっていたのに」

「また明日探すさ」

イザベルは彼に視線を戻してうなずいた。「ええ、もちろんよ」カクテルをまた口に運ぶ。

「見つけるわ。絶対に」

彼女はなにかに駆り立てられているようだった。どうしてもこの神殿を発見しなければならない理由でもあるのだろうか。

資金繰りが苦しいのかもしれない。そういうことなら手助けができる。

「あまり自分を追いつめないほうがいい。おれはこの夏、たっぷりと時間があるから、急いで見つける必要はない」

「そう言ってもらえて本当にありがたいとは思うけれど、でもお金のことだけじゃないの」

「じゃあなんだ？」

「個人的なことよ」イザベルがカクテルを飲み終えると、ディミトリが再びお代わりを持って現われたが、その態度はごく控えめだったので気づいたのはダルトンだけだった。

「どういう意味で？」

イザベルはグラスを手に取り、ひと口飲んだ。「わたしは成功したいの」

「それが、どうしてそれほど重要なんだ？」

イザベルは首を振った「その話はしたくないわ」

ダルトンはそれ以上、追及しなかった。あまり問いつめると、彼女は殻に閉じこもってしまうだろう。そこで、彼女が夕日を見つめながらグラスを傾け、物思いにふけるのを黙って眺め、彼も同じようにしながらつぎの手を考えた。イザベルのグラスが空になると、ディミトリがまたお代わりを運んだ。今度は料理もいっしょに運ばれてきた。

イザベルは食事をしながら飲みつづけた。グラスが空にならないようにダルトンは気を配った。

そう、ダルトンは彼女を酔わせようとしていた。口を緩ませようという魂胆だ。実際、イザベルはくつろいでいるようだった。日がすっかり落ちて月がのぼるころには、ダイビングを終えてからずっとぴりぴりしていた彼女も、機嫌が直ったように見えた。笑顔さえ見せている。食事を終えると、ダルトンは乗組員たちをさがらせ、音楽をかけてラウンジチェアにイザベルを連れ出した。さわやかな風が吹き、夜空は気持ちよく晴れ渡り、あたりにはほかの船もない。完璧だ。

「疲れたかい？」ダルトンは訊いた。

イザベルは椅子にゆったりと座り、脚を伸ばした。「全然。ここはすばらしいわ、ダルトン」

ダルトンは隣の椅子に腰をおろした。「物事が思いどおりにいかなければ、がっかりするのは当然だ。よくあることだ。おれは負けると怒り狂うよ」

イザベルはうなずいた。「わたしも負けるのは嫌いよ。勝てないと怒り狂うわ」

「邪魔をされるのも嫌いだろう？」

「そうね、嫌いよ。欲しいものがあると、わたしはどうにかしてそれを手に入れようとする。そのせいで困った羽目になったことも、一度や二度じゃないわ」

「わかるよ。欲しがらないでいるのは難しいことだ」

「すごくね」イザベルはからだを起こし、椅子の脇に足をおろしてダルトンのほうにからだを向けた。「わたしは欲しいものがたくさんあるのよ、ダルトン。あまりにありすぎて、苦しいくらい」お腹に手を当てる。「このあたりが。時々、わたしっておかしいんじゃないかと思うわ」

彼女が思っているほど、それはおかしなことじゃない。

「きみが野心家だっていうだけさ」

イザベルは鼻を鳴らした。「欲深いってずっと言われてきた。欲しがるべきじゃないもの、手に入れられないものを欲しがりすぎるって」

くそっ。まるでおれ自身のことを言われているようだ。

「欲しいものが手にはいらないと、どうなるんだ？」

イザベルは顔をあげてダルトンを見た。「どうにかして手に入れるのよ」

「どんなことをしても？」

「どんなことをしても。欲しいものをあきらめて過ごすには、人生は短すぎるわ」

ダルトンはにやりとした。彼女についていろいろと知らされていることはあるが、ダルトンは彼女が気に入っていた。彼女を見ていると自分自身を連想するからだろう。あまりいいことではないかもしれないが。彼にも、絶対に手に入れようと心に決めていたことがあった。そしてその代償はあまりにも大きかった。

「ううん、やっぱりわからない。我慢することを覚えなきゃいけないのかもしれないわ」イザベルは言った。「わたしのあ……友だちはそう言うの」

イザベルはあやうく〝姉〟と言いかけた。かなり酔いが回ってきているということだ。

「我慢だけでは、欲しいものは手にはいらない」

「忍耐は踏みにじられる。最後は野心が勝つんだわ」

「そのせいでだれかが傷ついたら？」

イザベルは肩をすくめ、椅子の背にもたれた。「そのときはそのときよ。頂上にのぼりつめるためには、屍を乗り越えなきゃならないことだってあるわ」

彼女は本気で言っているのか？　それとも虚勢を張っているんだろうか？　海を見つめるイザベルの声の調子が冷たく変わった。まるで冬の風に船全体がすっぽりと包まれたように、ダルトンはぞくりとした。イザベルがふと夢から覚めたかのように彼に視線を戻すと、氷のようなその異様な冷たさは消えていた。

「見つけるわ」イザベルの顔には再び人懐こい温かな笑みが浮かんでいた。「必ず」

おもしろい。あたりの気温にまで影響を与えるほどの完全な人格の変化。イザベルには、思っていた以上の秘密がありそうだ。

だが彼女のなかに邪悪な部分があることを知っても、ダルトンは驚かなかった。警戒すべきなのだろうが、いっそう興味をかきたてられただけだった。

自分に似た人間に出会うことはめったにない。だがいまなにが起きたのか、イザベル自身は気づいていないだろうと思えた。

イザベルはテーブルにグラスを置くと、両手をあげて伸びをした。

彼女が身につけていたのはぴったりしたショートパンツとホルターネックで、ぐっと背中を反らせると、淡い色の生地に胸が押しつけられて乳首の輪郭が浮きあがった。ダルトンは思わず息を呑み、どうかそのまま動かずにいてくれと心のなかでつぶやいた。

彼女のからだの曲線は完璧だった。画家がここにいたなら、あのポーズの裸体の彼女を描いただろう。そばににじり寄って、腰からウェストのラインをなぞり、脚を撫で、ホルターネックの脇からのぞいている豊かな胸へとその手を滑らせてみたかった。彼女の肌は滑らかな絹のような感触だろう、全財産を賭けてもいいとダルトンは思った。

そのときイザベルがこちらに向き直り、思わせぶりな顔で彼を見た。

圧倒されそうな感覚と欲望にかっとからだが熱くなり、ダルトンの全身がこわばった。股間が猛々しく目を覚まし、欲望が激しく脈打つのを止めようもない。

イザベルの唇はなにかを待ち受けるかのように軽く開いている。誘っていた。彼は差し出されたものを受け取るだけでいい。

ダルトンの息遣いは荒くなり、肉体はひとつのことだけに集中して、それ以外のことは考えられなくなった。女。生身の女。キスがしたかった。見かけどおりの味わいであることを確かめたい。けれどそこでやめるつもりはなかった。想像はさらに先へと進んだ。彼女のなかにはいり、自分の下で屈服する彼女を感じたい。最後にしてからどれくらいになる？　記憶すらなかった。いまはただ目の前の欲望しか頭になかった。いますぐに。イザベルと。

だが彼は動かなかった。今夜明らかになったことが、彼を押しとどめた。ふたりはあまりに似すぎている。からだの交わりだけではすまないかもしれない。どういうことになるのか、彼には想像もできなかった。

だめだ。おれはまだ準備ができていない。おれの手に負えるかどうか、自信がない。ダルトンの心はからだと戦っていた。これほどの欲望に抗うのは並大抵のことではなかったが、屈するわけにはいかなかった。

やがて彼はごくりと唾を飲み、海へと視線を向けた。

イザベルが小さく息を吐くのが聞こえた。彼女が侮辱されたと思っていることはわかっていたけれど、なにを言えば、あるいはなにをすれば取り繕うことができるのか、ダルトンには見当もつかなかった。

「今日はもう寝るわ」ぎこちない沈黙がしばし続いたあとで、イザベルが言った。「長い一日だったし、明日はいいスタートを切りたいもの」

彼女の言葉は聞こえていたが、顔を見ても大丈夫だと思えるほどにはダルトンは自分を信用できなかった。それが、躊躇したことをきまり悪く思っているせいなのか、自分のなかに眠る獣を信頼していないせいなのかはわからなかった。

「そうだな。おやすみ」

廊下を遠ざかっていくイザベルの足音が聞こえ、彼女の部屋のドアが閉まる音がした。それを聞いてようやくダルトンは息を吐き、前かがみになって両手で髪をかきむしった。ちきしょう。こんなことになるなんて思ってもいなかった。ほかのことはすべて考えてあったのに、これだけは想定外だ。

ダルトンは立ちあがり、稲妻のように彼を襲った感覚の余韻を振り払おうとした。

イザベルを欺き、くつろがせ、懐柔しようとした。うまく話を持っていけば、望むものが手にはいるはずだった。

その過程で、予期せぬボーナスもついてきたかもしれない。

だが彼はそのためにここにいるのではなかった。

ダルトンは船のデッキへと歩いていき、手すりを固く握り締めて頭をうしろにのけぞらせた。どこかに答えはあるだろうか。

おれは本当にこの任務を達成できるのか？　たとえそれが、自分が何者であるかを承知しながらイザベルとの関係を深めることであっても？

それがおれの仕事だ。どういう結果になろうとも、やらなければならない。

その仕事が、このうえなく罪深く官能的な誘惑に屈することを意味していたとしても。

おれは、以前にも同じことをしたのではなかったか？　あのときは、天国より地獄を選ぶ結果になった。それよりさらに悪い結末があるとは思えなかった。

8

ゆうべはっきり拒絶されたあと、アンジェリークはできるだけライダーと顔を合わさないようにした。早めにベッドにはいり、翌日は自分の仕事に没頭して彼のことは無視した。だが実のところ、仕事と呼べるようなものはない。彼女に興味もなく、いっしょにいたくないと思っている男とふたりきりで、この家に閉じこめられているのだから。

だが興味がないという点については、事実ではないようだ。ゆうべ、彼のからだがそう語っていた。にもかかわらず彼女を拒否したことに、アンジェリークは侮辱されたと感じつつも、興味をかきたてられていた。

いいわ。わたしたちはそのためにここにいるわけではないのだから。そんなことになれば、事態はややこしくなるだけだ。だから、彼が踏みとどまったのは正しい。ライダーは分別があり、彼女は理性をなくして感情的になった。彼女は情熱のおもむくまま突き進んだが、あれは過ちだった。

ありがたいことに、ふたりのうちひとりは分別を保っている。母からはいつも、わたしの好奇心と情熱がいつかトラブルのもとになると言われていた。あまりに開けっぴろげすぎるし、簡単に心を許しすぎる、もっと慎重にならなければいけないと母は言っていた。けれどそれが、わたしの生まれながらの性質だった。

母のアドバイスを真剣に受け止めていれば、こんなに心を痛めることもなかったのかもしれない。

けれどライダーには、わたしを惹きつけるなにかがあった。これまでにも男性に惹かれたことはあったけれど、こんなふうに感じるのは初めてだ。いったいライダーのなにが、ここまでわたしを愚かにしてしまうのだろう？

アンジェリークは天を仰いだ。キッチンの窓から外を眺めると、ライダーが携帯電話で話をしているのが見えた。顔をしかめている。なにか知らせがあったのかしら？　わたしが気にするべきことだろうか？

アンジェリークは朝食を終えると、肌がプルーンのような色に焼けるまでプールサイドで寝そべって過ごし、それからシャワーを浴びて夕食の用意をした。サラダと、ゆうべライダーが焼いたチキンの残りだ。食事の用意ができたことをライダーに知らせに行こうと決めた。

家を出て彼のいるほうへと歩いていく。アンジェリークが近づく気配を感じると、彼の眉間のしわが深くなった。

「そいつはあんまりいい考えだとは思えない、ルイス」ライダーが言った。「このままここにいるべきだと思う。ばらばらにしておけば、デーモンも一カ所に集まりはしない。おそらくそれがやつらの狙いなんじゃないだろうか。全員をひとところに集めるのが」

いったいなんの話だろう？

アンジェリークは耳をそばだてた。

「見つけようとしているさ。わかっていたら、もうここにはいない」

アンジェリークの片方の眉が吊りあがった。ブラック・ダイヤモンドの話だ。彼女は腕を組んで、電話が終わるのが待ち切れないというようにこつこつと爪先で地面を叩いた。

「わからない。いまのところなにも起きていないから、しばらくは安全だと思う。だがいつどうなるかはわからない。また連絡する」

ライダーは電話を切り、彼女に向き直った。

「なんだったの？」彼のからだがこわばっていることにアンジェリークは気づいた。なにも言いたくないらしい。なにか大きな出来事があったようだ。

「ライダー、話して」

「ダルトンがきみの妹を見つけた」

恐怖と興奮が入り交じり、胸の奥をなにかにつかまれたような気がした。「どこで？　無事なの？」

「無事だ。マルタ島で海底調査をしている」

アンジェリークは大きく息を吐き出すと、長いすに座りこんだ。

「よかった。いつ出発する？」

「行かない」

アンジェリークは呆然と彼を見つめた。傾きかけた太陽にうしろから照らされて、その顔は陰になっている。「いまなんて?」

「行かないと言ったんだ、アンジー。おれたちはここに留まる」

だめ、そんなことはさせない。「妹に会わなくちゃならないの」

「そいつは最悪の行動だ」

「どうして?」

「きみとイザベルをいっしょにさせることこそ、〈闇の息子たち〉の目的だからだ」

「それは違うわ。〈闇の息子たち〉はわたしのことなんてどうでもいいのよ。目的はイザベルよ」

「それはわからない」

「わかっているわよ。わたしが目的だったなら、オーストラリアでなにかしていたはずだもの。わたしは用のない人間なのよ」

ライダーは彼女の隣に腰をおろした。

「アンジー、おれたちにはまだわかっていないことがたくさんある。やつらの目的、やつらの計画。当面、きみとイザベルは離れていたほうがいいんだ」

ふと気づいた。

「わたしがブラック・ダイヤモンドのありかを言わないから、そのあてつけのつもりなのね」

彼女の言葉に怒りを覚えたのか、ライダーは目をすがめて言った。

「違う。きみを守るためにしていることだ」

アンジェリークは信じなかった。「ライダー、わたしはイザベルに会わなくちゃならないの。あの子と話をして、いままでどこにいたのか、なにがあったのかを確かめなきゃいけない。なにかがおかしいのよ」

「彼女は無事だとダルトンは言っていた。やつが見守っている」

「ダルトンはわたしほどあの子のことを知らない」

「彼女を知らなくても、守ることはできる」

アンジェリークはパニックになった。これまで感じたことのない切迫感に押しつぶされそうだ。屋根のない開けたところにいるにもかかわらず、どこかに閉じこめられたようで、息が苦しくなった。ここを出てマルタ島に行かなければならない。イザベルに会わなければならないという思いは抗いがたいほどで、危機感は刻一刻と募っていく。

でもどうすればいい？　ライダーは絶対に行かせてくれないだろう。

なにをすればいいのか、アンジェリークは悟った。

「イザベルのところに連れて行ってくれるなら、ブラック・ダイヤモンドを渡すわ」

ライダーは驚いて、まじまじとアンジェリークを見た。「なんだって？」

「ブラック・ダイヤモンドのあるところにあなたを案内するわ。〈光の王国〉に渡す。わたしはイザベルに会いたいの」

ライダーは立ちあがり、何歩か歩いてから振り返った。

「信じないぞ。いったいなにを企んでいる？」

アンジェリークも立ちあがって、彼のあとを追った。

「なにも企んでなんかいないわ。イザベルに会うのがわたしにとってどれほど大事なことかをわかってほしいだけよ。もう何カ月もあの子を捜してきた。どうしても会わなくちゃならないの」

「ブラック・ダイヤモンドをおれたちに渡してもいいと思うくらいにか」

「そうよ」

「たわごとだ」

いらだちのあまり胸が痛んだ。

「どうすれば信用してもらえるの？　いいわ、いますぐ出発しましょうよ。ブラック・ダイヤモンドをあなたに渡すわ。それからイザベルのところに行くのよ」

ライダーはわたしが嘘をついていると考えているのだろう。顔にそう書いてあった。この家を出るために、なにか策略を巡らせていると考えている。わたしはそんなに信用がないのかしら？

当然だ。オーストラリアであんなことがあったのだから。待っていろと言われたにもかかわらず、ブラック・ダイヤモンドを持って逃げたのだから。

わたしは、その代償を永遠に払いつづけなければならないのだろうか？

「聞いてちょうだい。あなたがもうわたしを信用していないことはわかっている。オーストラリアでのことは申し訳ないと思っているわ。ブラック・ダイヤモンドを隠したことも。でも、わたしにとってイザベルはなによりも大事だっていうことをわかってほしいの。あのときはあの子のことが心配でたまらなかった。いまでもそうよ。だれを信じていいか、わたしにはわからないのよ、ライダー」

「おれは、信じてもらえないようなことをなにかしただろうか？　きみを傷つけたり、裏切ったりしたか？　アンジー」

「いいえ」

「それなら、なぜ逃げた？」

「怖かったの。あなたは死んでしまったのかもしれないと思った。わたしはひとりきりなんだって。ブラック・ダイヤモンドが大事なものであることはわかっていたから、あそこに残していくわけにはいかなかった。ブラック・ダイヤモンドはわたしやイザベルとなにか関係がある。〈闇の息子たち〉がなんとしてもそれを手に入れようとしているのを知りながら、置いていくことはできなかった。わたしはこれまでずっとひとりで生きてきたのよ。だれかに助けを求めるのは苦手だわ」

「そうだな、きみは自立した女性だ。そうだろう？」

「あなたには家族というものが理解できないの？」

ライダーは鼻を鳴らした。「おれにその台詞を言うのはお門違いだ。おれには家族なんてものはまったく理解できない。だから二度とその話はするな」彼はその場を去ろうとした。

　ここで話を終わらせるつもりはなかったから、アンジェリークはそのあとを追い、彼の腕をつかんでこちらに向き直らせた。「逃げないでよ。あなたが家族とどんな問題を抱えているのかは知らないけれど、わたしはイザベルを愛しているの」

「ほお、そうかい。そういえば、イザベルのことをずいぶんとほめそやしていたな」

「たしかに、あの子の生き方や動機や手段に賛成できないところはあるわ。それでも、あの子のことが心配なの。無事であることを確かめたい。わたしのたったひとりの家族なのよ」

「家族なんてものが期待どおりにならないのは、ままあることだ。距離を置くのが一番いいことだってある」

「家族のだれがあなたを傷つけたの？　ライダー。だれのせいであなたは、そんなことを言うようになったの？」

　ライダーは彼女の腕をつかみ、ぐいっと自分のほうに引き寄せた。「やめろ」怒りに満ちた低い声だった。威嚇するように彼女をにらみつけ、鋼《はがね》のような手に力をこめたけれど、恐ろしいとは思わなかった。アンジェリークは彼をにらみ返した。

「あなたを怖いとは思わないから、ライダー。どれほど恐ろしげな態度をとろうと、あなたは決してわたしを傷つけたりしない」言葉に出すほどに、それが事実だと思えた。

　ライダーは手を放し、あとずさった。「おれの心のなかをのぞこうとするな、アンジー。二度とするんじゃないぞ。さあ、なかにはいるんだ。話は終わりだ」

日光が肌を温めていたにもかかわらず、ライダーの手が離れるとアンジェリークはぞくりとした。

あんなに家族を憎むなんて、いったいライダーになにがあったの？　家族になにをされたの？

ライダーは、少しばかり恐ろしげな顔をしただけでわたしが家のなかに逃げこむと本当に思っているの？　わたしのことをそれほどみくびっている？　アンジェリークは、彼が思っている以上に彼を理解していた。

ライダーのあとについて岩礁に出たアンジェリークは、彼と並んで平らな石に腰をおろした。太ももが触れるくらい近かったけれど、ライダーはたじろぐこともなければ、距離を置こうともしなかった。

「家族って面倒なときもあるわよね」アンジェリークは切り出した。

ライダーは答えない。

「わたしの母はすばらしい人だったの。寛大で思いやりがあって。イザベルとわたしはまったく違っていたけれど、心から愛してくれた。わたしたちをどう扱えばいいのかをよくわかっていた。病気になって自分がもう長くないと悟った母は、わたしのほうが強いんだからイザベルを守ってあげてと言ったわ。不安なんだって」

興味を引かれたらしく、ライダーがこちらを向いた。「なにが不安だったんだ？」

アンジェリークは肩をすくめた。

「はっきりとは言わなかった。イザベルがなにかトラブルに巻きこまれることを心配していたんだと思う。イザベルを見守ってと言われて、わたしはそうするって約束したの」

ライダーはうなずいた。「いまわの約束か。なかなかつらい役目だな」

「そうでもないわ。ただの約束だもの。だからイザベルとは意見の相違はあったけれど、わたしはずっとあの子を見守ってきた。わたしにできるかぎりはね。そしてあの子がそうさせてくれるかぎりは」

「見守る必要があったのか？」

「ええ。そのうちわたしにもわかってきたわ」

「どうして？」

「さっきも言ったとおり、イザベルには邪悪な部分があるのよ」

「それがきみは心配だった」

「当たり前でしょう？　あの子はただ欲深いだけなんだって思っていた。性格的なものだって。でもいまは、それだけじゃないような気がしているの」

ライダーが小さくうなずくのを見て、彼が本当に自分の言葉に耳を傾けてくれて、妹のもとに行くのが、彼女にとってどれほど重要であるかを理解してくれることをアンジェリークは祈った。

「ライダー、わたしにはあの子しかいないのよ」

それ以上、言えることはなかった。アンジェリークは立ちあがり、彼が納得してくれることを願いながら家のほうへと歩き出した。

ちきしょう。アンジェリークがなにも企んでなどいないことは、ライダーにもよくわかっていた。彼女は本当にイザベルを心配している。

だが彼女とイザベルをいっしょにするのはよくないと言った彼の言葉は本心だった。いまはふたりを離しておくのが一番いい。

だがアンジェリークは本気でブラック・ダイヤモンドを手放すつもりなのだろうか？ ブラック・ダイヤモンドを手に入れることが、本来の彼の目的だったはずだ。イザベルのところに連れていく代わりにブラック・ダイヤモンドを渡すという彼女の言葉を信用してもいいだろうか？

考える必要があった。アンジェリークの言うとおりなのかもしれない。彼女をイザベルのところに連れていっても、なにも問題はないのかもしれない。それどころか、イザベルからなにかを探り出すには、ダルトンよりもアンジェリークのほうがふさわしいのかもしれない。だが裏目に出る可能性も高い。ダルトンは自分の正体をイザベルに知らせていない。アンジェリークを連れてふたりのもとに行けば、彼女にすべての秘密を明らかにされ、ダルトンの嘘もばれてしまう。それは避けたいところだった。

一方で、そうすればブラック・ダイヤモンドを手に入れるという目的を果たすことができる――隠し場所に連れていくというアンジェリークの言葉が本当ならばの話だが。彼女を信用していいのだろうか？

くそっ。明日の朝までには心を決めなくてはならない。ライダーは家のなかにはいった。アンジェリークはキッチンにいた。

「チキンサラダがあるわ。食べて」アンジェリークは目を合わそうとはせずに言った。

ふたりは黙って食事をした。食べ終えると、ライダーはあと片付けを手伝い、アンジェリークは口をきくことも、彼のほうを見ることもなく寝室へと引き取った。

だが怒っているわけではないことはわかっていた。

ほかに言うべきことがないのだろう。

それは彼にしても同じだった。ふたりは互いに言うべきことを言い、そこで行きづまった。少なくとも、ライダーがつぎの一手を決めるまでは、身動きがとれない。

彼はソファにもたれ、廊下の先にある寝室のドアを眺めた。数時間後、寝室の明かりはまだついていた。ライダーは時折ちらちらと寝室のほうに目をやりながら、武器の手入れをした。

明かりはついたままだ。アンジェリークは眠ってしまったのかもしれないし、読書をしているのかもしれない。

気にかけるのはやめろと自分に言い聞かせた。

やがてライダーはソファに横になった。寝室が見えないような体勢を取ったのは、彼女はなにをしているんだろうと考えている自分がばかばかしく思えたからだ。

だが彼はいささかも疲れてはいなかった――彼女の寝室のドアが開く音が聞こえたのはそのせいだ。警戒態勢を取りながら、あれほどまでかたくなだった自分を後悔した。どうして寝室のドアを見張っていなかったんだ？　彼女が寝室から出てきたんだろうか？　それともだれかがはいっていった？

ライダーはベルトに差したナイフの鞘に手を添え、じっと耳を澄ました。それがなにかはわからないが、じりじりとこちらに進んでくる。彼が横たわるソファに近づいてくる息遣いが、低い位置から聞こえてきた。

二秒後には、彼の正面にやってくるだろう。

ライダーはナイフを握りしめた。

準備はできている。

9

「ライダー」

アンジェリークだとわかって、ライダーはほっと息を吐いた。彼女の意図を悟り、そのままの姿勢で答えた。「どうした?」

「わたしの寝室の窓の外で、なにか音がしたの」

「さがって」

アンジェリークがからだをずらすと、ライダーは音を立てないように両手でからだを支えながら、ゆっくりとソファから転がり落ちた。アンジェリークと並んで床に腹ばいになり、廊下と寝室に目を凝らす。

不気味なほど静かだった。ふたりはじっと息をこらしている。ライダーは耳に神経を集中させた。なにか異常を知らせる音はしないだろうか。

予期していたのは窓かドアを破る音だったが、なにも聞こえてはこなかった。その代わり、寝室のドアの付近にもやがかかりはじめた。白い煙のようなものが、ゆっくりと床からたちのぼっている。

「見える？」アンジェリークが訊いた。

「ああ」

「武器をちょうだい」

ライダーは持っていたナイフを彼女に渡した。

「なにかが襲ってきたら、これを使え。家のなかには、ほかにも武器が置いてある」

「場所はわかっているわ」

からだを起こして床に膝をつくと、アンジェリークが全身をこわばらせているのがわかった。

「おれのうしろにいるんだ。相手がひとりなのか、それ以上なのかがわかるまで、きみはおとなしくしていろ」

アンジェリークは言われたとおりうしろにさがり、彼女と言い争わずにすんだことにライダーはほっとした。このあいだ襲われて以来、彼女はできることなら二度とデーモンと顔を合わせたくないと思っていたはずだ。だが少なくともいま、彼女の手には武器がある。そう思うと、いくらか安心すると同時に、不安も覚えた。

武器は彼女自身を傷つける可能性もある。デーモンが一匹だけであることを願ったが、廊下の真ん中で渦を巻く白い煙を見るかぎりでは、なんとも判断がつかなかった。

デーモンは、一瞬のうちに姿を現わすわけではないようだ。デーモンハンターにとってはありがたい。やつらがやってくることが、あらかじめわかる。

一匹のデーモンが実体化した。このあいだ戦ったデーモンと同じ種類だ。薄闇のなかで目が淡い水色に光っていた。

そのデーモンはすぐに動こうとはせず、あたりの空気を確かめているかのように小さく左右に顔を振った。やがてふたりにぴたりと照準を定め、前進をはじめた。

ライダーは勢いよく立ちあがった。アンジェリークも足をもつれさせながら、それにならう。ライダーは両手に短刀を構え、デーモンのほうへと足を踏み出した。

「あまり近づくな。必ずおれのうしろにいるんだ」

「わかった」

デーモンはライダーを無視し、ひたすらアンジェリークに近づこうとしていた。予想していたことだったから、デーモンがアンジェリークのほうへと動くたびに、ライダーはそのあいだに立つように位置を変えた。

やがてしびれを切らしたデーモンが彼を押しのけようとしたとき、ライダーは一方の短刀でその腕を切り裂いた。デーモンが苦痛にうめきながら腕を引っこめるのを見て、ライダーはほくそえんだ。切られた皮膚は焼け、みるみるうちにただれていく。デーモンは傷口を眺めていたが、やがて憎悪のまなざしをライダーに向けた。

感情。デーモンにしては妙だ。こいつはひどく腹を立てている。痛みを感じているかのように傷口を押さえ、うなり声をあげている。

いい兆候だった。怒りと痛みは注意力を散漫にする。

そのうえデーモンは、いまやアンジェリークではなくライダーに狙いを定めていた。完璧だ。

「こい、くそ野郎。おれにかかってこい」ライダーは怒りが沸き起こるのを感じ、それを力に変えようとした。

デーモンが突進してきた。今度はうまく短刀をかわし、ライダーの左腕を力任せにつかんだ。ライダーは右手に持った短刀を突き刺した。デーモンはライダーの腕を放し、再びあとずさった。

デーモンの傷口周辺の皮膚は、修復されはじめている。

まずい。

「ライダー、もう一匹来るみたいよ」アンジェリークが言った。

見ている余裕はなかった。目の前の一匹でせいいっぱいだ。「実体化したら教えてくれ」ライダーは彼女に背を向けたまま言った。いま一番の目的は、デーモンの注意を自分に引きつけ、アンジェリークから引き離しておくことだ。できることなら、つぎのやつが現れる前に、目の前の相手を倒しておきたかった。

ライダーは再び攻撃を仕かけた。どちらか一方が剣だったなら、もう少し離れたところからでも届いたのにと思いながら、二本の短刀をひらめかせる。デーモンはそれをかわしながら、隙を見てはライダーの腕をつかもうとした。何度かの試みのあと、デーモンはその手でがっしりとライダーを捕らえた。

いったいこいつらはなにを食っているんだ？　デーモンは恐ろしく強かったし、硬い床は彼の味方をしてくれなかった。デーモンが力をこめると、ライダーのスパイクもなにもついていないただのブーツは床の上を滑った。じりじりと後退する。デーモンに勢いよく突き飛ばされて、ライダーは石の壁に激突した。思わずうめいたが、痛みを感じるのはあとまわしだ。壁を蹴って、再びデーモンに襲いかかった。

二匹目のデーモンである白いもやが、キッチンの床からたちのぼっているのが見えた。ナイフを構えたアンジェリークが、近づこうとしている。

「やめろ」ライダーが言った。アンジェリークがこちらに視線を向けたのがわかったが、それ以上のことをしている暇はなかった。目の前の敵に注意を戻す。こいつを倒さなければならない。アンジェリークがもう一匹と対峙する前に。ライダーは短刀を低く構え、デーモンの腹部に突き立てた。デーモンは驚いた顔で動きを止め、両手で短刀を引き抜こうとした。

よし、捕らえた。

ライダーはその一瞬の隙を逃さず、もう一本の短刀をデーモンの胸に深々と突き刺した。心臓があるはずの位置だ。デーモンの目が大きく見開いた。頭をのけぞらせ、この世のものとは思えない声をあげる。

デーモンのからだが震えはじめた。両手は腹部の短刀を握りしめたままだ。がっくりとうなだれ、ライダーをにらみつけた。

「おまえにおれは殺せない」

やり場のない怒りに満ちた、しわがれた声だった。

「そいつは前にも聞いた」デーモンの姿がかすれ、再びもやに戻りはじめると、ライダーはあとずさった。

デーモンが死んだのかどうかはわからなかったが、とにかく姿を消そうとしていることは確かだ。やがてデーモンは白い煙だけを残して見えなくなり、すぐにそれも消えた。

「ライダー！」

アンジェリークの警告の声にライダーはさっとからだをひるがえし、短刀を構えたが手遅れだった。襲いかかってきたデーモンがライダーの喉をつかんで、そのまま壁に押しつけた。動きを封じられて息さえできず、ライダーはなんとか自由の身になろうとして必死に抗った。だが両手をからだの脇で押さえつけられていたから、短刀を突き刺すこともできない。くそっ。目の前に白い点がちらついた。意識が遠のきはじめている。からだから力が抜けていくのがわかった。

時間がなかった。デーモンと戦う力も尽きかけていた。

アンジーはどこだ？　ライダーは目を閉じ、最後の力を振り絞ろうとしたが、デーモンはあまりに強すぎた。

そのとき、首を絞めていた手が不意に緩んだ。ライダーはあえぎながら息を吸いこみ、視界をはっきりさせようとして目をしばたたいた。ようやく焦点が合って、目の前の光景を見て取ると、これは幻覚に違いないと思った。現実のはずがない。

アンジェリークが、背後からデーモンの首を両手で絞めている。爪がその皮膚に食いこみ、傷口からは血が流れていた。

デーモンは抵抗していなかった。呆然として大きく目を見開き、ライダーを見つめるだけだ。やがてその姿がもやに変わり、玉虫色の煙となって消えた。

あとにはアンジェリークだけが残った。その両手はデーモンの首を絞めていた形のままで、爪は血にまみれている。やがてその長い爪——いや、まるでかぎ爪だ——が、いつもの短い爪に戻った。

なんてこった。いまなにが起きたんだ?

ライダーは足を一歩前に踏み出した。「アンジー」

アンジェリークの顔に表情はなかった。その視線は彼を通り抜けている。魂がどこかべつの場所にいるようだった。

「アンジェリーク」ライダーは手を伸ばし、彼女の腕をそっとおろした。「終わったんだ。デーモンはいなくなった」

アンジェリークは目をしばたいて、彼を見あげた。がたがたと腕が震え出したかと思うと、その震えが全身に広がり、ライダーはつぎになにが起きるのかを悟った。彼がアンジェリークの腰に腕を回したのと、彼女がくずおれたのが同時だった。ライダーがその格好のまま床に横たわると、アンジェリークは目を閉じてぐったりと彼の肩に頭を預けた。

三〇秒前、彼女は戦士だった。

そしていまは気を失っている。

いま見たものについて、訊きたいことは山ほどあった。当たり前の人間の女性が素手でデーモンを殺すことなど、絶対に不可能だからだ。彼女の爪がどれほど強靭だったとしても。なにより、アンジェリークの爪は短く切ってある。だが彼女がデーモンの首に食いこませたのは、長さ五センチはあろうかというかぎ爪だった。首から引き抜くと、かぎ爪は消えた。

ライダーは彼女の手を取った。小さくて華奢な手。だが血にまみれていた。

こんな小柄な女性がどうしてデーモンを倒せたのだろうと思いながら、彼女をそっと撫でた。

アンジェリークにはデーモンの血が流れているのだろうか？　あるいは、オーストラリアの洞窟で彼女の身になにかが起きたのか？　それを突き止めることも、彼が送りこまれた目的の一部だったのではないのか？　たしかに彼女はいま、人間ではありえない力の一端を示したが、邪悪なものだったとは思えない。デーモンを殺し、そして気を失った。あの恐ろしいかぎ爪を向けたのはデーモンに対してであって、彼にではなかった。いい兆候だと考えるべきだろう。

そしてあの新しいデーモン……興味深い生き物だった。ルイスに報告する必要がある。力があるうえ、銀で加工した短刀にも耐えられるようだ。だがその短刀で深い傷を負わせれば、倒せることがわかった。

試行錯誤の連続。その途中で命を落としたりしなければ、それもまた楽しいかもしれない。

アンジェリークのように自分の手で敵の喉を絞めることができれば、もっと楽しかっただろう。いったいどんな感触だろうとライダーは考えた。

そんなふうにしてデーモンを殺すことを想像しただけで、ライダーの全身をアドレナリンが駆けめぐった。認めたくはなかったが、それができるアンジェリークの力がうらやましかった。彼は武器の力を借りなければ敵を倒せない。

アンジェリークが身じろぎした。ライダーが視線を向けると、彼女が目を開けるところだった。黒い睫毛が震え、当惑したような瞳が現われた。

「きみは気を失っていたんだ」ライダーが告げた。

アンジェリークはからだを起こし、頭に手をやろうとしたが、その手に血がついていることに気づいて動きが止まった。「わたし、なにをしたの？」

「覚えていないのか？」

彼女はうなずいた。「待って。覚えている。わたし……あの生き物を殺したんだわ。この手で。そうでしょう？」

「死んだかどうかはわからない。だがきみが喉に爪を食いこませると、やつは消えた」

アンジェリークは蒼白になった。「なんてこと」彼女が立ちあがろうとしたので、ライダーが先に立って手を貸した。足元がまだいくらかふらついている。

「わたしは大丈夫。手を洗いたいの」

よろめく足で歩き出したものの大丈夫とは言いがたかった。ライダーの手を借りてバスルームまで行き、熱いお湯で手を洗いはじめる。ブラシを使って、すっかりきれいになるまで手をこすった。そのあいだじゅう、彼女はずっと無言だった。現実から逃げることはできないとわかっていたから、ライダーもなにも言わなかった。なにかを殺すという行為を受け入れられない人間もいる。アンジェリークがどう対処するのか、しばらく様子を見たほうがいいだろう。

自分がなにをしたのか、アンジェリークにもよくわかっていないという確信があった。ライダーと同じくらい、彼女も驚いているようだ。

手を洗い終えたアンジェリークをソファに座らせたが、時間と共に冷静さを取り戻しているようだ。ライダーは冷蔵庫からふたり分の冷たい飲み物を持ってきた。アンジェリークはジュースをごくごくと飲んで、テーブルにコップを置いた。

「ありがとう。喉が渇いていたの」

「どういたしまして」なにか変わったところはないだろうかと、ライダーは彼女を観察した。なにもない。見た目も態度も、いままでどおりのアンジェリークだ。顔も普通だし、牙もかぎ爪もない。当惑してはいるが、瞳も澄んでいた。

「あれがいったいなんだったのか、わたしにもわからないのよ、ライダー。デーモンがあなたを襲っているのを見て……あの感情が不意に沸き出したの」

「どんな感情だ？」

「怒りよ。あの生き物があなたの喉をつかんでいるのを見て、わたしは激怒したわ。わたしが武器を持って目の前に立ちはだかったのに、デーモンはわたしがその場にいないみたいに無視して、まっすぐあなたに向かっていったの」

ライダーは口元が緩みそうになるのをこらえた。

「デーモンがきみを攻撃してこなかったから、怒ったのかい？」

「ええ、そうよ。デーモンは猛然とあなたに襲いかかったの。敵はあなたひとりだとでもいうように。わたしはなんなの？　一週間前のカビの生えたラザニアかなにか？　わたしだって戦えるのよ」

デーモンが自分を襲わなかったことに腹を立てているアンジェリークがおかしかった。

「アンジェリーク、おれはきみのそういう考え方が好きだよ。それから、おれを助けてくれて感謝している。あいつに喉をつかまれ、両手も動かせなかったから、武器はなにも使えなかったんだ」彼の命を救ったのはアンジェリークだ。

彼女は肩をすくめた。「自分がなにをしたのか、よくわからない。なにかに乗っ取られたみたいだった。まるで、だれかがわたしのなかのスイッチを入れたみたいに。激しい怒りを感じたと思ったら、からだのなかからすさまじい力が沸き起こったの。そのあとはからだが勝手に動いていたわ。あのデーモンは死んだの？」

「だと思う。少なくとも、いなくなった」

「いいことだわ」アンジェリークは自分の両手を見おろした。「問題をひとつ増やしてしまったみたいね」

「どういうことだ？」

「なにがわたしを……あんなふうにしたのかを、あなたは突き止めなければならなくなったっていうこと。オーストラリアでブラック・ダイヤモンドに手をかざしたせいかしら？」

「かもしれない。おれにはなんとも言えない」

「わたしにもわからないわ。怖いけれど、でもわくわくする。あの力、嫌いじゃない」アンジェリークが顔をあげたので目を見ると、その言葉が本心からのものだとわかった。「爽快で、でもぞっとするような力だった。わたしも答えが知りたい」

彼女の言うとおりだ。いったいなにが起きたのか、突き止めなければならないだろう。だがひとつだけ確かなことがあった。

彼女には驚かされた。ライダーがデーモンと戦っているあいだに、アンジェリークはさっさと逃げ出すこともできた。けれど彼女はそうしようとはせず、その場にとどまって戦った。ライダーの命を助けるために、デーモンを殺したのだ。

「きみは初めてデーモンを殺した」

アンジェリークは笑顔になった。「それはいい知らせね。やり方はちょっと変わっていたけれど、でも、本当に殺したのかしら」

ライダーは肩をすくめた。「わからない。だがどちらにしろ、やつらはいなくなった。おれたちもいなくなることにしよう」

「どういう意味？」

「やつらは二度もおれたちを見つけた。どうやって捜し出したのかは知らないが、やつらにはおれたちの居場所がわかるらしい」ライダーは立ちあがると、デーモンと戦うときに使った武器を集めはじめた。アンジェリークも手伝った。

「どこに行くの？」

ライダーは短刀をキッチンに運んで洗った。「ブラック・ダイヤモンドを隠してある場所以外のところだ」

「〈闇の息子たち〉に見つかるから？」

「そうだ。どこに行こうと、やつらは確実にきみを追ってきている」

「これまでのことを考えると、わたしはなんらかの形で〈闇の息子たち〉と関係があると思ったほうがいいのかしら？」

ライダーは振り返って彼女の顔を見た。本当にその答えを知らないかのように、いたって冷静な口調だった。なにかを隠そうとしているとは思えない。さっきの力については、彼と同じくらいアンジェリークもなにも知らないのだろうと思えた。

「わからない。その可能性はあるだろう。だがどちらにしろ、ブラック・ダイヤモンドを危険にさらすわけにはいかない。そこへは行かない。少なくともいまは」

ライダーは水を止めてタオルを手に取ると、向きを変えてシンクにもたれ、彼女を正面から見つめた。

「それじゃあ、どこに行くの？」アンジェリークが訊いた。

その質問の本当の意味はわかっていた。イザベルのところに連れていってくれるのかどうかを知りたいのだ。だがそれが最悪の選択であるという確信は、ますます強くなっていた。

「考えていない。だが移動を続けなければならないようだ。いったいなにが起きているのかを突き止めるまで、〈闇の息子たち〉に一歩先んじていられることを祈ろう」

「わかった」

「荷造りをするんだ。すぐに出発する」

アンジェリークはうなずき、寝室に向かった。ライダーはわずかな荷物を自分のバッグに詰め終えると、廊下の先の彼女の寝室を見つめた。

認めよう、彼女には驚かされた。腹を立てることもあれば、いらだつこともあったけれど、彼女は並外れて強い。簡単には怯えないし、自分から立ち向かっていくし、なにより逃げない。さっきのようなことがあれば、多くの女性が――それどころか男性であっても――参ってしまうのが普通だ。だがアンジェリークはそれを受け入れ、可能性のあるシナリオを頭のなかで組み立て、可能性のある結論にたどり着いた。

彼女はいいハンターになるだろう。そしていい仲間にも。いいパートナーにも。

彼女がデーモンだったら最悪だとライダーは思った。彼女の身になにが起きるのかを、ライダーは気にしはじめていた。

10

アンジェリークは目がかすむくらい疲れていた。

ライダーはろくに休憩も取らず、その夜と翌日もほぼ一日運転をつづけた。アンジェリークはじっと助手席に座っていることにも、うつらうつらしてははっと目を覚まし、ここはどこなのだろう、どれくらい眠ったのだろう、どれほど遠くまで来たのだろうと考えることにもうんざりしていた。この島はさほど大きくない。ひょっとしたら、同じところをぐるぐる回っているのかもしれないと彼女は勘ぐった。シャワーを浴びて、眠りたかった。

「ライダー、お願い。お腹がすいたわ。もうくたくただし、背中も痛い。どこかホテルに泊まって、何時間か休みましょうよ」

ライダーはちらりと彼女に目をやると、その有様がかなり痛ましかったのか、うなずいた。三〇分後には海辺のホテルに車を止め、部屋を取っていた。食事は、通りの少し先にある小さなレストランで手早くすませた。お腹がくちくなったアンジェリークのつぎの望みは、シャワーと清潔な服だった。

部屋の鍵を開けたライダーはアンジェリークを外で待たせておき、なかを調べた。デーモンが待ち伏せしているかもしれないと思っているようだ。アンジェリークは鼻で笑った。それなら、わたしを先に行かせるべきなのに。いまデーモンの最大の敵は彼女だ。彼女は必死で戦って、この部屋のシャワーとベッドを使う権利を手に入れた。そう思うと、なぜかおかしくてたまらなくなった。おかしくもないことをおかしく感じるのは、睡眠不足のせいに違いない。はいってもいいとライダーが身振りで示した。小さなダブルベッドと清潔な白いシーツとエアコンがあるだけのこぢんまりした部屋だ。アンジェリークは安堵のため息をついた。彼女にとっては宮殿にも等しい。ベッドの上にバッグを放り投げると、バスルームに直行し、シャワーを浴びた。からだじゅうがざらざらだった。

熱いシャワーはすばらしく気持ちがよかった。永遠に浴びつづけていられる気分だったが、ひとり占めしたくはなかったから、からだを洗い、タオルを巻いてバスルームを出た。ライダーは窓のそばに立って、閉じたカーテンの隙間から外を眺めているところだった。

「駐車場にデーモンでもいるの?」アンジェリークはからかうように言った。

ライダーは振り返り、彼女を見て顔をしかめた。「服を着るんだ」

アンジェリークは虫の居所が悪かったし、いらいらしていたし、命令されることにはうんざりしていたから、その指示に従うことなくベッドに腰をおろした。

「もうくたくたなのよ、ライダー。あなたもシャワーを浴びてきたら?」

ライダーは窓に向き直った。「おれはいい」

アンジェリークは立ちあがって窓に近づくと、爪先だって彼の肩ごしに外を見た。

「もうすぐ暗くなるわ。あなたは二四時間近くも寝ていないのよ」

「おれは大丈夫だ」

アンジェリークは彼の肩に手を乗せた。彼はぎくりとしたが、振り払おうとはしなかった。

「肩にすごく力がはいっているのがわかる。少しはリラックスしなきゃだめよ」

ライダーは答えなかった。

「ほら、力を抜いて。もしデーモンが来たら、そのときはわたしも戦うわ。でもあなただってどこかで休憩はしないと。からだを休めておかなければ、いざというとき困るわよ。ほら、シャワーを浴びてきて。からだをほぐしてくるといいわ」

「おれには必要ない」

「それじゃあ、なにが必要なの?」

「きみがその手をどけることだ」

「どうして?」

ライダーが答えるまで数秒の間があった。「きみはいいにおいがする」

「それが気になるの?」

「ああ」

アンジェリークはようやく理解した。とたんに部屋が小さく感じられ、からだが熱くなった気がした。うしろにさがって、彼と距離を置くべきだとわかっていたけれど、なにかがそれを押しとどめた。彼の肩に置いた手に力をこめると、そこの筋肉が収縮するのが感じられた。

「言っただろう、アンジー。離れるんだ」

ライダーは疲れて、神経がたかぶっていた。アンジェリークも同じだ。彼の言葉には警告の響きがあったけれど、本当に離れてほしいと思っているわけではないという気がした。アンジェリークを遠ざけようとしているのか、それとも忍耐が限界を超えかけていることを告げようとしているのか、どちらだろう？

これって、そんなに悪いことかしら？　いまふたりが必要としているのは、こういうことかもしれない。彼らはもうずいぶん長いあいだ——オーストラリアからずっとだ——自分をごまかしてきたけれど、アンジェリークはそれもいいかげんいやになっていた。ふたりのあいだにはたしかになにかがあって、彼女はそれをつきとめてみたかった。たとえライダーが、そうすべきではないと思っていたとしても。

彼から離れる代わりに、ぴったりとからだを寄せた。身につけているのがタオル一枚であることも、その上にのぞく胸のふくらみが彼の背中に当たっていることも、充分に意識している。肩に頭をもたせかけた。

「アンジー」

言葉にするのが苦痛であるかのように、ライダーの声はざらつき、かすれていた。やがて彼が身じろぎし、アンジェリークは息を止めた。

彼がこちらに向き直ると、アンジェリークは顔をあげた。まず目にはいったのは熱っぽさをたたえた瞳と歯を食いしばりこわばった顎だ。内なる自分と戦い、そして敗れた顔だった。その種の葛藤のことなら、アンジェリークもよく知っていた。

「白旗をあげなさい、ライダー」アンジェリークはささやいた。

ライダーはタオルの結び目を、ぐっと握りこんだ。わたしの心臓の鼓動がそのこぶしに伝わっているかしら？

ライダーはじっと彼女を見つめている。その目のまわりに刻まれたしわから、アンジェリークは目を離すことができなかった。不安かあるいは苦痛に苛まれた年月の証《あかし》。手を伸ばし、そのしわを消し去りたかったけれど、動けなかった。魔法が解けてしまうかもしれない。

ライダーは手を緩め、結び目をほどいた。タオルははらりと床に落ち、彼女を守っていた唯一の障壁が消えた。かまわなかった。エアコンは、熱くほてるからだをいささかも冷やしてはくれない。彼の視線がかすめたあらゆるところに火がついて、肌がぴりぴりと痛んだ。

「きみのからだはおれの好みのタイプとは全然違う。もっとグラマーなほうがおれの好みだ。きみは細すぎる」

「そうね」わざと彼女を侮辱しようとするライダーの言葉をアンジェリークは笑って聞き流した。そんなことでわたしを追い払えるとでも思っているのかしら？　彼がなにをしようとしているのかはわかっている。自分を守ろうとしているのだ。もしかしたら彼女を守ろうとしているのかもしれない。彼女が自分から逃げ出すように仕向けている。

無駄なことだ。アンジェリークは逃げ出すつもりなど毛頭なかった。なにより、ライダーも本気ではない。オーストラリアで初めてアンジェリークを見たときから、彼女に惹かれていたのだから。アンジェリークは、ライダーが越えようとしなかったごくわずかな最後の距離を突き進んだ。肩に手を乗せ、そこから胸へと滑らせていく。

引き締まった筋肉質な胸。彼女の心臓と同じように、ライダーの心臓も激しく鼓動を打っていた。

どうかしている。けれどもう引き返せない。

「ライダー」いかにも男を感じさせる彼のにおいを吸いこむと、それだけでどうにかなりそうだった。

ライダーは彼女を引き寄せた。乳房が彼の胸に当たる。

「おれは嘘をついた」ライダーが両手を彼女の背中に回した。

「どんな嘘？」

「きみはあまりに美しすぎて、そばにいるだけで息ができなくなる」

お腹のあたりがぞくりとしたが、アンジェリークに感じられたのはそこまでだった。気づいたときには唇が重ねられ、ついいましがたまで熱っぽかったところが激しく燃え盛っていた。彼に唇をむさぼられているうちに、アンジェリークはすっかりその炎に呑みこまれていた。

以前にも男性から追いかけられ、求められたことはあるけれど、これほど激しい、まるで獣のような情熱をぶつけられたのは初めてだった。ライダーは彼女の口のなかでうめいた。

その声にアンジェリークの欲望もかきたてられて、全身の血液が沸騰した。彼の肌を感じたい。シャツの裾をつかんでズボンから引っ張り出した。平らなお腹に手のひらを当てると、彼女自身が燃えあがった。

炎のなかに身を投じ、なにも残らないくらい溶けてしまいたかった。ライダーのあらゆるところに触れてみたくて、ほかのことは考えられなくなった。

アンジェリークは唇を離すと、着ているものが多すぎると彼に文句を言った。彼女が一歩あとずさって距離を置くと、ライダーはシャツをむしり取り、ブーツを脱ぎ捨て、ズボンのボタンをはずして脱いだ。

一糸まとわぬ姿で誇らしげに立つ彼の姿に、アンジェリークは女としての純粋な歓びに息を呑んだ。なんてきれい。しっかりと筋肉のついた見事なからだだった。数日前、バスルームでその裸体を見たときと同じように、ほれぼれと眺めていたかった。けれどそれはあとだ。いまは彼に触りたい。再びライダーのそばに歩み寄ると、彼はアンジェリークを抱えあげた。アンジェリークがその腰に両脚をからめると、彼はもう一度唇を重ねてきた。彼の舌に深く探られ、舌をからめ取られ、ベルベットのようななめらかさでくりかえしいたぶられるうちに、アンジェリークのからだから力が抜けた。ライダーはその格好のままベッドまで歩いていき、彼女をベッドに横たえた。密着したからだを離さないようにしながら、その上に覆いかぶさる。

アンジェリークを見おろすライダーの顔は緊張でこわばっていた。彼女の両手をからだの脇におろして尋ねる。

「本当にこれがきみの望みなのか?」

「ええ」

「よく考えるんだ」

からかっているの? 太ももの上の彼自身は熱く、乳房のあいだでは汗が玉となり、彼が欲しくてたまらなくて真夏の犬のようにあえいでいるというのに、本気なのかと訊いているの?「冗談はやめて、ライダー。わたしは一六歳じゃないのよ」

「ああ、それは間違いない」ライダーはぴったりとからだを重ねた。

そう、肌と肌をこうして触れ合わせたかった。からだで彼を感じることが、アンジェリークの望みのすべてだった。全身の彼の筋肉をいま、余すところなく感じていた。彼女はとても小さくて、大きな彼にすっぽりと覆われてしまっている。

けれどアンジェリークは怯えるどころか、彼に身をゆだねている自分にぞくぞくしていた。首筋に顔をうずめ、彼女のにおいをかいでいるライダーが心地よかった。

待ち切れない。けれどライダーは時間をかけて、彼女の首の脈を舌で探っている。これほど興奮したのは初めてだ。彼が自由に動けるように頭を横に傾けた。彼の唇が触れたところがことごとく燃えあがっていく。

燃えあがっていたのはそこだけではなかった。彼の舌が首筋をなめるたびに、両脚のあいだがうずいた。ああ、お願い。そこになにかべつのものが欲しくて、どうにもたまらなくなった。なにか硬いもの。彼がくれようとしないもの。

「ライダー、早く」お楽しみはもう充分じゃない？

ライダーは顔をあげ、彼女を見てにやりとした。

「落ち着いて、アンジー。まだはじまったばかりじゃないか」

いやよ、じらさないで。彼を迎え入れて、激しく突かれたい。いじわる。アンジェリークは自分が上になろうとした。

だがライダーは彼女に主導権を取らせるつもりは毛頭ないようだった。彼女が起きあがろうとすると、手首をしっかりと押さえこんだ。

「だめだ」再び顔をうずめ、乳首をなめる。

「ああ」アンジェリークは彼の口の湿った熱さがいやなのか、うれしいのか自分でもわからなかった。感じすぎる。いいえ、まだ足りない。もっとしてほしかった。うめき声を押し殺そうとして下唇を嚙み、動きを束縛されていることにいらだった。下半身はライダーのからだに押さえつけられていたし、両腕はしっかりと握られている。彼が力を緩めないかぎり、アンジェリークは身動きひとつできないようにされていた。

ライダーは乳房をなめ、吸い、ときには歯を立てて、たっぷりと彼女をいたぶるつもりだった。アンジェリークは固く目をつぶり、どこかへ飛んでいってしまいそうなこの感覚が消えてくれることを願った。このままだと、どうにかなってしまいそうだ。

けれど無駄だった。アンジェリークは背中をのけぞらせ、ぐっと胸を突き出した。彼の愛撫にもうなにもわからなくなっていた。こんなことをする彼が憎かったけれど、こんなことをされるのが好きだった。全身のいたるところが脈打っている。

彼にすべてをゆだねるほかはなかった。アンジェリークは柔らかな粘土だ。そしてライダーは熟練した彫刻家。彼女はすすり泣きのような声をあげ、それが彼をますますその気にさせるだけだと気づいて唇を噛んだ。

「力を抜いて、アンジー」

目を開けて頭をあげると、ライダーは胸の上から彼女を見つめていた。

「抜いているわ」

「いいや、抜けていないね」彼はにやりと笑った。「どうしたんだ？　いつもは上になっているのか？」

この人ったら、本当に腹が立つわ。「ええ、そのとおりよ」

「そいつは残念だ」ライダーは彼女の手首をにぎったまま、からだを下へとずらしていき、その途中でおへそにキスをした。肌に触れる唇が、まるで熱い溶鉱炉のように感じられる。いますぐに入れてほしいのに、ライダーがじっくりじらすつもりであることが腹立たしかったけれど、内ももにキスをする彼から目を逸らすことができなかった。

「そんなにきりきりしている理由はわかっている」ライダーは彼女の目を見つめながら、脚の付け根の一点をいたぶるようにゆっくりとなめあげた。「いきたいんだな」

どれほどそれを望んでいるか、ライダーにはわかっていない。けれどこんな形じゃない。

わたしがなにもできないような、こんな形じゃいや。だれにもこんなふうにわたしを自由にさせたことなんてないって、彼はわかっていないのかしら？　彼は――。

ライダーの口が脚の付け根へと戻ってくると、それ以上なにも考えられなくなった。彼女のなかでなにかがはじけた。熱く濡れている、そんな言葉しか浮かばない。アンジェリークはすべてを彼にゆだね、何度も絶頂に達した。気恥ずかしくなるほどだったけれど、クライマックスの波がくりかえし襲ってくるのを止めようもない。ずいぶんと久しぶりだったし、彼女は成熟した女性だ。だが自分のからだにこれほど簡単に火がつくとは、思ってもみなかった。そのうえライダーは、彼女の急所を熟知していた。どうしてこんなことができるの？どうしてわたしのことがこんなにわかるの？

ライダーはアンジェリークの手首を放すと、上へとからだをずらし、唇を重ねてきた。むさぼるような長いキスに、彼女の欲望が再び燃えあがった。

アンジェリークは彼の髪に指をからませ、怒りにも似た激しさで引っ張った。そうさせたのは、自分のからだをここまで自在に操る彼への憤怒だ。

彼女がなぜそれほど怒っているのか充分に承知しているかのように、ライダーは唇を重ねたまま、うなっているような、笑っているような声をあげた。

まったく。たしかにいま、独立記念日の花火のような絶頂に達したかもしれないが、二度と彼に同じことをさせるつもりはなかった。

ライダーは膝で彼女の脚を開かせると、片手をお尻の下に入れて持ちあげ、彼女のなかへとはいっていった。

アンジェリークの秘所が喜びに震えながら彼自身を締めつけた。彼が完璧なリズムで前後に動きはじめると、アンジェリークのからだは再び彼女を裏切って収縮し、その快感に涙が浮かんだ。

アンジェリークはため息と共に、抵抗するのをやめた。怒りもすべて捨て去り、このすばらしい人が与えてくれるこのうえない歓びに身を任せる。からだの力を抜いて彼の抱擁にすっぽりと包まれ、いらだちもなにもないすべてをゆだねるキスを返した。心とからだのすべてで、いまこのときを受け止めた。ライダーはより深く突きあげることができるように、横向きになって彼女の片脚を持ちあげた。ゆっくりと腰を揺する。

こうしていると、正面から互いの顔を見ることができた。彼のことがこのうえなく近くに感じられる。アンジェリークは無精ひげに覆われた彼の頬を撫で、下唇を指でなぞった。ライダーがその指を口でとらえてしゃぶると、快感にからだの奥が収縮し、彼自身を締めつけた。ライダーの動きが止まった。

「くそっ」見せかけだけの穏やかな動きはそこまでだった。ライダーはアンジェリークの尻を強くつかむと、激しく腰を使いはじめた。

アンジェリークはこういう荒々しい彼も好きだった。彼にしがみつき、一気にのぼりつめようとする彼についていく。二度目の絶頂は少しも驚きはしなかったし、いらだたしくもなかった。今回はライダーも同時に達した。彼がうめきながら重ねてきた唇を離したときには、ふたりとも息を荒らげていた。

アンジェリークは満足して、ぐったりと彼の胸に頭をもたせかけた。彼に背中を撫でられるうち、まぶたが重くなってくるのを感じた。ライダーとはまだつながったままだ。これほど満足したことがあったかしらと思いながら、彼女は微笑んだ。こんなに守られ、大切にされていると感じたことは。

アンジェリークは目を閉じ、眠りへといざなわれていった。

11

ダルトンはイザベルを見ながら、頬が緩んでしまうのをどうすることもできなかった。今日のダイビングのあと彼女はひどくご機嫌で、知らない人が見たらタイタニック号を引きあげたのかと思ったかもしれない。実際に見つけたのは陶器のかけらにすぎなかったが、彼女にとっては宝物に違いなかった。

一行は午後のほとんどをダイビングに費やしたが、発見できたのはその陶器のかけらだけだった。

ともあれ、イザベルを喜ばせるには充分らしい。デッキに立ち、そのかけらをあらゆる方向から観察している彼女の顔には、満面の笑みが浮かんでいた。

船にあがったふたりはシャワーを浴びて着替えた。ディミトリがデッキに食事と飲み物を用意してくれていた。イザベルは食事のあいだも、陶器のかけらをテーブルに置いていた。

「アトランティスを見つけたということかな?」食べ終えたところで、ダルトンが切り出した。

イザベルは陶器のかけらを見つめ、それからダルトンに視線を移した。興奮に目がきらきらしている。

「わからない。まずは鑑定してもらわないと。もちろん、信じない人はいるでしょうしね。でも近づいていると思うわ」イザベルは笑みを隠そうともしなかった。頰を赤く染め、大きな呼吸を繰り返している。

「ちっぽけなかけらにしか見えないが。それほど興奮することかな」

イザベルは眉を吊りあげた。「わたしの興奮に水を差すつもり？」

「少し落ち着かせたほうがいいんじゃないかと思ってね。きみにがっかりしてほしくない」

「あら、気にかけてくれているっていうこと？」

ダルトンは笑って答えた。「投資を無駄にしたくないだけだ」

イザベルは椅子の背にもたれ、グラスを手に取った。

「どっちの投資かしら？　わたし？　それとも発掘？」

「もちろんきみさ。今回の調査で一番価値があるのはきみだからね。きみは専門家だ。きみがいなければ、成功の望みはない」

イザベルはその言葉に驚いたかのようにぽかんと口を開け、目を丸くして彼を見つめた。

「ありがとう。ほめてもらいたかったわけじゃないけれど、うれしいわ。自分が特別だなんて感じることは、あまりないのよ」

ダルトンは身を乗り出し、イザベルのひと筋の巻き毛をつまんだ。「きみは自分を特別だと思っていい。もっと賞賛と注目を浴びていないことのほうが驚きだよ」

返ってきたのは、薄ら笑いだった。

「なんだい？」

「なんでもないわ」イザベルはからだを引くと、手のなかのグラスを見つめた。

「きみは自分が注目に値しない人間だと思っているのかい？」

「その話はやめましょう」

イザベルはなにかを企んでいるのだろうか？　それとも気になることでもあるのか？　もう少し突っこんでみようと決めた。

「いや、やめないね。きみはきれいだよ、イザベル。それに優れた考古学者だ。意欲があるし、熱心だ」

イザベルが視線をあげた。湖を思わせる緑色と金色の混じった瞳。

「そんなことを言うから、顔が熱くなってきたわ。もうやめて」

ダルトンは、頰を赤く染めた彼女が気に入った。どこか世間知らずのように見えて、至極魅力的だ。彼は人を見る目があると自負していて、からかい半分なのか、あるいはそれが本当の感情なのかを見極めることができると考えていた。イザベルはほめ言葉を素直に受け止められずにいる。自分でそう信じていないようだ。目の前に座っている女性からは、ぬくもりと無邪気さが伝わってくる。一方で彼女は、冷淡で非情だと思えるくらい、自信と意欲に満ちていることがあった。

イザベル・デヴローには二面性があるらしい。

「きみが成功するためにあれほど働くのは、それが理由かもしれないな」

「なんですって？」

「成功することで認められたいと考える人間は多い」

イザベルの眉間にうっすらとしわがよった。「わたしを分析するつもり？」

ダルトンは小さく笑った。「いいや。そんなことはおれの柄じゃない。だがその人がなぜそういうことをするのか、あれこれと考えるのは好きだ」

「わたしは自分にそんなことをしようなんて思わないわ」

「ほらね？　きみは謎めいている。それがまた好奇心をそそるんだ」

そよぐ風にいく筋かの髪がなびき、彼女はその髪を耳にかけた。

「わたしに謎なんてないわ。あなたには履歴書を渡してある。わたしのすべてを知っているっていうことよ」

知っているのは、ほんの表面だけだ。ダルトンは、もっと知りたがっている自分に気づいていた。この任務が必要としている以上のことが知りたい。イザベルは間違いなく謎めいた存在だ。彼に見せている顔の下に、隠しきれていない痛みが透けて見えている。その痛みは瞳の下に潜んでいて、時折顔をのぞかせた。

イザベルは自分で思っているほど、この種のゲームがうまくないようだ。そしてダルトンは偽装の名人だった。

パズルのピースをつなぎ合わせていくのはきっと楽しいだろうと、ダルトンは思った。

「なにを見ているの？」

ダルトンはまばたきをした。「おれは見ていたかい？」

「ええ」

「いやなのか？」

「理由によるわ」

「きみを見ていたのは、月の光にきみの髪が金糸のように輝いていたからだ。きみがなにか言うたびに目がきらきらして、その服が皮膚のようにぴったりとからだにまとわりついていたからだ。だから、きみを見つめずにはいられなかった」

イザベルが息を吸いこんだので、胸のふくらみがひときわ目立った。

ダルトンが合図をすると、ディミトリはカウンターの下に手を伸ばし、ステレオのスイッチを入れた。デッキに音楽が流れると、イザベルは頭をのけぞらせて笑った。

月の光を受けてイザベルの髪がきらめいた。無造作に垂らした髪が、胸の前で広がっている。今夜の彼女はからだにフィットしたサンドレスを着ていて、大きく開いた襟ぐりから胸のふくらみがたっぷりとのぞいていた。

ダルトンは彼女の顔だけを見つめていようとしたけれど、知らぬ間に視線が下のほうへと吸い寄せられていた。飲みすぎたのと、今日はあまり食べ物を胃に入れていないせいで、困った事態になっていた。性欲が彼を支配しようとしている。イザベルといると、品行方正ではいられなかった。

彼は天使ではないのだから。

そう、彼はたしかにもう天使ではない。そしてイザベルといっしょにいる時間が長くなるほどに、彼の思いはますます天使とはほど遠い場所へと迷いこんでいく。彼女は罪深いほど魅惑的で、彼のなかの闇の部分を揺さぶる存在だった。彼には確かに闇の部分がある。

アップビートのロックが終わり、誘いかけるようなスローなナンバーがはじまった。

「わたしの気分にぴったりなのは、こういう曲だわ」イザベルはそう言うと、椅子を引いて立ちあがった。誘惑するようなまなざしでダルトンを見おろす。「踊りましょう」

なんてこった。礼儀正しく人当たりのいい金持ちのプレイボーイというのが、おれの役回りだったはずだ。尻尾を巻いて、部屋に逃げ帰るようなことは想定していなかった。ゆうべおれは彼女の誘いをはねつけた。くりかえすわけにはいかない。

正直に言えば、くりかえしたくなかった。男にはそれほどの自制心は備わっていない。

ダルトンは長いあいだ自制してきた。〈光の王国〉に加わってからずっと規則に従い、正しいことだけをして、一度も道を踏みはずしたりはしなかった。それ以来、女性に指一本触れていない。

長すぎるくらいの日々だ。なのになぜいま？　それもイザベル相手に？

答えを出そうとするのはやめた。

愚か者は、天使が足を踏み入れないところへ飛びこんでいく。

まさにおれの人生そのものじゃないか？

ダルトンは立ちあがり、片手を差し出しながらデッキに出た。イザベルがその手を握った瞬間、かすかな電気ショックのようなものが血管を走り抜け、彼は抵抗もここまでだと悟った。

だが問題は、それを悪いとは思えないことだった。これが彼の任務だ——イザベルに接近し、彼女の秘密を探り出す。それが彼の仕事であり、務めであって、それ以上でもそれ以下でもない。それさえ忘れなければ、感情につけ入る隙を与えなければ、大丈夫だ。

ダルトンは彼女を引き寄せた。乳房が胸に当たる。

イザベルに近づけとルイスは言った。いまこうして近づいている、そうだろう？

イザベルが彼の胸に頭をもたせかけると、ダルトンはゆるやかにデッキを移動しながら、ディミトリに向かってうなずいた。ディミトリはデッキの照明を落とし、静かに姿を消した。

ディミトリやほかの乗組員のようなスタッフをよこした〈光の王国〉の思慮深さに感謝した。彼らはなにも尋ねようとはせず、黙って指示に従ってくれる。丸一日日光を浴び、海中で過ごしたせいでほかの乗組員はみな疲れ果て、下のフロアの自分たちの部屋にすでに引き取っていた。

残っているのは彼らふたりと、ゆったりしたテンポの音楽だけだった。

そしてダルトンのあてもなくさまよう思いと。

任務のことを考えるべきなのに、ダルトンが考えていたのは彼女を抱き寄せているとどれほど気持ちがいいかということや、彼女の肌はとても柔らかくて、髪はなぜかイチゴのにおいがするということ、そして、彼の股間が硬くなっていることに彼女は気づいているだろうかということだった。

さらには、正しいことだけをする人生にうんざりしている自分にも気づいていた。

「きみは悪い女かい、イザベル？」ダルトンは心の奥底の思いを言葉にしていた。そうであってほしいと願っているのかもしれないと思った。

イザベルが頭をのけぞらせると、彼は思わず息を呑みそうになった。銀色の光に照らされた瞳は謎めいた色に渦巻き、ふっくらした唇に浮かぶ笑みは、彼という悪魔のせいだとしか思えなかった。

「悪い女になってほしいの？」

ダルトンは彼女に溺れかかっていた。助けてほしいとも思わない。

「そうかもしれない」

イザベルの舌が伸びて、彼の下唇をなぞった。

誘惑のノックに彼は扉を開いた。禁断の果実が待っている。イザベルの首のうしろを手で支え、唇を軽く重ねた。ワインとなにかもっと魅惑的なものの味がする。唇を強く押しつけて開けさせ、舌を差し入れると、彼の世界がぐるりと回転した。イザベルのうめき声に、ダルトンはさらにからだを密着させ、キスを深めた。

イザベルの手が上へとはいあがり、彼の髪のなかに潜りこんだかと思うと、頭皮に爪を立てた。痛みが快感だった。生きている感じがする。まるで、ずっと霧のなかをさまよい続けたあとで彼女に起こされ、すべては夢だったと気づいたかのようだ。

ダルトンは彼女の背中に腕を回し、あらゆる曲線を記憶に刻みこみながら手を下へとずらしていった。両手でお尻をつかみ、硬く脈打つ彼自身にぐっと押しつける。

腰を彼女にこすりつけながら、ダルトンは顔だけ離して言った。

「きみに入れたい。いますぐに」自分の声とは思えなかった。まるで発情期の獣のようだ。いったいおれはどうしたっていうんだ？

イザベルは首を伸ばすと、彼の下唇を強く噛んだ。ダルトンの口のなかに血の味が広がった。それすら気にならない。

「ええ、いますぐに」イザベルの声も欲望にかすれている。

ダルトンは彼女を抱きあげて、彼女の寝室へと歩いていった。イザベルがドアのノブをひねり、彼が爪先で蹴り開けて、かかとで閉めた。暗いなかでも充分に見えたから、ダルトンは明かりをつけようとはせず、ベッドの脇に彼女を立たせて、再び唇を重ねた。刺激的な味がした。

イザベルはきっと、全身が同じくらいすばらしい味に違いない。サンドレスのストラップを肩からはずし、腕へとずらしていきながら、彼の唇はイザベルのにおいをたどっていた。彼を招く麝香《じゃこう》のような原始的な香り。ダルトンは彼女の首にキスをした。激しく脈を打つあたりにしばしとどまったあと、肩から鎖骨へと唇をずらしていき、ドレスといっしょにさらに唇を下へと移動させ、上半身をあらわにした。

ここにきて、ダルトンは明かりをつけなかった自分を呪った。豊かな乳房の輪郭が浮かびあがるだけで、彼女のからだを見ることができない。手を伸ばし、両手で胸のふくらみを包むと、イザベルが息を吸う音が聞こえた。乳首を撫でると、先端を貫く冷たい金属のリングが指に当たった。

「セクシーだ」ダルトンはつぶやいた。イザベルが奔放なことはわかっていた。彼女のなかに潜む獣が、解き放たれるのを待っていることも。彼女のそんな一面を自分のものにしたかった。リングを指ではじくと、親指の下で乳首が硬くなった。

「そうよ、触って」イザベルの声は彼を酔わせ、闇へ誘いこもうとしているようだった。

この場を去り、違う形でゲームをするべきだとわかっていながら、ダルトンは抵抗できなかった。炎に近づきすぎていると知っていたけれど、どうしようもなかった。なにかに強要されているかのようだ——麻薬中毒の人間が麻薬に手を出さずにはいられないように。破滅の予感がしたが、イザベルから顔を背けることができなかった。

このまま進めば、彼の運命は大きく変わってしまうとわかっていた。けれどそれもどうでもよかった。イザベルをはだかにして、組み敷きたい。頭のなかにあるのはそれだけだった。

イザベルのドレスをすっかり脱がせ、彼自身も服を脱ぎ捨てた。イザベルが手を伸ばして彼に触れた。

「きみの手が熱い」ダルトンが言った。

「あなたのからだが熱いわ」イザベルは、どくどくと拍動する彼の一部に片手を添えると、前後に動かしはじめた。親指で先端を撫で、もう一方の手で巧みに刺激するその動きに、ダルトンは息が止まりそうになった。やがてイザベルは膝をつくと、彼を口に含んだ。膝がくずおれそうだ。

だめだ。いい。ああ、すごくいい。

イザベルが唇と舌で魔法をつむぎ、絶頂寸前にまで彼を導こうとすると、ダルトンは彼女の髪に手を差し入れた。手に巻きつけ、力を入れてぐっと引っ張る。

だが彼はここで達するつもりはなかった。髪を引っ張って乱暴に彼女を立たせる。

「立つんだ」

ダルトンの心の縁からじりじりと闇が侵食していた。暴力的になるのを止めようもない。イザベルを壁に押しつけると、片脚を持ちあげて自分の腰にからめさせ、一気に彼女を貫いた。イザベルが叫んだが、その声は口でふさいだ。からだと同じように舌で彼女の口を犯していく。

ダルトンの乱暴な侵入に応えるように、イザベルは彼の背中に爪を立ててうめいた。動けないようにしっかりと彼のからだをつかんでいる。ダルトンのなかで爆発寸前の情熱と闇がせめぎあい、これ以上こらえきれなくなったところで抑えていたものを解放した――彼自身と彼女に向けて。イザベルは彼の闇の部分を楽しんでいるかのように、やすやすとそれを受け止めて、再び彼に送り返してきた。彼が乱暴なほど激しく腰を突きたてると、イザベルは彼に噛みつき、引っかいた。しりごみすることも、悲鳴をあげることもない。彼の激しさを受け入れ、激しさに歓びを感じていた。

「そうよ、もっと！」イザベルが叫んだ。彼女が締めつけるのを感じ、全身で彼を求めているのがわかった。イザベルは彼の名前を叫びながら達した。

イザベルの激しい情熱にダルトンはなにもかも忘れた。闇が彼を突き動かす。彼女のからだを無意識のうちに強くつかむと、彼も絶頂に達していた。首筋に顔をうずめ、からだを震わせながら空っぽになるまですべてを解き放った。

やがてダルトンは、イザベルがぐったりと自分にもたれていることに気づいた。彼自身も汗まみれで疲れ果てていたから、いまは部屋が暗くてよかったと思った。彼女を抱きあげてベッドに運び、布団をはいで寝かせた。

イザベルは無言のままだ。怪我をさせてしまったんだろうか？　後悔しているのか？　彼女の顔をながめた。部屋の暗さに目が慣れていたから、イザベルが目を閉じているのがわかった。しばらく待ったが、彼女はぴくりとも動かない。気を失っていた。ダルトンはベッドの縁に腰かけ、彼女の髪を手で梳いた。

くそっ。おれはいまなにをしたんだ？　それ以上に、おれはいまなにを解き放った？

彼のなかにある闇、暴力、邪悪な部分のくびきをはずしてしまった。

彼女とのロマンチックなひとときもこれまでだ。彼女にやさしくすらしなかった。おれはただ奪った。乱暴に。恥ずかしさがどっと押し寄せた。逃げ出して、どこかに隠れてしまいたい。だがもう何年も、おれはそうしてきたんじゃなかったか？

ダルトンはぐっと顎を引いた。なかったことにしたいと願うのは無意味だ。こういう状況は初めてではない。ただ、もう長いあいだ闇に身を任せたことはなかった。

イザベルといっしょにいると、自分のなかの闇が表に浮かびあがろうとする。だが彼女を責めることはできない。責任は自分にある。そしてこうなったからには、それを利用しなければならなかった。そう考えただけでますます惨めな気持ちになったが、ここに来た目的は果たさなければならない。

「イザベル」彼女の肩を揺すってみた。「イザベル、起きろ」

反応はない。何度か試してみたが、彼女はやはり目を覚まさなかった。すっかり寝入ってしまっている。長い一日だったし、かなりアルコールもはいったうえに、疲れ切っている。当分、起きることはないだろう。

よし。

ダルトンは立ちあがり、部屋のなかを見回した。彼女が目を覚ますとは思わなかったが、明かりをつけるつもりはなかった。

時間をかけて、引き出しとクローゼットをひとつひとつ確かめていくうちに、例の箱が見つかった。あまりうまく隠せていなかったが、だれかが探すことなどイザベルは考えてもいなかったに違いない。

鍵を開けるのは簡単だった。ダルトンはイザベルがそのなかにしまっていた本を取り出すと、箱に再び鍵をかけてクローゼットのなかに戻した。服を着て、彼女の部屋をあとにする。

ドアの鍵はかけなかった。

自分の部屋に戻ると、明かりをつけて本を開いた。それが日記であるとわかるまで、さほど時間はかからなかった。

だがイザベルの日記ではない。イザベルとアンジェリークの母親、モネット・デヴローの日記だった。ダルトンは椅子の背にもたれ、フランス人考古学者だったモネットが仕事をはじめたころのことから書かれているその日記を読みはじめた。

全部フランス語だったから、ダルトンが何カ国語かを操れたのは幸いだった。イザベルとアンジェリークの身になにが起きているのかを突き止める手がかりはないかと思いながら、彼はページを繰りつづけた。

あるページにたどりついたところで、ダルトンは目を丸くしてからだを起こした。

しばらく日記を書かなかったのは、どう書けばいいのかわからなかったから。奇妙で現実離れしていて、この世のものとは思えない経験だった。

なにがあったのかよくわからない。彼は本当に素敵な人に見えた。魅惑的で、美しくて、見たこともないようなきれいな目をしていた。わたしの仕事にすごく興味を持ってくれて、わたしたちは幾日も幾晩も、いまのプロジェクトのことを話しあった。食事にも行ったけれど、彼はいつも礼儀正しかったから、わたしは彼を信用するようになった。それがわたしの最大の過ちだったのかもしれない。わたしはいつも簡単に人を信じすぎる。

ひと月以上もそうやって過ごすうち、わたしは彼を信頼し――愛するようになった。彼こそが運命の人だと思いこんだ。なんてばかなわたし。

わたしたちは星空の下、砂漠のなかで愛を交わした。初めはすごく素敵だったのに、途中からおかしくなった。それもひどく。彼の目、とてもきれいだと思った彼の目が邪悪なものに変わった。恐ろしく邪悪に。彼を止めることはできなかった。情熱と恐怖のせい。彼にやめてほしかったのに、やめてほしくなかった。天国であり、地獄だった。すべてが終わったとき、わたしは恐ろしくなって夜のなかを逃げ出した。彼があとを追ってきた。そして、さらに恐ろしいことが起きた。

真っ黒なローブを着たふたりの男が現われて、アハメドに襲いかかってきた。わたしは怖くてたまらなかったから、見つからないように隠れた。ふたりが近づいてくると、アハメドの姿が変わった。目が赤く輝き、牙とかぎ爪が生えた――見間違いじゃない。わたしは狂ってなんかいない！　彼は攻撃をしかけたけれど、黒いローブの男たちは剣で彼に切りつけた。わたしは悲鳴を押し殺した。怖くて怖くて、息もできないくらいだった。アハメドは血を流して倒れたりはしなかった。煙と灰になって消えただけだった。

旅の途中で、奇妙なことはたくさん見てきた。説明できないこともたくさんあった。霊、悪魔、なんと呼んでいいかわからないけれど、アハメドはこの世のものではなかった。

わたしはすっかり怯えてしまい、動くどころか、息をすることすら怖かった。つぎはわたしに違いないと思った。けれど男たちはいなくなった。隠れていた場所から逃げ出すことができたのは、何時間もたってからだった。

このことはだれにも話さなかった。

けれどいま、彼の子供を妊娠していることがわかった。

お腹にいるのはなんの子供なの？　人間の子供？　それとも、ああ、神さま、なにかべつの生き物の子供？

怖くてたまらない。だれにも相談できない。

それに、だれがこんな話を信じてくれる？

なんてこった。ダルトンは唾を飲んだ。喉がからからになって、こめかみが脈打っている。さらに読みつづけていくうちに、そのときの子供がアンジェリークとイザベルだということがわかった。

年月と共に、日記を書く頻度は減っていった。生まれた女の子たちは、いたって普通に見え、モネットは安堵したようだ。例の秘密には、二度と触れられていなかった。書いてあったのは子供たちの少女時代のことや考古学の研究についてだ。旅先でのできごとや、娘たちの教育のことが記されていたが、デーモンが再び登場することはなかった。それでもダルトンは日記を置くことができなかった。まだなにか書いてあるかもしれない。

ある箇所まで読み進んだところで、ダルトンは凍りついた。

イザベルのことが心配だ。いままで文字にすることはなかったけれど、昔から心配だった。娘たちも大人になったから、アンジェリークに話してみた。あの子も気づいていた。

イザベルには黒い面がある。ひどく黒い面が。仕事上で意見が食い違うのはよくあることだけれど、そういった話とは違う。あの子のなかに、悪があるのがわかる――本物の純粋な悪が。あの子自身意識しているとは思えないけれど、幼いころからわたしは気づいていた。最初は小さなことだった。罪のない子供のいたずらの範囲をはるかに超えた、盗みや嘘。姉を傷つけたこと。イザベルとの喧嘩で、アンジェリークには傷が絶えなかった。イザベルの手からナイフやとがったものを取りあげたことが、いったい何度あったことか。あの子の脅し、目に浮かんだ悪意。なにかとんでもないことが起きないよう、わたしがそばにいて目を光らせていなかったら、いったいどうなっていただろう。あの子が姉を殺してしまうのではないかと思ったことが何度かあった。アンジェリークに言ったことはない。イザベルを怖がってほしくなかったから。

バンガローが火事になったとき、イザベルはマッチを持っていた。あの子は火なんてつけていないと言ったけれど、あの子からは煙のにおいがした。全員が逃げ出せたのは神さまの思し召しだったかもしれない。自分の娘を疑っていることは、だれにも話さなかった。ほんの八歳だったのだから。わたしになにができただろう？　ほかにもいろいろなことがあった。イザベルのなかの闇を示すたくさんのこと。どうすればいいのか、わたしにはわからない。一度だってわかったことなんてない。ずっとあの子を見てきた。父親のなかの悪魔がイザベルに現われることがないように、祈りつづけてきた。けれどいつかそんな日が来るような気がしている。いままでもそうだったように。けれど、邪悪なイザベルが現われたと思ったとたんに、あの子は急に愛想を振りまいて、とても愛らしく、無邪気そのものになる。どちらが本当なの？　無邪気なイザベル？　それとも闇のイザベル？　わたしにはわからない。

アンジェリークにはそんな潜在的な悪などまったく見られないのに、どうしてイザベルにはこれほど顕著なの？　わからない。けれどそれが事実だ。

娘たちの父親の話はだれにも言わないつもりだったけれど、わたしはもう長くない。妹を守ってほしいとアンジェリークに頼んだ。アンジェリークはなにも知らないし、この秘密を話すつもりはない。真実を知れば、あの子の人生は台無しになる。あの子だけでなく、ふたりともが。だれにも知られるわけにはいかない。けれど、妹を守ってほしいとアンジェリークに頼むほかはなかった。

それがわたしにできるすべて。あとは、イザベルの不滅の魂のために祈ることだけ。

神さま、どうぞあの子をお守りください。もしも父親の一部でもあの子たちに受け継がれているのなら、どうぞあの子たちをお助けください。

　わたしは娘たちを心から愛しています。神さま、どうぞふたりをお助けください。ルイスに話をしなければならない。いますぐに。

「ちょっと、なにをしているの？」

イザベルの声にダルトンはあわてて振り返り、椅子から転げ落ちそうになった。

どれくらいのあいだ、読みつづけていただろう？　数時間はたったに違いない。モネットの日記に夢中になるあまり、すっかり時間を忘れて、イザベルのことは頭から消えていた。

まったく、上等だよ、ダルトン。

イザベルの髪は乱れ、さっきまでと同じワンピースを着ている。部屋にはいってきて、そこにあるのが母親の日記であることを見て取ると、大きな目で彼を見つめた。

「イザベル」言うべき言葉が見つからなかった。なにを言えばいいのか、どう説明すればいいのかわからない。

「それはわたしのよ」イザベルは涙をこらえているかのように、かすれた声で言った。

「そうだ」

「どうやって見つけたの？　鍵をかけておいたのに」

「ああ」

イザベルは目をすがめた。苦痛は怒りに変わっていた。

「あなた、海底神殿を探すわたしに手を貸したがる金持ちの道楽男じゃないわね？」

ダルトンは首を振った。やむをえない。本当のことを話すときだ。「ちがう」

イザベルの頬を涙が伝った。ショックはすでに消えたらしく、目を細めた彼女からは怒りが伝わってきた。冷たい炎のような怒りだった。

「あなたは何者なの、ダルトン？」

12

ライダーの腕のなかでアンジェリークがかすかなうめき声をあげた。快感のうめきではなく、断続的な声。悪夢を見ているときの声だ。

アンジェリークは眠っていたが、安らかな眠りではないようだった。

ライダーは起きていた。一、二時間は眠ったようだが、それで充分だった。心のなかに不安が渦巻いていて、落ち着かない。起きあがってあたりをうろつきたい気分だったが、アンジェリークを起こしたくはなかった。彼女には睡眠が必要だ。

それにライダーには、考えなければならないことがあった。一線を越えてしまったいま、おれはどうすればいいだろう。

抵抗しなかったわけではない。だが、タオルを巻いただけの格好でバスルームから出てきた彼女をひと目見たときから、すでに勝ち目はなかった。深い関係になるのは得策ではないと伝えようとしたけれど、一方で、それはすばらしい考えだと彼のからだは訴えていた。アンジェリークにも自分の欲望にも、とても抗うことはできなかった。

「だめ」

アンジェリークがかすかな声をあげ、ライダーは彼女を見おろした。眉間にしわが寄っている。眠ってはいるものの、顔をぴくぴくと引きつらせ、なにか理解できない言葉をつぶやいている。ひどい悪夢を見ているようだ。

ライダーは悪夢には慣れていた。彼女を引き寄せ、悪夢を追い払うことができればいいのにと思いながら、髪を撫でる。

ふたりの悪夢を。

ちきしょう。おれは彼女になにかを感じているようだ。欲望を感じているのは間違いない。だがそれだけではなかった。彼女が傷つくのを見たくない。悪夢すら見てほしくはなかった。アンジェリークは顔をしかめ、その頰には涙が伝いはじめている。どんな夢を見ているにせよ、アンジェリークはつらい思いをしている。胸が激しく上下し、全身を震わせはじめた。

これ以上、我慢できなかった。

「アンジー、起きるんだ」

アンジェリークの目がぱっと開き、片手をライダーの胸に当てたかと思うと、頭を起こして彼を見つめた。

「きみは、悪い夢を見ていたんだ」

アンジェリークは数秒間彼を見つめたあとで、ようやくまばたきをした。

「イザベルが困ったことになっているのに、あの子のところに行けないの」涙を拭う。「ばかみたいな夢ね」

　ライダーは彼女の髪を撫でた。柔らかい。彼女はすべてが柔らかかった。だが一方でとてもタフだ。世界を自分の肩に背負い、なにもかも自分でやらなければいけないと考えている。

「もう大丈夫かい？」

「ええ」アンジェリークはからだを起こして座り、彼に向き直った。「イザベルのことがすごく心配なの」

　ライダーは背中に枕を当てると、彼女の顔が見えるように座った。「みたいだな」

「あの子のなかの闇が心配。〈闇の息子たち〉があの子を捜しているってわかっているから、なおさらよ。それにゆうべわたしの身に起きたことを考えると……わたしには……普通とはいえないなにかの力があることはたしかだもの」

「そのとおりだ」彼女はその事実を受け入れたらしい。だが、その力がどこから来たものなのかをじっくり考えている時間はなかったし、ライダーはまだそのことを話し合う準備ができていなかった。

「あの子にも同じような力があったら、どうなると思う？　わたしは邪悪な人間じゃないわ。それなのに、あのデーモンにあんなことをした。イザベルにどんなことができるかと思うと、怖くてたまらないの。正直に言えば、わたしにどんなことができるのかも」

　ライダーは息を吐き出した。

「自分のなかに闇があるのがどういうことなのか、いつ自分が自分でなくなってしまうかと、不安を抱えて生きるのがどういうことなのか、おれにはよくわかっている」

「あなたが？　どうして？」

　ライダーは自分の過去をだれにも話したことがなかった。それなのになぜいま？　なぜアンジェリークに？　彼女に自分と妹のことを語らせるための手段だと考えようとしたが、それが言い訳にすぎないことはわかっていた。アンジェリークが、自分と妹に否定的な感情を抱いているのを見るのがいやだったのかもしれない。

「おれが子供のころ、母親がいなくなった。親父は激怒した。まともじゃない夫を相手にするのに疲れて逃げ出したんだろうと、みんなが噂したよ」

「お父さんはどれくらいひどかったの？」

「かなりだ」

「アルコール依存症？」

「それもあるが、アルコールのせいだけじゃなかった。親父はとにかく威張り散らす男だった。精神的におかしかったんだと思う。それが戦争のせいなのか、もともとそうだったのかはわからない。おれはまだ子供だった。わかっていたのは、とにかくあいつは悪魔のような男だったってことだ。人を傷つけるのが好きだった」

「お父さんは……あなたを傷つけたの？　お母さんのことも？」

　ライダーは肩をすくめた。「ああ」

「ああ、ライダー。かわいそうに」

「おれたちはなんとかやっていた。暴力をかわす方法を覚えたんだ。たっぷり酒を飲ませて酔わせれば、あいつは寝入ってしまっておれたちを殴れない。母はいつも家に酒を置いておいて、毎晩あいつが意識をなくすまで飲むように仕向けていた。長年のあいだに、母も賢くなったんだろうな」

「ひどい話。どうしてお母さんはあなたを連れて逃げなかったの？」

ライダーは声をあげて笑った。

「どこに？　小さな町で、ほかに家族もいない。自分のことは自分で片をつけなきゃいけない。そういうものさ」

「それでお母さんは、あなたを残して出ていったの？　お父さんが精神的に不安定なことを知っていたのに？」

ここから先は、だれにも話したことがなかった。「いや、母は出ていったわけじゃない」

アンジェリークは顔をしかめた。「どういう意味？」

「説明するのは難しい」

「わたしはそれほどばかじゃないわ、ライダー。話してくれれば、わかる」

「オーストラリアの洞窟できみが会ったデーモンハンターたち——おれを含めて全員が子供のころ母親を失っていた。洞窟にいたハンター以外もほとんどそうだ」

「失っていたって……どういうふうに？」

「おれたちの母親はデーモンにさらわれたんだ」ライダーは、〈闇の息子たち〉がどうやって人間の女性をさらい、半分人間で半分デーモンの生き物——彼らが戦った、見るもおぞましい混血の生き物だ――を作り出しているかを説明した。

アンジェリークは自分の心臓の上に手を当てた。

「あなたはそれを知っていたの？」

「いいや。おれたちのだれも知らなかった。〈光の王国〉で〈守り手〉と呼ばれる男――ルイスに聞くまでは」

「なんてこと。なんて恐ろしい話かしら。それじゃあ、あなたたちはみんな、お母さんが家族を捨てて出ていったとか、死んだとか、誘拐されたとか思いながら、ずっと生きてきたっていうこと？」

「そういうことだな」

アンジェリークは手を伸ばして彼の脚をぎゅっと握った。

「ああ、ライダー。かわいそうに。お母さんに捨てられたって思っていたのね。あなたをお父さんのもとに残して出ていったって」

ライダーは肩をすくめた。「たいしたことじゃない」

「たいしたことよ。捨てられたなんて思いたい子供はいないわ」アンジェリークは彼の膝にまたがるように座ると、手と脚を彼にからみつけた。「かわいそうに」

アンジェリークは身を乗り出して、彼の唇にキスをした。優しさに満ちたキス。思いやりだけが満ちていた。

ライダーは彼女に腕を回して、引き寄せた。そうしているだけで満足だった。この感触が心地いいことを認めざるを得ない。

心地よすぎる。

弱みを見せるな。感情に流されるとおまえはだめになる。女はおまえの身を滅ぼすぞ、息子よ。愛したりするな。あいつらは背中からおまえを刺すんだ。女はどいつも、価値などないメス犬ばかりだ。あいつらはそれなりの報いを受けるべきだ。踏みつぶしてやれ。女の惨めな悲鳴はいいもんだぞ、息子よ。

ライダーは首を振って、父の言葉を追い払った。あの男はいつもそこにいた。これからもそこにいて、うんざりするようなたわごとをおれに向かってささやきつづけるだろう。

死んでなお、その男はライダーにつきまとっていた。

ぬくもりは消え、ライダーはそっとアンジェリークを膝からおろした。

「さっきの話のつづきだが……」

アンジェリークは眉をひそめたが、うなずいた。

「父は軍人だった。戦争から戻ってきたときにはかたくなな人間になっていた。以前からそういうところはあったが、戦争のあとはなにかが変わっていた。いっそう悪くなったと母は言っていたよ。父のなかには、愛もぬくもりもなかった。母にも、もちろんおれに対しても」

「戦争で、お父さんになにがあったのかわからないの？」

「わからない。たいして関係はなかったんだと思う。ああいうふうに生まれついていたんだ。

戦争に行ったことで、それが悪化しただけのことだ。心的外傷後ストレス障害《PTSD》だかなんだかで」

「あなたもお母さんもつらかったでしょうね」

ライダーは肩をすくめた。

「母はおれをうんと愛してくれた。できるかぎり、父から守ろうとしてくれたよ。それに、農場で働いているか、どこかのバーでくだを巻いているかで、父は家にいないことが多かった。だから母がいなくなるまでは、そんなにひどい状態でもなかったんだ」

「お母さんがいなくなったあとは、どうなったの？」

「父はおれを鍛えた。少なくとも、本人はそう思っていた」ライダーは口をゆがめた。「母がいなくなって、父はものすごく腹を立てた。八年も甘やかして育てたせいで、あとに残った息子は役立たずだと言われたよ。父は農場で働くことや、銃や武器のことをおれに教えた。大きくなるにつれ、おれは父の機嫌のよしあしや、距離を置いておくべきときがわかるようになった」

決してだれにも――彼女にも――打ち明けるつもりのないことがある。ライダーの父親はいかれたろくでなしだった。ライダーが父のもとから逃げ出すことができたのは幸いだった。彼がいまもまだ生きているのは幸運だと言っていい。父親がだれかを傷つける前に、酒場の喧嘩で何者かに殺されたことも。ライダーはあやうく父を殺しそうになったことが何度かあった。手元に銃があればいいのにと考えたことは、一度や二度ではない。だがそのころ彼はまだほんの子供だった。いまだったら？　まばたきひとつせずにやってのけるだろう。だが当時の彼にはその勇気がなかった。

アンジェリークが彼の手を握った。ライダーは手を引っこめようとしたけれど、彼女は放そうとしない。そのぬくもりを必要としているのは、彼ではなくてアンジェリークなのだろうと思ったから、そのままにした。

「生きていくためには、父のようにならなければいけないんだと思った。強情で卑劣で食えないくそ野郎に。だからそうなった」

「でもあなたはそんな人じゃないわ」

「きみはおれのことを知らない。違うか？　おれのことをなにもわかっていないんだよ、アンジー。おれがなにをしてきたのか、おれがどこにいたのかを知らないんだ」**何人殺したのか、それをどれほど楽しんだのかを。**とどめの一撃を加えることを楽しんだ。父と同じように。

アンジェリークはうなずいた。

「そうね、知らないわ。でもあなたがどんな人なのかはわかっている。あなたには優しさも思いやりもあって、人を守ることもできる。お父さんはそうだった？」

彼女が自分のことをそう思ってくれていることが、なぜかうれしかった。

「覚えていない。かつてはそうだったんだろうと思う。そうでなきゃ、母親が結婚していなかっただろうから。頭のなかの配線がどこかで狂ったのか、もしくは激しい怒りにとらわれて、どうにもならなくなったのかもしれない」

アンジェリークは体勢を変えて、ベッドの上に膝を折って座ると、片方の手のひらをライダーの頬に当てた。

「いつかお父さんのようになってしまうのが怖いのね」

ライダーはまじまじと彼女を見つめた。「きみは骨を掘り出していないときは、心理学をかじっているのか?」

アンジェリークはくすりと笑った。

「まさか。あなたの思考の流れをたどるのは、難しくないわ」

「つまり、おれは単純だと言いたいのか」

アンジェリークは今度は頭をのけぞらせ、大声で笑った。

「ライダー、あなたには単純なところなんてまったくないわ。あなたみたいに複雑な男の人に会ったのは初めてよ。まるで、おもしろいパズルみたい。あなたを解明しようとするのは、宝探しに似ている。どこかに埋まっているのはわかっているのに、どうしてもその地図を解読できないの。あなたのそういうところが好きだわ」

「そんなことを言っていると、おれはすっかりいい気になるぞ」

「あらそうなの。確かめさせて」アンジェリークは布団をはぐと、あっという間に硬度を増した彼自身を両手で包んだ。

「アンジー」

さっき彼女の名を呼んだとき、それはやめろという警告だった。だがいまは、つづけてくれという懇願に変わっていた。

それ以上、話をつづけたくなかったからかもしれない。過去のことや父のことを話したくなかった。アンジェリークを安心させるためにはじめたことだったが、そのせいで思い出したくないことを掘り起こしてしまった。

忘れたかった。アンジェリークといっしょにいれば、なにもかも忘れることができる。ライダーは彼女の手にくりかえし腰を押しつけ、薄暗い部屋のなかで、すべての動きに目をこらした。

アンジェリークは、ゆっくりした規則的な動きでライダーの肉体をたたえ、両手で彼をあがめた。

彼女は誘惑する女神だった。ライダーは彼女に身をゆだね、自らを抑制していたものをすべて解き放ち、ひとつ残らず彼女に与えた。

ちきしょう。

もしも彼女がデーモンなら、おれはたったいま闇の側に足を踏み入れたことになる。そのうえ、その一瞬一瞬を心から楽しんでいた。

「おいで、アンジー」

アンジェリークはライダーの膝にまたがると、両脚を巻きつけた。脈打つ彼自身に彼女の中心部が当たる。ライダーの胸に手を当てると、彼は背中に当てていた枕をはずしてアンジェリークのお尻をつかんだ。

「上になって」

アンジェリークは言われたとおり、上になった。ゆっくりとからだを落とし、きつく締まったその部分で彼をしっかりとくわえこんでいく。ライダーは深く彼女を貫いていて、いまふたりはからだと視線とでしっかりとつながっていた。

ああ、なんてきれいなんだ。ベッド脇のライトをつけておけばよかったとライダーは思った。そうすれば、彼の上でからだを揺らしているアンジェリークを余すことなく見られたのに。だが、見えるものだけでもたっぷりと堪能できた。からだの動きに合わせて揺れる乳房、前かがみになって彼の胸に手を乗せたとき、その肩にはらりと広がった髪の柔らかさ、彼が腰を突きあげると、アンジェリークの顔に浮かぶ驚きと歓びの表情――そう、たくさんのものが見えている。そしてそれ以上のものを感じていた。

ライダーはアンジェリークの顔に落ちてきた髪を払い、両手を彼女の頬に当てると、手前に引き寄せた。唇を感じたい。だが一瞬触れただけで舌と脚の間に電気が走り、熱い衝撃にすべてを焼きつくされたようになった。

アンジェリークの動きが激しくなるにつれ、炎も勢いを増していく。彼女の爪が肩に食いこむのを感じながら、髪に指をからめてしっかりと抱きしめた。上になった彼女といっしょになって腰を揺すっているうちにライダーは背筋がぞくぞくして、どうにも耐えられそうにないクライマックスの波が押し寄せてきた。

ライダーは唇を離すと、軽く肩を押さえてアンジェリークの顔が見えるような体勢を取った。「さあ」片手を彼女のお尻に当て、ふたりの動きが同調するようにいざなった。「いっしょに」

アンジェリークはあえぎ、うめき、腰を押しつけたかと思うと、頭をのけぞらせながら歓喜の声をあげた。絶頂に達した彼女の局部は脈打ち、痙攣し、彼を締めつけ、快感をほとばしらせた。ライダーもまた彼女のなかに放出し、からだを震わせた。

アンジェリークはがっくりと彼の胸の上に倒れこんだ。息は荒く、髪は汗で濡れている。ライダーは彼女に腕を回し、頭のてっぺんにキスをした。自分がすんなりと彼女を受け入れたことに気づいていた。

これまでのセックスは単なる肉体の交わりにすぎなかった。快感を味わい、緊張を緩めることで得られる、つかの間の満足感にすぎない。終わったら、さっさとその場をあとにするのが常だった。

いつだってそうしてきた。一度として振り返ったことはない。相手のことなど、どうでもよかったから。それは、女性の側も同じだった。彼は常に、個人的な関係を求めているのではなく、ただセックスをしたがっているだけの女性を選んできた。それでお互いうまくいっていた。どちらも望むものを得て、あとくされなく別れた。

だがアンジェリークは違う。彼女とは初めからなにもかもが違っていたことを、認めざるを得ない。

大人になってからこのかた、感情的なつながりを持たないように非情に生きてきた男にしては、今回の事態はあまりにもおそまつだ。けれどアンジェリークとの場合は、それ以外に道がなかったようにも思えた。彼女になにかを感じてしまうことを、ライダーにはどうにもできなかった。

だが妙なことに、ライダーになにも不満はなかった。それどころか、彼女とつながりが持てたことを喜んでいる。まるで生きるための栄養分のように、そのつながりを必要としている。

ライダーは現実主義者だった。この期に及んで感情がないふりをするのは、無意味だ。感情はたしかにあるのだから、認めるべきだ。

おれはアンジェリークが好きだ。

だが決して愛することはない。限界はわかっていた。どこまでなら許されるかを承知していた。母親がたどった道をほかの女性に歩ませるつもりは毛頭ない。

それに自分自身をそこまで信用していなかった。自分は父のようにはならないと断言できるほどの自信がない。

アンジェリークを母のような目にあわせるわけにはいかない。彼女にはそれ以上の価値があった。

「どこかに行くあてはあるの？　それともただ目的もなく、海岸のドライブをつづけるつもり？」

ライダーはにやりとした。それこそまさに、彼がしようとしていたことだ。形勢を見て、デーモンの一歩先を行き、戦略を練る。

「きみはまったく鋭いな。霊能者なんじゃないだろうな？」

アンジェリークはライダーの上からごろりと転がりおりると、からだを起こした。顔には満足げな笑みが浮かんでいる。

「まさか。それで、これからどうするの？」

ライダーはまたさっきのように、枕をベッドボードにたてかけた。

「ルイスとダルトンに連絡を取る。それからつぎの手を考えよう。ところでいまは何時だ？」

「朝の五時くらい」

彼は肩をすくめた。「ちょっと早いな」

「先に朝食にしてもいいし」

「それもいいが、おれはシャワーを浴びる。いっしょにどうだい？」

ライダーの股間に落ちたアンジェリークの視線が戻ってきたとき、その瞳は煙ったようにくすんでいた。

「断れない誘いね」

「きみは底なしだな。おれを搾り取って、使い物にならなくするつもりかい？」

アンジェリークはベッドからおりると、胸を彼に突き出すようにして伸びをした。彼女は本当にデーモンかもしれない――彼を誘惑するためにつかわされた淫魔《サキュバス》。

「あなたはきっと大丈夫だと思うわよ、たくましいもの。シャワーのお湯を出してくるわね」

13

ダルトンの手のなかに母親の日記があるのを見て、イザベルは息ができなくなった。あの秘密を彼に知られてしまった……。

激しい痛みがイザベルの胸を、心臓を貫いた。困惑と怒りと恐怖が炎となって彼女を内側から焼いていた。なにも言葉にならない。なにから切り出せばいいのかわからなかった。

完全にだまされた。ダルトンはじっと彼女を見つめている。その顔からはなにも読み取れなかった。張りつめた時間が流れたが、ダルトンは質問に答えようとしなかったから、彼女は改めて尋ねた。

「あなたは何者？」

イザベルは怒りをよろいのように身にまとった。床に泣き崩れたりするよりはるかにましだ。いまここで死んでしまいたかった。そうでなければ彼の腕のなかに飛びこんで、母の日記に書かれていたことを受け入れられるように手を貸してほしいと懇願したかった。けれどダルトンに彼女を助けることはできない。だれにもそんなことはできない。

ダルトンは立ちあがって日記を手に取ったけれど、イザベルに近づこうとはしなかった。

イザベルは母の日記を彼から奪い取り、船から飛び降りてしまいたかった。彼から離れられるならなんでもいい。けれど実際の彼女は、その場を動こうとはしなかった。知らなければならないことがある。

「イザベル、落ち着くんだ。怒らないでくれ」

とてもおもしろいと言える状況ではなかったが、イザベルは高らかに笑った。

「わたしにどうこうしろなんて、よくも言えたものね。あなたはわたしの物を盗んだ。わたしの個人的な持ち物を。わたしの母の日記を読んだのよ、ダルトン。それって本当にあなたの名前なのかしら？」

「そうだ」

少なくとも彼には、面目なさそうな顔をするだけの慎みはあるようだ。だからといって、イザベルの気持ちが治まるわけではなかった。

「あなたの話のなかで本当のことはそれくらい？」

ダルトンは机にもたれた。「そんなところだ」

イザベルは涙をこらえながらうなずき、片手を突き出した。

「日記を返して。母のものなのよ」

ダルトンは渡さなかった。「まずおれの話を聞いてもらう」

「なんの話があるっていうのよ。言い訳なんて無駄よ。あなたの言うことなんて聞くつもりはないから。さあ、早く返して」

イザベルはなんとしても日記を取り戻すつもりで、彼につめよろうとした。

「おれの仕事はこの世のものではない生き物を倒すことなんだ、イザベル」

彼女の動きが止まった。「なんですって?」

「デーモンは存在する。おれは何度も見た。何度も殺した」

イザベルは頭がくらくらして、吐き気を覚えた。作り話?「なにを言っているの?」

「おれがここにいるのは、きみを守るためだ。デーモンはきみを捜している。きみを利用したがっているんだ」

気道を締めつけられているような気がした。目の前で小さな光の点が躍っている。気が遠くなりそうだ。イザベルは息をしようとしたけれど、あまりに激しく息を吸いすぎた。あわてててベッドに近づいて腰をおろし、前かがみになった。「気分が悪い」

ダルトンは彼女の首にかかった髪を払い、ひんやりした手を襟首に当てた。

「普段通りに息をするんだ。ゆっくり。過呼吸になっている」

「わたしに……触らないで」

イザベルは彼の手を払いのけようとしたけれど、いまいましいことにその感触が心地よかった——気持ちが落ち着く。自分が情けなかった。怒りは激しく、吐き気もした。踏みにじられたような気分だったけれど、抱きしめて慰めてもらいたかった。この悪夢を忘れてしまいたい。なかったことにしたかった。

呼吸が落ち着いてくると、遠くなりかかった意識ははっきりしてきたものの、吐き気はそのままだった。だがイザベルはからだを起こし、彼の手を肩で押しのけた。その手のぬくもりを認めたくない。

彼とは、ほかの男の人とは経験したことのない深いつながりのようなものがあると思っていた。ダルトンは彼女を理解してくれた。けれど結局、そう思っただけだったのかもしれない。

あなたはばかよ、イジー。

ダルトンが隣に腰をおろすと、ベッドがかしいだ。

「イザベル、説明させてほしい」

「あなたはわたしのプライバシーを侵害したのよ」イザベルはぴしゃりと言った。「わたしの気持ちを踏みにじった。なにも説明してもらうことなんてないわ」

「きみの言うとおりだ。おれはきみのものに無断で手を触れた。すまなかった。きみのことを知る必要があったんだ」

イザベルはダルトンをにらみつけた。「訊いてくれればよかったんじゃないの?」

「そうしたら、お母さんの日記に書いてあったことを話してくれたかい?」

イザベルは目を逸らした。決して話さなかっただろう。彼女は自分が何者であるかをだれにも教えるつもりはない。彼女自身も意識していないことだ。本当の意味では。わかっているのは、自分が……普通ではないということだけ。もし母さんの言うことが本当なら。

本当なのだろうか? アンジェリークの目に非難の色が浮かぶのが怖くて、彼女にさえ打ち明けなかった。わたしはいつだって、アンジェリークにかなわなかったんじゃない？　これまでずっと、アンジェリークと同等か、より勝っていることを証明しようとして生きてきたんじゃなかった？

善良な姉と邪悪な妹。そんなことがあるかしら？　わたしたちは双子。まったく同じはずじゃないの？　母さんがここにいたなら、話してもらえたのに。

イザベルは目をしばたいて涙をこらえた。ひとりになれる場所が必要だ。「あっちに行って、ダルトン。船を桟橋に戻して。この船から降ろしてちょうだい」

「悪いがそれはできない」

「いいえ、できるわ。船を戻してと言っているの」

「だめだ」

イザベルは立ちあがり、足元がふらつくのを感じて、さっきアルコールを飲んだことを後悔した。体勢を整えて、ダルトンに向き直る。「わたしを誘拐するつもり？」

「きみを守っているんだ」

「たわごとね」強引に奪ってここから逃げ出すだけの価値はあるだろうかと考えながら、イザベルは日記を見やった。泳ぎは得意だ。この船につないである小さなボートを使えるかもしれない。

ばかね、イジー。絶対に無理よ。それに日記が台無しになる。

もう一度読みたいわけではなかった。捨ててしまったほうがいいのかもしれない。ダルトンに読まれただけで、もう充分じゃないの？　見つけたときに、燃やしておくべきだった。

「五分間話を聞いてくれたら、おれの任務について説明する――」

「そういうことね、わたしは任務だったのね。わたしを抱くのも任務のうち？」

ダルトンは髪をかきあげた。「いや、そうじゃない」

「それじゃあ、なんだったの？」

彼の視線は揺るがなかった。「すばらしいセックスだった」

ぐさりと来た。なにを予期していたの？　ロマンス？　永遠の愛の告白？　わたしは彼のことなどろくに知らないし、求めていたものを与えてもらっただけのことだ。あとくされのないセックス。それなのになぜ、彼の言葉が胸に突き刺さるの？

「そうね、ただのセックスだわ。それ以上でもそれ以下でもない」

そのセックスもたいしてよくなかったと嘘をついて、彼を傷つけたかったけれど、できなかった。あれはめくるめく経験だった。

「イザベル、すまなかった。おれが間違っていた。きみとあんなことをするべきじゃなかった。きみを傷つけるつもりはなかったんだ」

ダルトンが一歩前に足を踏み出すと、イザベルはその分あとずさった。

「べつに傷ついてなんかいないわ。あなたを気にかけていなければ、傷つくことなんてないんだから。あなたは母の日記を勝手に読んだことでわたしを傷つけたの。返してちょうだい。大切なものなの」

「必ず返すよ。約束する。だがここには重大な情報が書いてあって、どうしてもおれの仲間に見せなきゃならない」

イザベルは最悪の事態を想像して、つかの間目を閉じた。その日記に書かれていることを世間に知られたら、これまで彼女が築いてきたものすべてが台無しになり、彼女の評判も彼女の世界も粉々に崩れるだろう。

「マスコミに流そうというわけじゃないんだ、イザベル。これを見るのは、口の堅い人間だ。人目につくことはない」

「だれなの?」

「座ってくれないか」

イザベルはためらった。だが、知りたいという思いはたしかにある。ダルトンは妄想を抱いているのかもしれない。デーモンを倒すのが仕事だなどと言っているのだから。けれど自分が何者なのかを突き止める手助けをしてもらえるとしたら、それは彼なのかもしれないという気がした。

イザベルは葛藤していた。ダルトンを憎みながらも、必要としている。だれか手を貸してくれる人間が必要だった。それが彼であってほしくなかったし、彼であってほしかった。

これ以上、事態が悪くなることがあるかしら?

イザベルはベッドに戻り、腰かけて彼を見あげた。

「おれは〈光の王国〉と呼ばれる組織のために働いている。デーモンを退治するのが仕事だ。

なかでも、もっとも邪悪なデーモンの配下にある〈闇の息子たち〉という強力なデーモンを退治している」

「もっとも邪悪なデーモン。それってサタンのこと?」

ダルトンは肩をすくめた。「そうかもしれない。なんとでも好きなように呼べばいい。〈光の王国〉と〈闇の息子たち〉はそれぞれ独自の力を持っていて、何百年ものあいだ戦いつづけてきた。〈光の王国〉を率いているのは、〈守り手〉たちだ。彼らには物事を見抜く力があって、デーモンがなにをしているのか、どうやって彼らと戦えばいいのかを知っている」

「あなたは〈守り手〉のひとりなのね」イザベルは素直に耳を傾けようと思った。母の日記にあんなことが書いてあったのだから。

「いや、違う。おれは〈守り手〉のひとりであるルイスの下で働いている。ルイスは何人かのデーモンハンターに指示を与えていて、おれはそのうちのひとりだ」

「それであなたは、わたしがデーモンかどうかを探るために送りこまれたのね。もしそうだったら、どうするの? わたしを殺す?」

ダルトンは首を振った。さっきまではうっとりするほど魅力的だと思っていた笑みが、口元に浮かんでいる。

「いいや。おれの任務はきみを守ることだ。きみは完全なデーモンというわけじゃない。なんなのかは、おれにもわからない。きみのお母さんの日記に書いてあることが本当だとしたら、半分デーモンで半分人間ということになるが」

「それでも、わたしはあなたたちにとって危険な存在じゃないの？」

「とは限らない。実を言えば、ハンターのなかには半分デーモンの仲間がふたりいる。彼らはデーモンの考え方や行動パターンが理解できるから、強力な戦力になる」

ほかにもいるの？　わたしのような……人間が？　イザベルは首を振って、信じるまいとした。「わたしもその仲間だと考えているのね。がっかりさせて悪いけれど、わたしはデーモンみたいに考えたり、行動したりはしないから。わたしは人間よ。人間のように感じるし、人間のように行動するわ」

ダルトンは再び訳知り顔の笑みを浮かべた。「彼らも最初はそう言ったよ。だがなにかのきっかけで、デーモンのような言動を見せることがあるんだ」

「たとえば？」

ダルトンは肩をすくめた。「それは人によって違う」

「なにもかもくだらないたわごとね、ダルトン。わたしが自分自身を信じられなくなるように仕向けているんだわ」だが彼女の頭のなかではすでに、様々な疑惑と疑問が渦巻いていた。

「お母さんの日記はどうなんだ？」

「ばかげた作り話よ。あの夜なにが起きたのか、なにを見たのか、母にもわかっていなかったんだと思うわ。わたしは人と違うなんて感じたことはないわ。わたしはデーモンなんかじゃない」

「さっき話した半分デーモンの仲間も最初は同じことを言ったよ。きみは〈光の王国〉の庇護下に置かれるべきだ。身の安全のために。もし〈闇の息子たち〉がきみを見つけたら――やつらは間違いなくきみを捜している――きみを利用しようとするだろう」

今度はイザベルがにやりと笑った。

「それこそがあなたたちの目的なんじゃないの？　わたしを利用することが」

「違う。おれたちはきみを助けたいんだ」

もうたくさんだ。だれかを信じたかったし、ダルトンに手を差し伸べてもらいたかったけれど、そのふんぎりがつかなかった。自分の身は自分で守る。

「手助けなんていらないわ。でもそう言ってくれてありがとう。さあ、日記を返して。船を戻してちょうだい」

「おれの話をなにひとつ信じていないんだな？」

イザベルは鼻にしわを寄せた。「そういうことね」

「自衛本能というやつか。よくわかるよ。だが、おれの言うことを聞いてほしい」

「いいえ、聞くつもりはないわ。さあ、日記を返してちょうだい」

「悪いが、それはできない。とにかく、いまはだめだ。だがいずれは返す。いまはおれといっしょに来て、おれのボスにあたる〈守り手〉のルイスに会ってもらう。彼が、もっとうまく説明してくれるよ」

そして、実験用の猿のようにどこかに彼女を閉じこめるつもりに違いない。そう思うと、お腹のあたりが冷たくなって、全身を恐怖が走った。

自分が何者なのかをあれこれと想像しただけで、ぞっとした。ほかの人はいったいなんと思うだろう？

少なくともいまは自由の身だ。それを失うつもりはなかった。

「いやよ。わたしはこの船から降りたいの。いますぐに。何回言えばいいのかしら？　地元の警察にこの船に来てもらうように電話をして、あなたを逮捕してもらわなくちゃいけないの？」

「そんなことはできない」

「できるわ。ほかに方法がないなら、そうするつもりよ」

ダルトンは息を吸うと、ため息として吐き出した。日記を持ったまま、彼女に近づいてくる。本当に返してくれるの？　だが彼にそのつもりはないと、イザベルにはなぜかわかっていた。

「残念だよ。本当に残念だ」ダルトンは日記を彼女に差し出した。

イザベルが日記を取ろうとして手を伸ばすと、ダルトンが彼女の手首をつかんで自分のほうへと引き寄せた。

「きみは頑固だな」

イザベルは顔をのけぞらせた。彼が日記を返し、自由の身にしてくれると信じた自分に腹を立てていた。そのつもりはないと、彼自身がはっきり言ったのに。

「あなたは最低よ」

「そのとおりだ。だがとにかくきみはおれといっしょに来るんだ」

イザベルは抗ったが、はだしの足でいくら蹴っても筋肉質の彼の肉体にはなんの効果もなかった。そのうえ、ダルトンに抱き寄せられる格好で、上半身の動きは封じられていた。

ダルトンはベッド脇の電話に近づいた。番号ボタンを押す。出発の命令を下していたから、相手はこの船の船長に違いなかった。

マルタ島に戻るのではなく、シチリア島に向かうらしい。

どちらにしろ、イザベルにとっては同じことだった。陸地に着きさえすれば、逃げるチャンスもあるだろう。シチリアのほうが逃げやすいかもしれない。

エネルギーを蓄えてチャンスを待とうと決めたイザベルは、抵抗をやめた。できるだけ早く、逃げてみせる。

母の日記を持って。

わたしには才能もあるし、頭だって悪くない。ダルトンを信用するという致命的なミスを犯したけれど、それはだれにでもあることだ。彼は、イザベルがそれを必要としているときにお金と力――親しみやすさと人とつながる能力――をちらつかせ、彼女は愚かにもそれにうかうかと乗せられた。

船がダイブスポットから移動をはじめると、深い後悔の念がどっと襲ってきた。ずっと探していたものを、もうすぐ見つけられるところだったのに。

彼女はこれまでずっと、なにかを探しつづけてきた。だがその〝なにか〟がなんなのか、答えを見つけることができずにいた。
宝物などではないのかもしれない。
探していたのは、自分のアイデンティティーだったのかもしれなかった。

14

ライダーの携帯電話が鳴ったのは、ふたりが車に荷物を積みこんでいたときだった。

アンジェリークはからだを凍りつかせ、電話口の向こうの声を聞き取ろうと耳を澄ました。

電話を切ったライダーは、彼女に向かって言った。

「ダルトンがイザベルを連れてくる。ふたりに会うことになった」

「わたしとイザベルがいっしょにいるのはまずいんじゃなかったの？」

「計画変更だ」

おかしいと思ったけれど、アンジェリークはなにも訊こうとはしなかった。イザベルに会えるのならそれでいい。「わかった。どこで？」

「カタニアの近くだ。島の北東側にある」

不安で背筋がぞくりとした。「イザベルは無事なの？」

「元気だ」

ふたりは車に乗りこみ、ライダーがハンドルを握った。あと数時間でイザベルに会えると思うと、アンジェリークは興奮を抑えることができなかった。けれど、ライダーはふたりを会わせるつもりはないと頑として言い張っていたのに、なぜ急に変わったのだろう?

「なにかあったのね。なんなの?」

「イザベルはひどく怒っているらしい。なにかあったみたいだ。きみならなんとかできるだろうと考えた」

「あの子はなにをそんなに怒っているの?」

「わからない。きみたちのお母さんの日記とそこに書かれていた秘密に関することらしい。ダルトンが日記を見つけて読んだんだ。くわしいことは言っていなかったが、かなり重要なことが書いてあったようだ」

「秘密? なんの秘密?」

「聞かなかった」

母さんが日記を書いていたなんて知らなかった。どうしてイザベルがそれを持っていたの? なにより、どうしてイザベルはそのことを話してくれなかったの? なにか動揺させるようなことが書いてあったなら、どうしてわたしに打ち明けてくれなかったの?

できるだけ早くイザベルに会わなければならなかった。そしてその日記を読まなければならない。どれほど重大なことが書いてあったのか、アンジェリークは知りたくてたまらなかった。

数時間車を走らせたのち——アンジェリークの頭のなかはいくつもの疑問でいっぱいだったから、そのあいだふたりはまったくの無言だった——ふたりはカタニア郊外の美しい町に到着した。けれど、鮮やかな緑色に染まった丘陵や、透き通った青い海や、バロック様式の古い建築物を堪能する間もなく、ライダーはあっという間に角を曲がって、細い道路をのぼりはじめたので、見事な町の景色は見えなくなった。

「どこに行くの？」

「上だ」

「それはわかっているわよ」細く急な坂道と、びっしりと立ち並ぶ家々しか見えなかったから、のぼっていることはよくわかった。

やがてアンジェリークは外の様子を見ていられなくなった。斜面がかなり急になってきたからだ。座席の背に貼りついた格好になり、ヘッドレストに頭をもたせかけて空を見ていることしかできなくなった。その空すらも、どんどん近づいているようだ。

ライダーは、その細い道がカーブしているところを左に曲がった。依然として車は急な坂道をのぼりつづけている。その先にある壮麗な廃墟となった城を目指しているようだった。

「あそこに行くの？」アンジェリークは訊いた。

「そうだ」

わお。どっとアドレナリンが放出されて、アンジェリークの全身の血管を興奮と共に駆け巡った。イザベルのことが心配ではあったものの、考古学者としてはあの城を探索せずにはいられない気分だ。

「あそこにはいっても大丈夫なの？　無断で侵入するわけじゃないでしょうね？」

「大丈夫だ、信用してくれ」

その城は丘の頂上にぽつりと建っていた。まわりを険しい崖に囲まれていて、敵から身を守るには最高の立地だ。ライダーが車のスピードを落とし、石造りの狭い入り口をゆっくりと通り抜けたときには、アンジェリークはその場で車を飛び降り、玄関に向かって走り出さんばかりだった。早くなかにはいりたい。古い遺跡に対する情熱で彼女の心はあふれそうになっていた。

「なんて見事なのかしら」車は、弧を描く長い道――砕いた石をただ敷いてあるだけだった――を堅牢そうな玄関に向けて進んでいく。

「そうだな」ライダーは駐車場に車を止めた。

アンジェリークは彼に顔を向けた。「あなただって、このお城がすてきだっていうことは認めるでしょう?」

「おれたちを襲おうとするやつらから身を守るには、役に立つだろうな。だがデーモンがどこからでもやってくることは、きみもおれもよくわかっているはずだ」

「もう。あなたったら本当につまらない人ね。歴史に興味はないの?」

「歴史が好きだったことは一度もない。マッキャン夫人に訊いてみるといい」

「マッキャン夫人ってだれ?」

「高校のときの歴史の先生だ。おれの成績は最低のCマイナスだった」

「Cマイナス? 救いようがないわね」

ライダーは鼻を鳴らすと、車を降りた。アンジェリークもあとにつづき、荷物を降ろすのを手伝っていると玄関のドアが開く音がした。そこにいるのがデーモンではありませんようにと願いながら、彼女は振り返った。

彼女を迎えたのは、知っている顔だった。少なくとも、見たことがある。オーストラリアのなまりがある際立ってハンサムな男で、くすんだ金色の髪を短く切ってつんつんに立たせていた。

「そろそろ来るころだと思った」

ライダーは顔をあげ、にやりと笑った。「やあ、トレース。イタリアを楽しんでいるかい？」

トレースは鼻にしわを寄せた。

「砂漠が少なくて、文化がありすぎる。きれいすぎるね。もっと汚さないと」

ライダーはひとしきり笑ってから、アンジェリークに向き直った。「トレースを覚えているだろう？」

アンジェリークはうなずいた。「ええ。オーストラリアで会ったわ」

「ぼくもきみを覚えているよ。今日もきれいだね」

「変な気を起こすなよ」トレースの脇を抜けて城の玄関ホールへと向かいながら、ライダーは忠告した。

「もうおまえのものにしたっていうわけか？」トレースはアンジェリークの手から荷物を受

け取った。

「そうじゃない。ただ……やめておけ」

「おやおや、こいつはきみに気があるらしいぞ、かわい子ちゃん」トレースはアンジェリークに向かってウィンクをした。

「いいかげんにしろ、トレース」ライダーは脅すような低い声で言った。

アンジェリークはふたりのやりとりをおもしろそうに聞いていた。この城が、外観は古びて崩れかかっているように見えるにもかかわらず、内部はつやつや光る木の床から革の家具、右手にある大きな部屋にずらりと並ぶ最新の電子機器まで、すべてが新しいものだという事実にも、同じくらい興味を引かれた。その部屋はコンピューターおたくにとっては、天国だろう。

なんておかしなお城。いったいだれが住んでいるの？　持ち主はだれ？

「男性ホルモンのレベルがあがっているみたいね。ライダーが帰ってきたのね」

アンジェリークが振り返ると、カールした長い黒髪をなびかせながら長身の女性がはいってくるところだった。彼女もデーモンハンターだ。

「マンディだったわね？」アンジェリークが尋ねた。

彼女はにっこりした。「そうよ。あなたはアンジーね。それともアンジェリークって呼んだほうがいい？」

「どちらでもいいわ」

「ライダー」マンディは通り過ぎようとしたライダーを呼び止めた。

「マンディ、ここは安全か？」

「大丈夫」

「だれがいる？」

トレースがマンディの隣に並んだ。

「ぼくたちだけだ。ルイスがぼくたちをよこした。ほかはみんな出払っているんだ。デーモンどもは国じゅうに妙な現われ方をしていて、ハンターたちはあちらこちらに分散している。ああ、それから〈守り手〉が来ている」

ライダーは片方の眉を吊りあげた。「ルイスじゃないのか？」

「違う。地元の人間でマイケルという男だ。彼もたったいま着いたところだよ。こっちだ、紹介するよ」

一行が広々とした次の間にはいると、全身黒い服に身を包んだ男が大きな部屋から姿を現わした。

わお。アンジェリークは、出会ったデーモンハンターがみな美しいという事実に気づいていた。だが〈守り手〉までもが美しいだろうとは思っていなかった。もっと……年を重ねているだろうと考えていた。けれどいま目の前にいる男は、それほど年をとってはいなかった。

「マイケルよ」マンディが言った。「〈光の王国〉の〈守り手〉のひとりなの」

古風なところはまったくなかった。際立って背が高く、からだつきはたくましい。癖のある黒い髪と激しさを秘めた灰色の瞳、さらにふっくらした唇と気品のある鼻の持ち主で、うっとりするほど美しかった。

　マイケルはアンジェリークに歩み寄ると、手を差し出した。

「ボンジュール、アンジェリーク」

「ボンジュール、マイケル」

「元気かい？《コマン・タレ・ヴ》」

「ええ、ありがとう。《メルシー・ビアン》あなたは？《エ・ヴ》」彼がフランス語を話しだしたので、アンジェリークは驚いた。それからしばらく、ふたりがここまでの道中と天気についてとりとめのない話をつづけていると、ライダーが咳払いをした。

「ああ、すまない」マイケルが彼を振り返った。「きみがライダーだね」ふたりは握手を交わしたが、ライダーはいらだっている様子だった。

　アンジェリークの頬が緩んだ。ライダーはやきもちをやいているのかもしれない。悪い気はしなかった。

「どういうことになっているのか、ルイスからひととおり話は聞いている。ぼくが役に立てればいいんだが。来られなくてすまないとルイスが言っていた。だがここのところ、国じゅうにデーモンが現われているから、忙しいんだ。いま彼はほかのハンターたちと仕事にあたっている」

「デーモンはブラック・ダイヤモンドを探しているんだわ」アンジェリークが言った。

「そうかもしれない」マイケルが応じた。「あるいはダイヤモンドとイザベルを探しているのかもしれない。それからきみと」

「わたしを見つけるのは簡単みたいよ」

トレースが苦い顔でライダーを見た。「もう一戦交えたのか?」

「ああ。新しいタイプのデーモンだった。もやのなかから現われたし、いまのおれたちの武器では殺せない」

「説明してもらわなきゃならないようね」マンディが言った。「料理をしていたところなの。あなたたちがお腹をすかせているだろうと思って。食べながら話をしましょう」

食べ物と聞いて、アンジェリークのお腹が鳴った。「大歓迎だわ」マンディに向かって言う。

「そうなんだ」トレースがアンジェリークのうしろで言った。「彼女は料理もできるし、デーモンも殺せる。結婚してもいいかもしれないな」

「夢のなかでね」マンディが切り返した。

一行は食事をし、ライダーとアンジェリークは、ふたりが戦ったデーモンについてわかっていることを説明した。

「新しいデーモンのことはルイスから聞いているよ。そのための新しい武器を開発しているところだ」マイケルが言った。

「あなたは、〈守り手〉にしては若いわよね」おそらくはほかの人間も考えていたであろうことを、マンディが口にした。

マイケルは笑みを浮かべた。「ぼくの父が〈守り手〉だったんだ。〈闇の息子たち〉が〈守り手〉の数を減らすために、その妻や子供たちを片っ端から殺していったとき、やつらに逆らった数少ない〈守り手〉のひとりだ。女のデーモンはまれにしか子供を産むことができないから、力関係を保つためには、ぼくたちも子供を作れないようにすればいいとあいつらは考えた。だが父は、おめおめと〈闇の息子たち〉に屈したりはしなかった。最初の妻と子供が殺されたあと、父は再婚したんだ。生まれたぼくを隠し、〈守り手〉になるべく訓練を施した」

「そしてあなたは生き残った」アンジェリークが言った。

マイケルはうなずいた。「そうだ。ぼくたちの数は、〈闇の息子たち〉が考えているよりも多い。それにこれまでにないほど強くなっている」

「それじゃあ、〈守り手〉は……魔法を使うの？」アンジェリークが尋ねた。

「ぼくたちはそれぞれが、代々伝えられた力を持っている」

「いいね」トレースが口をはさんだ。「ルイスはデーモンの居場所がわかるんだ。感じるらしい」

「〈守り手〉はみんなそうだ。役に立つ力だ」

「役に立つどころじゃない」ライダーが言った。「おれたちはみなその力を必要としている」

「大丈夫。ぼくはそのために来た。ひとつずつ片付けていこう。〈闇の息子たち〉にはやつらの計画があり、ぼくたちにはぼくたちの計画がある。まずは、我々の保護下にある者を守ること。ふたつめがブラック・ダイヤモンドを手に入れることだ。もちろんアンジェリークの協力が必要だ」

全員の視線が彼女に向けられた。確かにわたしは、イザベルと会えるならブラック・ダイヤモンドを渡すとライダーに約束した。

けれど、まだイザベルの姿を見ていない。そうでしょう？

「イザベルは来るの？」

マイケルはうなずいた。「今日じゅうには来るはずだ」

「それじゃあ、ブラック・ダイヤモンドについては、あの子がここに来てから話しましょう。あの子の身が安全であることを確かめたいの」

ブラック・ダイヤモンドは彼女の切り札だ。イザベルを取り戻すまでは、簡単に渡すつもりはなかった。

ライダーがにらんでいたが、その理由はわかっている。イザベルのところに連れていってくれれば、ブラック・ダイヤモンドを渡すとすでに彼と約束していた。

けれど事態が変われば、条件も変わる。彼が腹を立てたとしても、それはそれで仕方のないことだ。

まずはイザベルだ。少なくともいまは。

ライダーはきっとわかってくれる。そうでしょう？

＊

「やつらが集まっている」テイスが満足げな笑みを浮かべた。

アーロンがうなずいた。「我々も」

テイスは弟たちを見回した。「人間どもは愚かだ。〈光の王国〉は散り散りになっている」

「デーモンたちはよくやっている」弟のひとりベイドゥンが言った。「やつらを分散させ、国じゅうのあちらこちらで戦わせている。〈光の王国〉はデーモンを見張ることでせいいっぱいだ。ハンターたちは少人数のグループに分かれている」

「計画どおりだ」テイスは立ちあがって、テーブルのまわりにいる弟たちを見た。「我々はじきにすべてを手に入れる。ブラック・ダイヤモンドと〈闇の女王〉を。そのためには力と知識が必要だ。そしてなにより強さが。準備はできているか？」彼はベイドゥンに尋ねた。

「完璧だ」彼は小さくうなずいた。「毎日、ぞくぞくと集まっている。我々が与えようとしているものが、欲しくてたまらないらしい。不死、究極の力、完璧さといったものは、いい餌になるようだ」

テイスの口の端が吊りあがった。「今回は至極簡単に勝利を収めることができるだろう。たいした戦いにもならず、物足りないくらいだ」

「〈光の王国〉をなめてかかるのはどうかと思います、兄さん」

テイスは弟のカルに向かって炎を投げつけた。カルは普段から物静かで、ほかの兄弟たちとはそれなりにうまくやっているが、テイスの側についたことは一度もない。カルには手こずるだろう。テイスにはわかっていた。炎が肌をあぶっても、たじろぐことすらない。だがもちろんカルは、苦痛を楽しんでいるのだ。

「やつらをなめてなどいない。もともとたいしたことはないやつらだ。どうでもいい輩にすぎない。バートは弱かったのだ。ルイスとやつのデーモンハンターに、みすみすやられた。あいつは感情で物事を考えていた。我々はもっとよくわきまえている。我らの力は以前より増している。今度は必ずやつらを打ち負かす」

「それでも、この戦いをたやすいものだと考えるのは賢明だとは思えません。人間は心で戦うと言われています。己の魂をこめて勝利のために戦うと。彼らは簡単には屈しません」カルは反論した。

「やつらは糞のまわりを飛ぶハエにすぎん」ベイトゥンが言った。「テイスの言うとおりだ。我々が変えた人間どもがいれば、我らの力は増す。いままで以上に強くなっている。〈光の王国〉に勝ち目はない」

「同じような言葉は以前にも聞きました。ですが私たちは、まだここにこうしている。何百年も前から少しも目的に近づいていません。〈光の王国〉を侮るのはやめてください。でないと後悔することになります」

「おまえは我々を支持しているのか、カル？　それとも敵対しているのか？」怒りのあまり、テイスの炎が大きくふくれあがった。兄弟たちはテイスの熱さに耐えられず、テーブルから離れたが、憤怒にかられたテイスは気にも留めなかった。

だがカルだけは動かなかった。「私はいつもあなたを支持しています。ですがあなたもご存じのとおり、思ったことは言わせてもらいます、兄さん」

カルはいずれ始末する必要があるだろう。〈闇の息子たち〉においては、謀反は絶対にありえない。だがいまはそのときではなかった。テイスは苦労してリーダーとしてのいまの地位を手に入れたのだし、父である偉大なる悪魔が彼を見ているのだ。常に彼を観察し、ごくわずかな反乱の芽であっても、どう処理するかで彼を評価している。

「おまえの申し立てをうれしく思うぞ、カル。異議は歓迎する。慎重に行動することを促す者がいるのはいいことだ。おまえの意見はたしかに受け取った。〈光の王国〉を見くびらないようにしよう。だが〈闇の息子たち〉の力が、あっさりとやつらを押しつぶすのを見て、おまえは驚くことになるだろう」

「いずれわかるでしょう。いずれ」カルは応えた。

一同は解散し、テイスは怒りを懸命に抑えこもうとした。自由に破壊できる力が欲しかったが、父からはまだそんな力を与えられていない。まずは、己を証明しなければならない。

もちろん、証明するつもりだ。

〈光の王国〉を倒し、〈闇の息子たち〉が世界のすべてを支配するようになれば、父は究極の力を与えてくれるだろう。

その日が来たら、真っ先にカルを一握りの灰に変えてやろう。

飴と鞭。
いつの日か、私は王になる。

15

イザベルは冷静な態度を装っていたものの、内心では激しい怒りが爆発寸前だった。

ダルトンは彼女の母親の日記をズボンのうしろのポケットに突っこんでいる。船がシチリア島に向かっているあいだ、彼は片時もイザベルのそばを離れようとはしなかった。わたしが海に飛びこんで、泳いで逃げるとでも思っているのかしら？

それを考えなかったわけではないが、やがて冷静さが戻ってくると分別が勝った。陸地に着くまで待とう。それから逃げ出せばいい。

船はカタニアに着岸し、イザベルは荷造りをはじめた。もちろんダルトンがそばで見張っている。彼を押しつけがましいと思ったことはなかった――いままでは。

もちろん、彼女を壁に押しつけてその場でセックスをしたときは強引だった。彼の圧倒的な力や、どうやって彼女を組み敷いて自分のものにしたのかを思い出すと、イザベルのからだが熱くなった。だれかにあんなふうに奪ってほしかったから、あのときはそれが歓びだった。あれほどの力を男の人に感じたのは初めてだ。ダルトンとなら対等でいられる気がしたし、しびれるような関係がはじまる予感がした。これまで感じたことのない渇望をあのときは感じた。

大きな期待と動揺があった。ダルトンはごくわずかな時間で、彼女のなかに激しい欲望をかきたてたから。

肉体的なつながりだけでなく、ふたりのあいだには心のふれあいがあった。ふたりはいろいろな意味で似たもの同士だ。ダルトンは彼女を理解してくれる。少なくとも、そう思えた。いいえ、実際に彼はわかっていた。イザベルは心の奥深くでそれを感じていた。彼がどれほど演技をしようと、イザベルをだますことはできない。

彼女は身震いをして、ふたりが結ばれたときのイメージを頭から追い払った。思い出すだけで、いまもからだがほてってくる。

涙がこみあげて、目の奥が熱くなった。そんな弱さが許せなくて、まばたきをしてこらえた。彼のことも許せない。彼はわたしを利用したのよ。イザベルはいつも、ろくでもない男とつきあってきた。男のこととなるとあなたは判断力がないんだからと、アンジェリークがよく言っていた。わたしには男を見る目がないと。

今回もまた、アンジーは正しかったんだわ。

それなのになぜ、彼女のからだはいまもまだダルトンを求めているのだろう？　ダルトンがこの混乱を解決する糸口を見つけてくれる、彼が助けてくれるとどうして思えるのだろう？　自分を裏切った男に助けを求めたくなるのはなぜ？　わたしはいったいどうしたっていうの？　彼は敵なのよ。

ふたりは船からボートに乗り移って、桟橋に渡った。船を降りたのは、彼女とダルトンだけだった。ほかの乗組員たちは船に残っていたし、ボートもふたりを降ろしてすぐにまた戻っていった。乗組員たちは出航の準備をしているようだ。ふたりをここに残したままで。

つまりわたしたちは船には戻らないということね、とイザベルは考えた。おそらくはあの船もダルトンのものではないのだろう。ほかのことすべてが嘘だったように。

逃げるチャンスかもしれない。人ごみに紛れて、姿を消してしまえるかもしれない。

そのあとどうするのかは考えていなかった。わかっているのは、母親の日記を取り返し、ダルトンからできるかぎり遠くに逃げなければいけないということだけだ。

ダルトンのそばにいると、感覚がおかしくなって正しい判断ができなくなる。彼がいるところでは、まともに物事が考えられなかった。

彼のことも、彼の言葉も信じられなかった。彼やデーモンハンターだという彼の仲間たちとは、もう関わりを持ちたくなかった。

「お腹がすいたわ」混み合った道路にずらりと並ぶ屋台を示しながら、イザベルは言った。

ダルトンは顔をしかめた。「今朝、船にはたっぷりと食べるものがあったじゃないか」

「あのときはお腹がすいていなかったの。いまはすいているのよ」

ダルトンはいらだったように大きくため息をつくと、腕時計を確認した。

「わかった。行こう。車の手配をしてあるから、一〇分後には待ち合わせ場所に行かなきゃいけない」

ダルトンは彼女の腕をつかむと、市場の屋台や客のあいだを進みはじめた。通りは狭く、屋台や客で混み合っていたから、あまり身動きができない。完璧だ。

「あそこにロールパンを売っているコーヒーの屋台があるわ。あそこに行きましょうよ。エスプレッソが飲みたいの」食べ物のことで頭がいっぱいになっているふりをした。

ダルトンはうなずくと、彼女の手を取って先に歩きはじめた。

願ってもない展開だった。ダルトンが先頭に立ち、イザベルがそれについて歩く。ズボンのうしろのポケットにはいっている母の日記が目の前にあって、あたりには人がいっぱいだ。イザベルの脈が速くなった。心臓が激しく打つのを感じながら、頭のなかで段取りを立てた。

ダルトンのポケットから日記をつかみ取ると同時に、彼が握っている手を振り払い、左に向きを変えて人ごみのなかに紛れこんだ。押しのけられた露天商や客たちから怒りに満ちたイタリア語の叫び声があがった。

自分の無礼さを謝りたかったけれど、そんな暇はなかった。彼女の命、彼女の自由が危険にさらされているのだ。ダルトンがすぐうしろから追ってきていることもわかっていた。自分がどこに向かっているのか見当もつかない。わかっているのは、命を懸けて逃げていることだけだった。

人ごみのなかにいるほうが安全だと思えたから、イザベルは人のあいだを縫うようにして東へと向かった。ダルトンに見つからないように、頭を低くして歩く。服を目印にされないように着ていたカーディガンも脱ぎ、体勢を低くしたまま、客で混み合っている二台の果物の屋台のあいだにはいりこんだ。

商人たちは大げさなそぶりで、出ていけとイザベルに向かってイタリア語でまくしたてた。なにかを盗むつもりだと考えているのだ。イザベルはそれを無視し、ほとんど四つんばいになって屋台の向こう側に抜けた。だれかが泥棒がいると叫んで、警官の注意を引いたりしないことを願った。そんなことをされたら、彼女の居場所がわかってしまう。

しばらくして商人たちは叫ぶのをやめた。彼女がなにも盗んでいないことに気づいたのかもしれない。振り返ってあたりを見回してみたが、ダルトンの姿はなかった。だがここで止まるつもりはない。イザベルは足取りを緩めることなく歩きつづけたが、人目を引かないようにまわりの速度に合わせた。そのまま人ごみに紛れて進み、やがて日の当たらない路地の脇を通りかかった。そこを曲がると、ありがたいことにひんやりした日陰が待っていた。

以前にもカタニアには来たことがあったから、自分がどこにいるのかはすぐにわかった。ビジネス街だ。あとはここからタクシーを拾って近くの駅まで行き、姿をくらませばいい――ダルトンが二度と彼女を見つけられないように。

イザベルは日陰のなかを建物から離れないようにして進んだ。万一ダルトンを見つけたらすぐに近くの路地に飛びこんで、身を隠すつもりだった。

「イザベル」

名前を呼ばれ、イザベルは足を止めてさっと振り向いた。

ダルトンではない。身なりのいい長身の男が、一本の路地から姿を現わした。

見たことのない男だったが、笑顔で近づいてくるその様子は親しげだ。イザベルは建物の壁に身を寄せ、からだをこわばらせた。ダルトンの仲間だろうか？

「あなたはだれ？」バッグを握る手に力をこめ、反対方向に逃げ出す準備を整えた。

「きみのお姉さんに頼まれた。アンジェリークはずっときみを捜していたんだ。急いでここから逃げないと」

安堵感が広がった。姉の名前を聞いて、これほどうれしかったのは初めてだ。

「アンジーがあなたを？」

「そうだ。船を降りるきみを見つけた。ずいぶんとあちこち捜したよ。お姉さんは半狂乱だ」男は通りの一方に目をやり、それから反対側を見てイザベルに視線を戻すと、行こうというような仕草をした。「行こう。急がないと。彼に見つからないうちに」

この人はアンジェリークの名前も、ダルトンが彼女を追いかけていることも知っている。信用してもいい？　罠だったらどうする？

イザベルはためらった。確信は持てないけれど、迷っている暇はない。いまにもダルトンがやってくるかもしれない。

「頼むよ、イザベル。お姉さんが待っている」

「どこで？」

「イジー、早く！」

アンジェリーク！　角を曲がった先から、姉の声が聞こえた。アンジーの声だった。そうでしょう？

姉のそばにいるときにいつも感じる、絆のようなものは伝わってこなかったけれど、あの声がアンジェリークのものであってほしかった。「アンジェリークがここにいるの？」

男はうなずいた。「ああ。だから早く」

ほかに行くべき場所などあるだろうか？　イザベルはせっぱつまっていた。そのうえ、いまほどアンジェリークを必要としたことはない。

イザベルは壁からからだを離し、男のほうに歩き出した。男は角を曲がり、路地へと姿を消した。

イザベルはそのあとを追おうとして角を曲がりかけたところで、何者かに腕をつかまれた。息を呑んで顔をあげると、ダルトンが彼女をにらみつけていた。

いや！「放して！　姉さんがいるのよ」

ダルトンは首を振った。「いいや、いない」

「声を聞いたわ」

「きみは、自分が聞きたいものを聞いたんだ、イザベル。トリックだよ」

信じなかった。また嘘だ。イザベルは首を振り、手首を握っている彼の手を振りほどこうとしたが、彼は放そうとしなかった。

「これをかけるんだ。いますぐに」

ダルトンはサングラスを手渡した。いったいどういうこと？　イザベルは彼から離れようとしたけれど、鉄のようなダルトンの手がしっかりと彼女を捕まえていた。イザベルは地面に座りこんで泣きたくなった。もう少しで逃げられるところだったのに。

「きみがなにを考えているのかはわかっている」ダルトンはささやくような声で言った。「だがそれは間違いだ。きみを助けにきたあの生き物はデーモンだ。それにあれはアンジェリークの声じゃない。さあ、それをかけて。目を守るためだ」

デーモン？「彼は人間よ。いったいなにを言っているの？」

「あいつは人間じゃないんだ、イザベル。いまからそれを見せてやる」

角を曲がりさえすれば、また自由の身になってアンジェリークのところにいけるかもしれない。少なくともチャンスはある。イザベルは敗北のため息をつくと、サングラスをかけた。顔にぴったりと密着して、あたりの景色が暗くなった。「よく見えないわ」

「それでいい。さあ、いっしょに来るんだ」

ほかにどうしろというの？　逃げようとしても、また捕まるだけだ。ダルトンはイザベルを自分の前に立たせた。

イザベルと建物の陰に隠れるようにしてダルトンは肩からバッグをおろすと、なにかを取り出し、金属製の長い二本の部品を手早く、かつ正確な動きで組み立てた。

なんてこと、銃だわ。それも普通の銃ではなく、見たこともないような形状だった。黒っぽくて、見るからに恐ろしい。ダルトンはバッグのファスナーを閉めると再び肩にかけ、彼女の手をつかんだ。銃はだれにも見えないように、からだの脇で持っていた。

「おれから離れるな」ダルトンは彼女を連れて角を曲がり、路地にはいった。

そこは日陰になっている通りよりさらに暗かった。かけているサングラスのせいではなさそうだ。どうしてこんなものをかけさせたのかしら？

さっきの男はもうとっくにいなくなっているだろうと思った。イザベルの気が変わって、いっしょに行くのをやめたのだと思ったに違いない。

いいえ、ちょっと待って。いる。路地の突き当たりに。アンジェリークの姿は見当たらなかった。この路地は行き止まりだ。ダルトンの言うとおりなの？　あの人は嘘をついたの？

「おれのうしろにいろ」ダルトンが指示した。

イザベルは言われたとおりにした。路地にいるのが男ふたりであることに気づいたのはそのときだ。ひとりはさっき彼女に近づいてきた男で、彼だけがサングラスをかけていた。もうひとりの男の目はごく淡い水色に光っている。不気味だ。

「デーモンハンター」低くうなるような声で男が言った。

ダルトンは銃を構えると、無言で撃った。

青い光が放たれるのを見て、イザベルは息を呑んだ。左側にいた男はその場で溶けはじめたが、もうひとりは目にも留まらぬほどの速さで姿を消したように見えた。

瞬きをする間もなく、気づいたときにはその男はダルトンの前にいて、彼の手から銃をむしり取っていた。イザベルはダルトンに突き飛ばされ、地面に尻餅をついた。

自分の目が信じられなかった。ダルトンと男は取っ組み合っている。だが相手の男の姿がしだいに変わりはじめた。爪が伸びてかぎ爪になり、顔は見るもおぞましい形状に変化した。男が上唇を吊りあげると、牙がのぞいた。

イザベルは恐怖にすくみあがり、尻餅をついたまま足を使ってあとずさった。

デーモン。ダルトンは嘘をついていたのではなかった。彼はデーモンを倒せるの？　銃はどこ？　イザベルは組み合っているふたりから視線をはずし、あたりを見回した。ほんの数十センチ先に落ちていた。

ダルトンは強い。でも、もしデーモンのほうが強かったら？

ダルトンがデーモンに殺されたらどうする？　いいえ、そんなことはさせない。なにかしなければ。イザベルは四つんばいになって銃に近づき、暴発して自分を撃ったりしませんようにと祈りながら手に取った。なんとか立ちあがって、銃を構える。ごく普通の銃と同じような形をしていて、引き金があった。狙いをつけて撃てば……。

だめ、近すぎる。ダルトンに当たってしまうかもしれない。ああ、神さま、どうすればいい？

そのとき、ダルトンとデーモンがくるりと位置を変え、ダルトンの視線がイザベルをとらえた。彼はうなずくと、デーモンを彼女のほうへと押しはじめた。

なにをしているの？

イザベルはすぐに彼の意図を悟った。壁際にさがり、彼の合図を待つ。

ダルトンは驚くほど強かった。彼の肌にかぎ爪を立てようとするデーモンの手首を握り、その動きを封じこめている。全身の筋肉がくっきりと浮きあがっていた。やがて彼は顔をゆがめたかと思うと大きく息を吸い、ぐっとデーモンを押した。同時に手を放し、デーモンを壁に叩きつける。

「いまだ！」ダルトンが叫んだ。

イザベルは銃を彼に投げた。受け取ったダルトンがデーモンに向かって引き金を引くと、デーモンは溶けて、おぞましいゼリー状の物質に形を変えた。

ダルトンは前かがみになって、荒い息をついている。イザベルは彼のかたわらに駆け寄った。「大丈夫？」

「ああ。引っかかれることも、嚙まれることもなかった。あいつらは相手を麻痺させる猛毒を出すから、運がよかったよ」

イザベルは身震いした。こみあげてくる吐き気を無理矢理抑えこむと、胃がきりきりと痛んだ。

ダルトンはからだを起こし、イザベルを見て言った。

「よくやったよ。ありがとう」

「どういたしまして。自分のためにしたことよ。あなたが死んだら、わたしはあの生き物とふたりきりになってしまうもの」

ダルトンはにやりとした。「どういう理由であれ、きみはおれの命の恩人だ。礼を言うよ」

地面にできた染みを見つめるイザベルの脚は震えていた。

「あれは本当にデーモンだったのね」

「そうだ」

彼の言うことを信じざるを得なかった。けれどそれなら、わたしはどうなるの？　あんなものの仲間？

ダルトンが近づいてくると、彼女の頬に手を当てた。今度はわたしに銃を向けるのだろうと思いながら、イザベルは彼を見あげた。

「きみが考えていることはわかっている。きみはあれとは違う。さあ、やつらの仲間がやってくる前にここから逃げないと」

「どうしてわたしの居場所がわかるのかしら？」

「わからない。だがとにかくきみを安全な場所に連れていかなきゃいけない」

今度はイザベルも反論しなかった。ダルトンはバッグを拾いあげると、携帯電話を取り出して手早くどこかにかけてから、路地を出た。幸いなことに、そのあたりを通る人はごくわずかだったうえ、ダルトンたちは薄暗い路地の奥にいたから、そこで起きたことに気づいた人間はいないようだ。だいたい、なんと言って説明すればいい？

まもなく、スモークガラスの黒のスポーツ用多目的車《SUV》がやってきて、ダルトンが後部座席のドアを開けた。イザベルはほっとして乗りこんだ。

「彼は仲間だ」つづいて車に乗ったダルトンはドアを閉め、運転手に向かってうなずいた。

「どこに行くの？」

「町から少し北に行ったところだ。安全な場所だよ。お姉さんはすでに来ている」

「アンジェリークが？」さっきの路地でアンジェリークの声を聞いた。あれはデーモンだったの？　あの生き物について行っていたら、いったいどういうことになっていたんだろう？

イザベルは身震いした。全身に鳥肌が立つのがわかった。

アンジェリークに会えると思うと、うれしくもあったし不安でもあった。彼女のバッグを持っているダルトンに目を向ける。母親の日記がはいっているバッグ。

アンジーがあれを見る。あそこになにが書かれているのかを知る。イザベルが何者であるのかを知る。

あの路地で見たもののことを思い出すと、イザベルはお腹のなかがねじれるような気がした。

わたしはあんなものとは違う。絶対に。

イザベルはダルトンから顔を背け、窓の外に目をやった。母親を憎んでいるのと同じくらい、頬を伝う涙が憎かった。

16

「きみの妹とダルトンがこっちに向かっている」

マイケルにそう言われ、アンジェリークの心臓が高鳴った。キッチンテーブルを囲んでいるライダー、マンディ、トレースを見回すと、全員が彼女を見つめている。

マイケルに視線を戻して尋ねた。「本当に？　いつ着くの？」

「すぐだ」

「ありがとう」

全身ががたがた震えはじめたので、アンジェリークはテーブルの下で両手を組んで、震えを止めようとした。

「大丈夫かい？」ライダーが訊いた。

「ええ。イザベルに会うのが不安なだけ。なにが起きているのかを知るのが、母の日記を読むのが怖いの」日記があるなんて、いままで知らなかったのだ。

ライダーは手を伸ばして彼女の髪を撫でると、緊張を解くように首のうしろを揉んだ。マンディとトレースが物問いたげなまなざしを向けているのはわかっていたけれど、アンジェリークは気に留めなかった。ライダーの手が心地いい。

数時間前に到着したあと、ふたりは城のなかを探索した。昔のままの石壁には歴史が刻まれていたが、それ以外は床からキッチン、すべての部屋にいたるまで現代風に改装されている。この城がなにに使われているのか、アンジェリークには見当もつかなかったけれど、歴史に関係ないことはたしかだ。どの部屋にも――まだ足を踏み入れていない場所はたくさんあったが、少なくともアンジェリークが見た部屋はすべて――コンピューターが置かれていた。彼女にあてがわれたのは、壁にはタペストリーがかかり、ベッドには羽毛のはいったマットレスが置かれている、中世の趣のあるすばらしい寝室だったが、バスルームは現代風で、大きなシャワールームと広々としたジェットバスがついていた。古いものと新しいものが融合したような奇妙な部屋だったけれど、アンジェリークは気に入った。

キッチンに戻ってほかの人たちと再び顔を合わせた直後に、イザベルがまもなく来るとマイケルから教えられたので、この城について尋ねる時間はなかった。けれど疑問は棚上げにしなくてはならないようだ。玄関から声がして、アンジェリークはすぐにそれが妹のものだと悟った。立ちあがり、玄関へと急いだ。

イザベルが彼女に気づくと同時に、アンジェリークは大きく腕を広げた。イザベルが駆け寄ってくる。アンジェリークはぽろぽろと涙をこぼしながら、妹を抱きしめた。

ふたりがどれほど違っていようと、ふたりのあいだになにがあろうと、家族であることに変わりはない。

ライダーたちがふたりを取り囲んで見つめているのはわかっていたけれど、そんなことはどうでもよかった。アンジェリークはからだを離し、イザベルの両方の頬にキスをした。

「会いたかったわ。本当に心配したのよ。どこにいたの?」

イザベルの頬にも涙が流れていた。「忙しかったの。あっちこっちに行っていたわ。もちろんトラブルにも巻きこまれたし」

アンジェリークは声を立てて笑った。「当然ね。さあ、なにか飲みましょう」アンジェリークはイザベルの腰に手を回すと、ひとりひとりに妹を紹介してからキッチンへと向かった。

「ワイン?」アンジェリークが訊いた。

イザベルはうなずいた。「もらうわ。あんなことがあって、わたし、まだ震えているのよ」

ライダーは鋭いまなざしをダルトンに向けた。「なにがあった?」

「カタニアのビジネス街の路地で、デーモンに襲われた。イザベルとおれは……離れ離れになっていて、一匹が彼女をおびき寄せようとしたんだ。彼女が路地にはいりこむ前に、なんとか追いついた」

アンジェリークが視線を向けると、イザベルは肩をすくめた。

「知らなかったの。人間みたいに見えたし、サングラスをかけていたのよ。姉さんに頼まれたんだって言っていたわ。姉さんがわたしを捜しているって。わたしを呼ぶ姉さんの声も聞こえたの」

アンジェリークはもう一度イザベルを抱きしめた。危なかった。すんでのところだった。

マイケルに向かって尋ねる。

「〈闇の息子たち〉はどうしてわたしたちの居場所がわかるの？」

マイケルはキャンティをグラスに注ぐと、キッチンのカウンターにもたれた。

「きみたち姉妹は、なにかの形でやつらとつながっているんだと思う。そのせいで、きみたちの居場所を突き止めることができるんだろう」

「そのことで考えたんだけど、オーストラリアの洞窟でわたしはブラック・ダイヤモンドに手をかざしたわ。あそこで彼らと接触した――すごく奇妙な感覚がしたのを覚えている。そのせいで、わたしは彼らとつながりができたんだと思う」

「そうかもしれない」マイケルの表情は穏やかだった。

「でもそれだと、イザベルの説明がつかない。この子は一度もデーモンと接触したことはなかった。それなのに、どうしてこの子の居場所がわかるの？」

「このこととオーストラリアで姉さんの身に起きたこととは、なんの関係もないのよ」

アンジェリークはイザベルに向き直った。

「どういうこと？」

イザベルは椅子に腰をおろすと、ワイングラスの脚に指をからめて口元に運び、ごくりとワインを飲んだ。

「わたしたちがデーモンとつながりがあるのは、わたしたちがデーモンのようなものだからよ」

「え？　デーモンのようなものって？」

「わたしたちにはデーモンの血が流れているの」

アンジェリークは、一瞬心臓が止まったような気がした。「そんなはずない。なにかの間違いよ」

「間違いじゃない」イザベルがダルトンを振り返ると、彼はバッグを差し出した。イザベルはそのなかから赤い表紙の古びた日記を取り出し、アンジェリークの前に置いた。

「母さんの日記よ。読んで。声に出して。みんな知りたいでしょうから」

アンジェリークは恐ろしいものを見るような目で、じっと日記を見つめた。顔をあげて視線を戻すと、イザベルの目には涙が浮かんでいた。

「なにを知っているの、イザベル？」

「わたしたちはデーモンなの、アンジー。母さんはデーモンとセックスしたのよ。わたしたちの父親はデーモンなの。そして、この部屋にいるような人たちに殺されたんだわ」

部屋の温度が一気にさがった気がして、アンジェリークの全身に鳥肌が立った。首を振りながら言う。「そんなの嘘よ」本当のはずがない。そうでしょう？

けれど、あのコテージでデーモンに襲われたときに起きたことは、どう説明する？　彼女の変化は普通じゃなかった——人間ではありえなかった。ブラック・ダイヤモンドに手をかざしたことで、なにかの力を得たのだろうと理由をつけていたけれど、ただそう思いたかっただけかもしれない。彼女のなかの論理的な部分と心の奥では答えがわかっていたのに、説明できないことをそうやって説明しようとしただけなのかもしれない。

「わたしはデーモンなの？」

イザベルは声をあげて笑った。「姉さんのこれまでの生き方や、母さんの日記を読むかぎりでは、そうは思えないわ。さあ、読んでみて。それとも肝心なところを教えてあげましょうか。ほとんどが日々のできごとを書いてあるだけだから」

アンジェリークはイザベルのほうに日記を押し返した。知りたくなかった。いまの話を受け入れることができなかった。

「いいわ。姉さんが読みたくないなら、わたしが読む」

イザベルは日記を開くと、ページをめくった。「重要なところだけ読むわね。デーモンについて書いてあるところよ」

イザベルは英語に訳しながら読みはじめた。恐怖におののきながらも、アンジェリークはじっと聞き入っていた。母がアンジェリークとイザベルをみごもった夜のこと、ふたりの父親である男——生き物——の身に起きたこと。アンジェリークはデーモンが溶けるのを見ていたし、〈闇の息子たち〉が死ぬとどうなるのかはライダーが説明してくれた。彼らはひと握りの灰になるのだという。

わたしの母親を抱いた男は人間ではなく、デーモンだったのだ。

母さんは嘘をついていた。父親について母が語ったことはすべて嘘だった。

アンジェリークは言葉を発することもできず、ただ呆然として日記を読むイザベルを見つめるばかりだった。母の日記にはさらに、イザベルの行動を心配していることや、彼女を見守ってほしいとアンジェリークに頼んだことが書かれていた。

イザベルは淡々と読みつづけていたが、母の言葉にどれほど彼女が傷ついているのか、アンジェリークにはよくわかっていた。イザベルが日記を閉じると、アンジェリークはテーブルの上に手を伸ばして妹の手を握った。

「ごめんね、イザベル」

イザベルは肩をすくめた。「もう何度も読んだから、どうってことないわ」

嘘だ。イザベルが感情を隠すのがうまいことは、アンジェリークがだれよりもよく知っていた。「母さんはあなたを愛していたわ」

「そうだったんでしょうね。いまもわたしはこうして生きているんだから。わたしたちふたりともよ。でも父親が何者であるかを知りながら、母さんはどうしてわたしたちを生かせておけたの？」

アンジェリークの頭のなかがぐるぐると回りはじめた。なにも答えが見つからない。数えきれないほどの疑問があるだけだった。イザベルはいつも問題を抱えて彼女のところにやってくる。けれど今回は、解決できそうになかった。

「なにがあろうと、母さんはわたしたちを愛してくれたからよ。わたしたちの父親がだれであろうと、なんであろうと、わたしたちは母さんの子供なんだもの」それだけは事実だった。

「母さんは現実から目を逸らして、父親がべつの人だったふりをしていただけよ」

「それは違うわ、イジー。日記に書いてあったことを思い出してよ。彼が何者なのか、母さんはよくわかっていた。少なくとも……普通の人間ではないことはわかっていた。その記憶を封じ込めようとしていたとは思えないわ。ただ困惑して、少し怯えていただけなんじゃないかしら。幸いなことに、母さんにはわたしたちがいた。わたしたちは人間よ。少なくとも、いまのところは」そこから先は考えたくもなかった。わたしのからだには、いったいなんの血が流れているのかしら？

「日記を見せてもらえるだろうか？」マイケルが訊いた。

「もちろん、いいわよ。もう秘密なんてなにもないもの」イザベルが頭の上まで日記を持ちあげ、マイケルがそれを受け取った。

「ありがとう。〈光の王国〉の人間はだれであれ、きみたちの情報を絶対だれにも漏らすことはないと約束する。私たちはきみたちの秘密を必ず守る」

「本当よ」マンディが口をはさんだ。「わたしたちのことはなにも心配しなくていいわ、イザベル。ほとんどの人間はわたしたちが存在することさえ知らない。わたしたちは毎日、秘密といっしょに生きているの。あなたたちの秘密はそのうちのひとつにすぎないわ」

「ありがとう。申し訳ないんだけれど、ひどく頭痛がするの。ここ二日ばかり忙しかったのよ。どこか横になれる場所はあるかしら？」

二階の部屋に案内するわとアンジェリークは言おうとしたけれど、ダルトンに先を越された。

「おれが連れていくよ。前にも来たことがあるし、部屋ならわかる」

イザベルはうなずき、アンジェリークに言った。「あとで話しましょう」

「そうね。ゆっくり休んで」

ふたりがいなくなると、マイケルは日記を読みふけりながらどこかに姿を消し、マンディとトレースも武器の確認をするといって出ていったので、あとにはアンジェリークとライダーだけが残された。

「きみは大丈夫かい？」ふたりきりになったところで、ライダーが尋ねた。

アンジェリークは肩をすくめた。「わからない。なんていうか……穢れた気がする」

「どうして？」

「人間以下の存在になったみたい。こうなることがわかっていたような気がする。とりわけ、あのコテージであんなことがあったあとは。ただ信じたくなかっただけなんだわ」

ライダーは立ちあがり、彼女に近づいた。「ばかなことを言うんじゃない。いまのきみは、お母さんの日記の中身を知る五分前とまったく変わっていないんだ」

アンジェリークはあとずさった。まだこのことを話し合う気にはなれない。

「疲れたわ。わたしも部屋に戻る。考えたいの」アンジェリークはライダーを避けるようにして自分の部屋に逃げこみ、ドアを閉めた。ベッドに腰かけ、全身の力が抜けたような思いで窓の外を眺める。

一分もしないうちにライダーが部屋にはいってきて、ドアを閉めた。

「あなたはノックということをしないの？」

「しないこともある」ベッドに歩み寄り、彼女の隣に腰をおろした。

「出ていって、ライダー。ひとりになりたいの」

「いや、だめだ。いまはだめだ」

「わたしがいまなにを必要としているのか、あなたにはわからないのよ。どうして五分だけでもわたしをひとりにして、気持ちの整理をつけさせてくれないの？」

「なぜだ？　きみがひとりで部屋に閉じこもって、デーモンの血が流れているせいで自分は価値のない人間だと思いこむ時間を与えろというのか？」

心の内を見透かされて、アンジェリークは怒りが沸きあがるのを感じた。

「わたしの気持ちなんて、あなたにはわからない」

「そうか？　おれにはデーモンの血は流れていないかもしれないが、親父の血は流れている」

「お父さんは人間だわ」

ライダーはせせら笑った。「そうだろうか？　怪しいものだ。それにいま話したいのはおれのことじゃない。ディレクとニックというデーモンハンターの兄弟の話だ。ふたりには半分デーモンの血が流れている」

「それで？」

「ふたりともごく当たり前の人間として暮らしている。デーモンの部分をコントロールすることができるんだ。きみも同じことができるはずだ。そしてディレクとニックは半分デーモンだが、彼らを受け入れ、愛している人間の女性もいる」

アンジェリークの喉がからからになった。彼はなにを言うつもりなの？

「なにが言いたいの？　ライダー」

彼の瞳はまるで温めたウィスキーのような深い色をたたえていて、アンジェリークはそれを見ているだけでぞくりとした。なにも言わずに、あんなふうに見つめらると……。

ライダーは咳払いをした。アンジェリークは彼の言葉を待った。

「自分のことを価値がないなんて、思ってはいけない。あのコテージできみはおれの命を救ってくれた。いずれきみは、すばらしいデーモンハンターになれるだろう。きみのような人間は、〈光の王国〉にとって貴重だ」

アンジェリークが期待していた言葉ではなかった。全然違う。失望ときまりの悪さに、全身がほてった。彼に受け入れてほしかったのに。デーモンの血が流れていても気にしないと言ってほしかったのに。それでもわたしのことが好きだという言葉が聞きたかった。

ライダーは半分デーモンの人間を愛している人の話をしたけれど、それは彼自身のことではない。彼はそんな人間を愛せない。アンジェリークにデーモンの血が流れているという事実を彼は乗り越えられないということが、よくわかった。

そうよ、なんの問題もなくわたしを抱けても、愛することは決してないんだわ。

「アドバイスをありがとう」アンジェリークは立ちあがり、ドアに近づいた。涙をこぼしたりしてこれ以上恥をさらす前に、出て行ってもらわなくてはならない。「〈光の王国〉で働くことについては、マイケルと話してみるわ」

ライダーは渋い表情で立ちあがり、アンジェリークが押さえているドアに歩み寄った。

「どうかしたかい？」

「どうもしないわ。疲れただけ。それにイザベルと話をしなくちゃならないの。動揺していたみたいだから」

ライダーは手を伸ばして彼女に触れようとしたが、アンジェリークはあとずさった。

「アンジー――」

「話をしにきてくれてありがとう、ライダー。でもわたしはすることがあるの」

アンジェリークは、出ていってと口に出して言わずにすむことを願いながら、廊下を示した。自分を抑えることでせいいっぱいだ。

ライダーがそっけなくうなずいて部屋を出ていくと、アンジェリークは閉めたドアにもたれた。涙がどっとあふれて頰を伝った。

ばかよ。わたしったらなんてばか。ライダーが愛の告白をするつもりだと本当に思っていたの？

彼は、わたしが優秀なデーモンハンターになれるだろうということしか考えていなかった。

どうして母さんの言うことをもっと真剣に受け止めて、簡単に人を好きにならないようにしなかったんだろう？

アンジェリークはそのままずるずると腰を落として床に座りこむと、膝を抱えた。もうたくさん。ここのところ、あまりにたくさんのことがありすぎて、とてもこれ以上耐えられそうになかった。

膝に顎を乗せ、日光を浴びて床の上で舞うほこりを眺めた。

あんなふうに自由になって、なにも考えずにいられればいいのに。責任を負うのはもうこりごりだった。ここから逃げ出して、なにもかも忘れてしまいたい。

けれどそれはできない。イザベルがいる。イザベルは彼女を必要としている。彼女はいつだって強い姉だった。そしていま彼女には、これまで以上の強さが必要だった。

わたしが頼れる人はいない。

いつまでも自分を哀れんでいないで、イザベルと話をしなければいけないとアンジェリークは思った。イザベルの頭のなかを、いまなにがよぎっているだろうか？　母が自分を心配していたと知って、なにを考えているだろう？

イザベルは問題を抱えている。危険が迫っている。オーストラリアの洞窟でアンジェリークがブラック・ダイヤモンドを目覚めさせられなかったのには、理由があったのだ。

デーモンの血は彼女よりイザベルのほうに濃く流れているのかもしれない。双子なのになぜだろうとは思ったが、アンジェリークにしても普通ではない。それにイザベルは昔から変わっていた。

あるいはバートははじめからイザベルを狙っていて、あのときは間違えただけなのかもしれない。

アンジェリークは最初からそのことに気づいていた。ただ、認めたくなかっただけだ。けれどいま彼女は事実を知った。

なにをするべきかも、わかっていた。全力を尽くしてイザベルを守らなければならない。たとえそれが〈光の王国〉とライダーを裏切ることであっても。

再び裏切ることになっても。

まずはイザベルの様子を確かめることが先決だ。落ち着かせて、冷静さを取り戻させて、彼女を愛している人間がいることを思い出させる。

大丈夫だと断言はできない。まずは、自分たちになにができるのかを確かめるのが先決だ。アンジェリーク自身にも、それはまだわかっていない。

時間をかけ、それからいくつかテストをすることで、ふたりの能力がはっきりするかもしれない。怯えながら生きていくのはまっぴらだった。

けれどこれだけははっきりしていた――だれにもイザベルを傷つけさせたりはしない。だれにも。

イザベルと話をしなければならない。そうすれば、自分を哀れむこともやめられるだろう。アンジェリークは顔を洗って髪を梳かし、服を着替えた。ぐっと気分がよくなった。

さあ、イザベルのことを考えよう。いつだってそうすることで、気が紛れた。

イザベルの部屋を見つけてノックし、ドアを開けた。ふたりのあいだに遠慮はなかったし、いずれ彼女が来ることはイザベルにもわかっていたはずだ。部屋はカーテンが閉められていて、暗かった。イザベルは石造りの古い暖炉のそばの椅子に座っていたので、アンジェリークはその反対側に置かれた椅子に腰をおろした。

「なにを考えているの？」

イザベルが口を開くまで数秒の間があった。

「なにも考えないようにしてる。この半年間、ひたすら考えつづけてきたんだもの。もううんざり」

「母さんの日記を見つけたのが半年前っていうこと？」

「そうよ」

「どこで見つけたの？」

「母さんが死んだとき、母さんの持ち物をふたりで分けたでしょう？」

「ええ」

「わたしは昔から母さんの帽子箱が好きだったわ」

子供のころのことを思い出して、アンジェリークの口元に笑みが浮かんだ。「覚えているわ」

「だから姉さんは帽子箱を全部わたしにくれた。どれもすてきなデザインだった。わたしの部屋のクローゼットの一番上にしまっておいたの。もう何年もあそこに置きっぱなしだったわ。わたしは留守ばかりしていたから」

「そうね」

「去年、少し休みが欲しくなって、家に帰ることにしたの。書類の整理をしたかったし、来年の予定も立てたかったから。そのとき、客用寝室のクローゼットを片付けようと思い立って、母さんの帽子箱を見つけたのよ。そのときまで、箱を開けたこともなかったわ。あの日はなんだか昔が懐かしい気分だったから、棚から帽子箱を全部おろして、ひとつずつ開けてみたの。母さんのお気に入りだった紫の帽子の下に――ロンドンで買ったあの帽子を覚えている？」

「覚えているわ」ほろ苦い思い出が蘇って、アンジェリークの目が潤んだ。母親がその帽子をかぶっているところを思い出した。黄色い羽根飾りがまっすぐに立っている、紫のベルベットのきれいな帽子だ。母親はその帽子が一番好きだと言っていた。そして、帽子は全部アンジェリークが受け取るようにとも。けれどアンジェリークは、イザベルがどれほど母親の帽子を気に入っていたかを知っていたから、その言葉を聞き流し、イザベルに譲ったのだ。

母さんがあんなことを言ったのは、イザベルに日記を見つけてほしくなかったからなのかもしれない。アンジェリークが見つけてそれを読み、イザベルを助けてくれることを心のどこかで願っていたのかもしれない。

「日記はあの紫の帽子のなかに隠してあったの。それがなにか知らなかったから、開いて読んだわ。母さんが日記を書いていたなんて、本当に驚いた。全然知らなかったもの」

「わたしもよ」

「床に座って、全部読んだわ。最初から最後まで。それから、もう一度読み返した」

「本当に母さんのものなのね？」

イザベルはうなずいた。「母さんの筆跡よ。間違いない。鑑定なんてする必要はないわ。なにより、姉さんとわたし以外、帽子箱に触れた人はいないいんだから。母さんが死んですぐに持ち物は整理して、箱はわたしの家に持っていった。それからずっとあそこにあったの」

「どうして話してくれなかったの？　イジー。どうして日記を見つけたとき、すぐに連絡してくれなかったの？」

イザベルは顔をしかめ、二本の指で眉をこすった。

「なにを言えばよかったの？　わたしたちはデーモンの娘だって？　姉さんが信じてくれるかどうかわからなかったし、どうしてそんな話をして姉さんを苦しめなきゃならないわけ？　知らなければよかったって思ったわ」

アンジェリークは身を乗り出して、両手を握り締めた。

「わたしたちは姉妹でしょう、イジー。家族よ。ひとりでそんな重荷を背負う必要はなかったのに」

「考えないようにしたの。日記を鞄に突っこんで、仕事に戻ったわ。でもやっぱりまた読んでしまった。毎晩読んで、自分自身に、母さんに問いつづけた。母さんが日記に書いていたことのうちのいくつかは――アンジー、わたしにはそんなことをした記憶すらないのよ」

アンジェリークはイザベルの隣に移動して、両腕で妹を抱きしめた。ぎゅっと抱き寄せて、彼女の髪を撫でる。「ああ、イジー。かわいそうに。話してほしかったわ」

　アンジェリークはしばらくそうやって妹を揺すっていた。子供のころ、どちらかが悪い夢を見たとき、暗いなかでこうやって抱き合っていたことを思い出した。

「姉さんじゃないわ。姉さんは悪くない。わたしなの」

　アンジェリークはからだを離し、イザベルの顔をのぞきこんだ。「どういうこと？」

「わたしは邪悪なのよ。母さんがそう言っていた」

「そうじゃない。そんなこと言っていないわよ」

「いいえ、言ったわ。わたしを見張っているようにって姉さんに頼んだ。わたしは悪だって母さんは言ったし、わたしのことを心配していた。わたしは悪い妹で、姉さんは善良な姉なのよ」

「そんなことないったら。母さんは、あなたの一風変わった考古学のやり方を心配していたんだと思うわ。母さんが純粋な人だったことは知っているでしょう？　あなたがタイタニック号を引きあげて、ネットオークションで売ったりしたら、家名が汚れるって思っていただけよ」

　イザベルは声をあげて笑った。「そうかもしれないわね。でも母さんは、わたしのなかに邪悪なものがあるって疑っていたような気がしてならないの」

「たしかにあなたにはずいぶん髪を引っ張られたわ」

「だって姉さんはいつだっていい子ぶってたんだもの」

アンジェリークはにっこりした。「あなたはやんちゃだったしね」

「悪いことができない姉さんは、わたしがうらやましかっただけよ」

「あら、わたしたちがいっしょにいたときは、ずいぶん悪いこともしたと思ったけれど」

イザベルは子供のときと同じように、くすくす笑った。「そうだったわね」

イザベルの気分はいくらか上向いたようだ。もう少し、前向きな気持ちにさせられるだろうか。

「ね？　あなたにはなにも変わったところなんてないのよ。わたしにも」実を言えば、それは事実ではなかったけれど、コテージで自分の身になにが起きたのか、どう変化したのかをイザベルに告げるだけの勇気はまだなかった。

「わたしたちに流れる血を否定はできないわ」

「そうね。でもデーモンの血が流れているからって、わたしたちが何者であるかが決まるわけじゃない。〈光の王国〉にはデーモンの血を持つ人たちがいるの。その人たちはそれをコントロールして生きるすべを知っているのよ」

イザベルは顔を背けた。「わたしにできるとは思えない。自分が何者かがわかってみると、昔から自分のなかでなにか違うと感じていたものがデーモンの血だったんだっていうことが、ようやく理解できたわ」

「なにを言っているの？」

イザベルは椅子から立ちあがると、窓に近づき、カーテンの紐を指でなぞった。

「わたしはずっと……違うって感じていた」振り返ってアンジェリークを見つめる。「そんなことなかった?」

「ないわ」

「そう。わたしはそうだったの。それに母さんはいつもわたしを見ていた。姉さんを見るときとは違った目で」

アンジェリークも窓に歩み寄り、カーテンを開けて外の光を入れた。

「それって、あなたがいつも問題を起こしていたからじゃないの? いたずらっ子だったもの」

イザベルは苦笑いをした。「それだけじゃない。わたしのなかにはなにかがいたのよ、アンジー。なにか闇のようなものがわたしを呼んでいた。感じるの。昔からずっとよ。わたしは学校でも問題児だったし、それに時々……時間を失くしていたの」

「それってどういう意味?」

「突然眠りこむような感じなの。いまここにいたはずなのに、気がついたらべつの場所にいるのよ。すごく変なの」

「そんなこと、一度も言っていなかったじゃないの」

「母さんの日記に火事のことが書いてあったでしょう? アフリカで発掘していたときだったわ。あのときも、それが起きたの。わたしはバンガローで遊んでいた。気がついたら、燃えているバンガローの前に立っていたわ。手のなかにはマッチがあった」

なんてこと。アンジェリークは全身がぞくりとした。

「母さんはなんて？」

「なにも言わずにわたしを連れて帰って、お風呂に入れて、寝かせたわ。そのあともなにも言われなかった。わたしはほんの子供だった。わけがわからなくて、結びつけて考えることはなかった。母さんは、火事のせいで目が覚めたんだろうって言ったわ。でも、わたしが火をつけたんじゃないかと思うの。わたしはあのなかにいる人たちを殺そうとしたのよ、アンジー」

アンジェリークはイザベルの手を取った。氷のように冷たい。

「あなたはそんなことしない」

イザベルは険しい目つきを彼女に向けた。

「そう？　そんなこと、言い切れないんじゃない？　デーモンはどんなことだってできる。わたしがなにをしたのかなんて、だれにもわからない。わたしには記憶のない時間がいっぱいあるのよ、アンジー。そのあいだなにをしていたのか、全然覚えていないの」

「思いこむのはよくないわ。あなたは自分を変えられる。自分で思いこんでいる自分を」

「そうかしら。わたしがどんな存在なのかは――どんな存在であるべきなのかは――すでに決められているんだと思うわ。わたしにはどうにもできないことなんだと思う」

「あなたは自分でなにを言っているのか、わかっていないのよ」

イザベルのまなざしがぞっとするほど恐ろしいものになった。

「そう？　姉さんよりはよくわかっているつもりよ」

その声の調子もアンジェリークに向けた目つきも、なんの感情もこもっていない冷ややかなものだった。まるでイザベルが一瞬のうちに部屋を出ていって、まったくべつの人間がそこにいるかのようだ。

イザベルはばかげたことを言っていると思ったけれど、かえってそれが恐ろしかった。

「下に行って、ほかの人たちと話をしましょう。答えがわかるかもしれない」

イザベルは目をしばたき、肩をすくめた。

「そうね。少しだけ待って。顔を洗って、着替えるから」

イザベルはバスルームにはいってドアを閉めた。アンジェリークは、部屋のなかを冷気が通り過ぎるのを感じた。すぐにまた暖かくなったが、彼女は両手で自分を抱きしめながら、閉じられたバスルームのドアを見つめた。

さっきイザベルが未来の話をしていたとき、アンジェリークは恐怖を覚えた。生まれてこのかた、妹を怖いと思ったことはない。怒ったり、いらいらしたり、様々な感情を抱いてきたけれど、恐ろしいと思ったことはなかった。

いままでは。イザベルの影響がわたしに及ばないように、母さんがずっとわたしを守っていたのはこれが理由なの？　わたしが気づかなかっただけ？　あの子を心配するあまり、真実が見えていなかったの？

そうなのかもしれない。イザベルをひたすらかばううちに、目の前にある真実が見えなくなっていたのかもしれない。

たったいまイザベルのなかでなにかが変わった。一瞬のうちに、別人があの子のからだに乗り移ったみたいだった。そしてつぎの瞬間には、いつものイザベルに戻っていた。

イザベルにはどこか普通ではないところがある。〈光の王国〉が彼女を助けてくれることを、アンジェリークは祈るばかりだった。

17

自分がなにをしたのか、あるいはなにを言ったのか、ライダーにはまったくわかっていなかったけれど、大失敗をしでかしたことは間違いなさそうだった。アンジェリークはひどく怒っているか、もしくは動揺している。彼に対してなのかもしれないし、ほかに原因があるのかもしれない。

彼女の母親の日記に書かれていたことが関係しているのはたしかだとは思ったが、それ以外の理由がある気もした。おれは彼女の部屋でなにかまずいことを言ったらしい。

ちきしょう。ライダーは女性の扱いが得意ではなかったし、女心を推測するのも苦手だ。部屋を出ていったアンジェリークのあとを追って、彼女の気持ちを楽にしてやろうなどと考えず、ひとりで放っておけばよかったのだ。彼がしたことは事態を悪化させただけだった。自分の言葉のなにが彼女の気分をそれほど害したのか、ライダーには見当もつかなかったから、いまとなってはどうやって修復していいのかもわからなかった。

なんだって女は男のようにはっきりとものを言わないんだ？　感情を隠そうとしないで、なにが気に障ったのかをはっきり言えばいいだろう？　おれの言葉のここが気に入らないと言って、おれを引っぱたけばいいじゃないか。そうすれば、彼女の気持ちを傷つけないように言い直したり、説明したりできるのに。

できるかもしれないし、できないかもしれない。

だがそもそもおれはどうしてこんなことを考えている？　彼女の気持ちを傷つけたかどうかが、どうしてそんなに重要なんだ？

おまえが彼女を気にかけているからに決まっているだろう、間抜け。

わかっている。だがそれでどうなるというんだ？　どうにもならない。

おれにはもっと重要な仕事がある。女や感情や思いやりなどというものには関わりのない、すばらしい仕事が。ライダーは広々とした書斎――かつては大広間と呼ばれていたのかもしれない――に向かった。全員で日記の内容を検討することになっていた。

「なにかわかったか？」ライダーは尋ねた。

「これまでにわかったことから判断すると、モネット――彼女たちの母親だ――が会ったのは〈闇の息子たち〉のひとりらしい」

「ありふれたデーモンではないということか」ダルトンが言った。

「そうだ。ハンターに倒されたときの様子からすると、そういうことになる」

「デーモンの赤ん坊を産ませるために、人間の女性を見繕っていたんだろうか？」ライダーが訊いた。

「そのようだ。そしてもくろみどおりになった」

「きみは、〈闇の息子たち〉全員の名前を知っているのか？　組織図のようなものはあるのか？」ライダーがマイケルに尋ねた。

「ぼくたちは〈闇の息子たち〉の全員を知っているし、実を言えば組織図がある。〈光の王国〉は全員と接点があって、何世紀ものあいだその動きを追ってきた。だれが生きていて、だれが死んだのかも知っている」

「バートのようにか」ライダーはバートのことは知っていたが、それ以外の者についてはまったくわからなかった。

「必ず一二人いると聞いたが」以前に聞いたことを思い出しながら、ライダーは尋ねた。

「そうだ。常に一二人だ。ひとりが死ぬと、べつのだれかがその後釜に座る。昇格すると言っていいだろう。彼らはデーモンの支配者たちだ」

「わたしたちはそれに関係あるのかしら？」アンジェリークの声がした。

アンジェリークとイザベルが戸口に立っていた。ふたりはそっくりだったけれど、違っているところはいくつもあった。顔は鏡に映したように似ていたにもかかわらず、ライダーはすぐにふたりを見分けることができた。髪の色とスタイルが違っていることもあったが、仮にそれがまったく同じだったとしても彼にはどちらがアンジェリークなのかわかった。アンジェリークをよく知っていたからかもしれない。彼女のからだの動きは、イザベルとは違っていた。

ほかにも違っているところがあった……彼を見る目のなかに、なにか違うものがある。アンジェリークがマイケルに視線を移すまでのほんの一瞬、ライダーははっきりとそれを見たと思った。

「たしかに関係がある」マイケルが言った。「さあ、はいりたまえ。できるかぎり、きみたちの質問に答えよう」

アンジェリークは妹の手を取ると、部屋のなかにはいった。

彼女がマンディの隣に座ったことにライダーは気づいた。彼から一番遠い場所だ。やはり彼女はおれに腹を立てているらしい。そのうえ、目を合わせようともしなかった。

「我々はきみたちのお母さんの日記を検証していた」マイケルが言った。

「見てもいいかしら」アンジェリークが尋ねた。

「もちろんだ」マイケルは日記を彼女に手渡した。「きみたちの父親であるデーモンは、〈闇の息子たち〉の一員である魔王だ」

アンジェリークはさっと顔をあげた。大きく目を見開いている。「魔王？」

「ああ」

「それはまずいわね」アンジェリークは日記を見ながらつぶやいた。

「そうなの？」イザベルが訊いた。

「ええ」アンジェリークはマイケルを見た。「〈闇の女王〉のことを話してあげて」

「〈闇の女王〉ってなんなの？」イザベルはまずアンジェリークに目を向け、それからマイケルに視線を移した。

「わからない。オーストラリアでブラック・ダイヤモンドを使ったなにかの儀式をしていたとき、バートが言ったそうだ。バートはブラック・ダイヤモンドにアンジェリークの手をかざして、目覚めさせようとした。それができるのが〈闇の女王〉らしい」

アンジェリークとイザベルは不安げに目と目を見交わした。この人たちは、ふたりのうちどちらかが〈闇の女王〉だと思っているのかしら？

「わたしは〈闇の女王〉ではないって、バートは言ったわ」アンジェリークが言った。

「そうだ。だからといって、イザベルが〈闇の女王〉だということでもない」

「あなたたちはそう思っているんでしょう？　わたしにも知恵はあるの。点と点を結ぶことくらいできるのよ」

アンジェリークが愚かではないことは、ライダーにもよくわかっていた。頭の回転はかなり速い。彼女の部屋でライダーが言ったことは事実だった――アンジェリークは優れたデーモンハンターになれるだろう。機転が利くうえ、勇敢だ。デーモンの血は役に立つだろうし、そのうえ女性は思い切りがいい。

ライダーが自分と同等の能力を持つと認める人間はごくわずかしかいなかったし、めったに人をほめることもなかった。彼がいまの知識と能力を手に入れたのは、必死で努力した結果だ。おかげで大多数の人間よりも頭ひとつぬきんでていると、自分では感じていた。同僚のハンターたちのことは尊敬していたが、自分は彼らには勝るとも劣らないと考えていた。たいていの人間には、それだけの能力はない。だがアンジェリークは？　彼女なら、あっという間に彼らと肩を並べるだろう。彼女となら、ぜひいっしょに戦ってみたかった。

「きみを愚かだなどと言ったつもりはないよ、アンジェリーク。ただぼくは、きみもイザベルもバートの言う〈闇の女王〉だとは思っていないということだ」

「それならどうしてバートは、わたしをあの儀式に参加させたの？　わたしが手をかざしたとたんにブラック・ダイヤモンドの光が消えたとき、どうして彼はあんなに怒ったの？」

「〈闇の息子たち〉であっても間違いは犯す」マイケルの唇がぴくりと震えた。

「やつらも〈闇の女王〉がだれなのかを知らないということか？」ライダーが尋ねた。

マイケルはライダーに顔を向けた。「ぼくの推測だ」

「おもしろい」ダルトンがつぶやいた。

「ルイスの報告を受けて以来、我々は〈闇の女王〉について議論してきた。大いなる悪の娘のことを指しているのだろうと考えている。〈闇の息子たち〉を率い、指示する女性だ」

「つまり、もうひとりの魔王ということ？　それが女性なのね？」マンディが尋ねた。「女性の魔王がいるなんて知らなかったわ」

「ぼくたちが知るかぎり、いままで存在していない」マイケルが答えた。「だがだからといって、それがありえないわけではない。やつがなにを企んでいるのかなど、だれにもわからない」

「それって……サタンのこと？」イザベルが訊いた。

ライダーはイザベルが気の毒になった。アンジェリークにぴったりと身を寄せて、呆然としている。彼らの話を聞くうちにその顔は青ざめ、一切の表情が消えていた。ダルトンにちらりと目をやると、彼は険しい顔でイザベルを見つめていた。部屋の反対側に置かれたソファの肘掛けにもたれ、彼女に駆け寄りたいのをぐっとこらえているかのように、両手を握りしめている。

船の上でふたりのあいだになにがあったのだろうとライダーはいぶかった。

「大いなる悪のことは好きな名で呼べばいい」マイケルが言った。

「それであなたは、〈闇の女王〉というのは彼の跡継ぎだと考えているのね？」アンジェリークが尋ねた。「それは、わたしたちではないと？」

「可能性だ」

「わたしたちかもしれないのよね」イザベルは言い張った。「確信はない、そうでしょう？」

マイケルはしばしためらってから答えた。「そうだ」

「姉さんじゃないことはわかっているのよね。だってバートがそう言ったんだし、姉さんがブラック・ダイヤモンドに手をかざしたら光が消えたんだから。そうすると、残るのはわたしね」イザベルは姉から離れると、身を乗り出してマイケルをまっすぐ見つめた。

イザベルの目から火花が散っているようだとライダーは思った。怒っているらしい。

「わたしが、彼の言う〈闇の女王〉かもしれない。わたしをブラック・ダイヤモンドのところに連れていって、触ったときにどうなるのかを見るまでは、たしかなことはわからない。そういうことね？　だったら、わたしは大丈夫だなんて適当なことを言うのはやめてちょうだい。はっきりそう言えばいいじゃないの。わたしが邪悪な存在で、倒さなきゃならないっていうのなら、いますぐ教えてもらったほうがいいわ」

＊

ダルトンは血がにじみそうなくらい強くこぶしを握りしめていた。

まずい事態だった。イザベルの痛みも怒りも困惑も、彼には手に取るようにわかった。なんとかしてやりたかったけれど、ここにいる人間のなかでイザベルが一番慰めてほしくないのが自分だということも承知していたから、ダルトンは彼女に近づこうとはしなかった。

彼女を安心させてやらなければ。彼女は邪悪な存在なんかじゃないと、ダルトンにはわかっていた。

だがもし彼が論理的に考えていたなら——それができていないことは明らかだった——そう断言することはできないと気づいていたはずだ。

「イザベル、だれもきみを責めてはいない。我々はまだすべての事実をつかんではいないんだ」

「じゃあ事実をつかむためには、どうすればいいの？　ブラック・ダイヤモンドを持ってきて、わたしをテストすればいいんだわ。そうでしょう？」イザベルが食ってかかった。

ダルトンの唇がぴくりと動いた。イザベルが心底怯えていることはわかっていたが、それでも彼女は引きさがろうとはしない。たいしたものだ。

「悪い考えじゃないと思うけれど」マンディが口をはさんだ。

「いや、とんでもない考えだ。いま我々がもっとも避けるべきなのは、アンジェリークとイザベルをブラック・ダイヤモンドの近くに連れていくことだ」

マンディは顔をしかめた。「どうして？　それが目的じゃないの？　ふたりのどちらかがブラック・ダイヤモンドを活性化できるのか、そしてその結果なにが起きるのかを確かめることが？」

マイケルはなにも答えなかったが、マンディの言葉を歓迎していないことは顔を見ればわかった。

「そうじゃない？」マンディはさらに問いつめた。

「きみたちがよかれと思って言っていることはわかっているが、まずは事態の収拾を図ることが先決だ。あわててはいけない。いま望ましくないのは――」

「なにが望ましくないの？」アンジェリークが口をはさんだ。「わたしたちのなかにデーモンがいるかもしれないとほのめかして、死ぬほど怯えさせること？　情報を持ってきたのはわたしたちよ、マイケル。手遅れだわ。もう充分に怯えているから」

「姉さんの言うとおりよ。いまより悪くなる可能性は低いわ。少なくとも、そうすれば答えがわかる。なにもわからないまま、ああだのこうだの言い立てているよりは、事実を知ることのほうがましなんじゃない？」

ダルトンは小さく笑った。彼に目を向けたイザベルの表情は、いくらか和らいだように見える。

許してくれたんだろうか？　ダルトンは彼女の味方だ。彼女を信じている。それが伝わったんだろうか？

彼女にとって悪い結果になってほしくなかった。ダルトンになにができるというわけではないが、祈るのは自由だ。

船の上で彼がしたことは自分の仕事であって、それ以外のなにものでもない。

いや、それは嘘だ。あれは仕事とはとても言えない。イザベルは、彼のなかで長いあいだひっそりと眠りつづけていたものを解き放った。もう一度、それを檻のなかに戻せるのかどうか、ダルトン自身にもわからない。こうしているいまでさえ、彼女のもとに駆け寄り、抱きしめたくてたまらなかった。

そんなことをすればどうなるのかわかっていたから、ダルトンは衝動をこらえた。

「いいじゃないの、マイケル。ブラック・ダイヤモンドをここに持ってきてよ」マンディが言った。「〈光の王国〉の基地のなかなら、あなたがコントロールできる。なにも起きっこないし、デーモンはこのなかにはいれない」

「ここは〈光の王国〉の基地なのか？」ライダーが尋ねた。

「きみたちはまだどこの基地にも行ったことがないのか？」マイケルが訊き返した。

ダルトンはいくつかの基地に行ったことがあったから、だれもが知っているものだとばかり思っていたが、ライダーとトレースは新しいメンバーで、チームに加わってすぐに活動を開始していたから、まだ基地に行く機会がなかったらしい。

「わかりきっているものはべつとして、ほかにはなにがあるんだい？」トレースが立ちあがった。

ダルトンは眉を動かしながら答えた。

「いろいろさ。見たいかい？」

「もちろんだ」ライダーが言った。「秘密兵器をまだ見せてもらっていなかったなんて、信じられないよ」

「すまなかった」マイケルはにやりとすると、指で唇をこすった。「忙しかったもので」

「男ってなんでこうなのかしら。ハイテクのおもちゃの話をはじめると、もう夢中なんだから」マンディが言った。

「そんな話はひとことだってしていないぞ」トレースが応じた。

「これからするんでしょ」マンディは片方の眉を吊りあげてみせてから、アンジェリークとイザベルに向き直った。「いっしょに来る？」

「いいの？」アンジェリークが訊いた。

「もちろんよ。あなたたちにも関係あるんだもの。ここになにがあって、それがどんな働きをするのか、あなたたちも知っておく必要があるわ」

「それはどうかと思うね」マイケルが立ちあがった。

「もうちょっと気楽に行きましょうよ、マイク。あなたって、いつもそんなにもったいぶっているの？ 〈守り手〉はみんな、規則にはうるさいの？ 少し肩の力を抜いたほうがいいわよ。アンジーとイザベルは修羅場をくぐってきたんだから」マンディは肩越しにふたりを見やった。「ねえ？」マイケルに向き直る。「ふたりはすべてを知る権利があると思うわ。もう秘密はなしよ」

ダルトンは笑い出したくなった。マイケルのことは知っている。これまで何度かいっしょに戦ったことがあった。彼は〈守り手〉としての役割に忠実で、きちんと規則に従うタイプの男だったが、これまでだれもそれについて文句を言った人間はいない。

だが彼が、奔放なマンディとこうやって対決するのは初めてだ。彼女は思ったことをそのまま口に出すタイプで、結果がどうなろうと気にしない。まだ一〇代だったころにハンターの仲間に加わってからというもの、ずっと彼らの妹分だった。

とはいえ、いまの彼女は立派な大人だ。一七五センチ近い身長に肉感的なからだ、そして腰まである漆黒の髪。

マンディにとってはいらだたしいことに、兄たちは彼女の一〇〇メートル以内に男を近づけようとはしなかった。普通の人生を送り、普通のデートをする時間が彼女にあったかどうかは、またべつの話だ。

マンディはデートをしたことがあるのだろうか？ ダルトンにはわからなかった。

そもそも、彼女を子供扱いするのはいいかげんやめるべきだろう。二三歳の大人の女性なのだから。

生意気で、大胆で、自分の足で立つことのできる女性。

〈守り手〉に反論することを恐れない女性。

「どうなの？」

マンディは腰に手を当てて、マイケルをまっすぐ見つめた。彼のほうが三〇センチ近くも背が高いにもかかわらず、マンディは少しもひるんでいない。

「なにがどうなんだ？」

マイケルはいらだっているようだ。彼は常に冷静で感情をあらわにすることはないが、いまは腹を立てているように見えた。

「わたしたちを秘密の場所に案内してくれるつもりがあるの？　それともレーザー銃でドアをぶち破らなきゃならないのかしら？」

マイケルは目をすがめた。「ルイスからきみのことは忠告されていた」

「それにもかかわらず、あなたはわたしを仲間に入れたんだわ。あなたのミスね。さあ、マイク。早くしてよ」

「マイケルだ」

「あらそう、わたしはマンディよ。自己紹介は終わったと思ったけれど。わたしを怒らせたくはないでしょう？　マイク」

「きみもぼくを怒らせないほうがいい、マンディ。ダルトンやほかの〈光の王国〉のメンバーたちは、幼いころから知っているきみを子供のように甘やかしているから、彼らのなかでなら、きみはなんでも思い通りにできるかもしれない。だがぼくを同じようには考えないほうがいい」

緊張感が走った。だがなにかそれ以上のものがあるとダルトンは感じていた。力。この世のものではない力が、部屋じゅうに満ちているようだった。

邪悪なものではないが、警告していることは確かだ。

マイケルに視線を移すと、彼はまだじっとマンディを見つめていた。

なるほど。マイケルはかなり骨っぽい男のようだ。普通、〈守り手〉の力はだれにも感じられないものだが、いまダルトンは感じていた。この部屋にいる全員が感じている。

もちろんマンディも感じていたが、肩の上で幾筋かの髪がなびきはじめても、彼女は少しもたじろがなかった。

「たいしたものね。さあ、行きましょうか?」

けれどその声は一オクターブほど調子がさがっていて、さっきまでの強がりはどこかに消えていた。とはいえ、ひるまなかった彼女はたいしたものだ。ダルトンは〈守り手〉を怒らせようと思ったことはない。

マンディは恐れを知らない。

「いいだろう」

マンディはうなずくと彼に背を向け、アンジェリークたちのほうへと歩き出した。ダルトンの脇を通り過ぎるとき、彼に向かってウィンクをした。

おもしろいことになりそうだとダルトンは思った。

今日は興味深いできごとばかりだ。だが、一日はまだはじまったばかりだとダルトンは気づいた。

18

マンディのうしろを歩くアンジェリークは、たったいま書斎で見たものにまだ動揺していた。

マイケルは恐ろしいほどの力を持っている。いままで、彼と彼の力を過小評価していたことをアンジェリークは思い知らされていた。彼がマンディに向かって放った力を、アンジェリークは確かに感じた。

だがあれでもほんの一部にすぎないのだろうと彼女は思った。〈光の王国〉については、まだまだ学ぶことがある。

アンジェリークが感じたのはマイケルの力だけではなかった。彼女の背後にいるライダーの存在もひしひしと感じていた。彼が自分を見つめていることもわかっていたが、振り返って話しかけることができずにいた。

なにを言えばいいというの？　**あなたはわたしを傷つけたのよ。なにか言うことはある？**

意味のないことだ。なにもかも忘れて、前に進むのが一番いい。考えることはほかに山ほどあるのだ。

たとえば〈闇の女王〉のこと。イザベルのこと。

マイケルは玄関ホールを抜け、左手に延びる豪華な羽目板張りの廊下を進んでいく。壁に取りつけられた燭台が柔らかな光を投げかけていた。ここはまるで迷路だ。左に曲がり、しばらくまっすぐ進み、今度は右に曲がって直進する。

地図か全地球測位システム《GPS》がなければ、わたしは完全に迷子になるとアンジェリークは思った。やがて一行の前に階段が現われて、マイケルはそこをおりはじめた。

なにもかもが古い城そのままだった。現代的なものはひとつもない。灰色の古びた石のらせん階段には手すりもなくて、右側に岩の壁があるだけだった。

「気をつけて。ここは暗い」マイケルが呼びかけた。

しばらく前から一行は真っ暗闇のなかを進んでいたから、忠告するにはいささか遅すぎた。アンジェリークはライダーが横に立ち、彼女の腰に手を添えて、ベルトのあたりを支えるのを感じた。ライダーはなにも言おうとはしなかったし、彼女もまた無言のまま階段をおりつづけた。まったくなにも見えなかったから、ライダーが手を貸してくれることがありがたかった。

「おれは暗闇でも見えるゴーグルをつけているんだ」ライダーがようやく口を開いた。「きみは手助けがいるかと思った」

「ありがとう」

ライダーがかたわらにいることが心地よかった。でも、そう感じる自分がいやだったし、彼に触れられて反応してしまう自分のからだがいやだった。どうしてなにも感じずにいられないの？

「もうすぐ下に着く」ライダーが顔のすぐ脇でささやいた。彼の温かい息が、アンジェリークの髪をくすぐった。

アンジェリークはうっとりしかけ、自分の意志の弱さがますますいやになった。

男の人のせいで弱腰になったことなんてあったかしら？　何年も男と肩を並べて働いてきたけれど、動揺したことなんて一度もなかったのに。

けれど答えはわかっていた。相手が男だからというわけじゃない――ライダーだからだ。どうして彼は軽く触れるだけでわたしの心を波立たせ、言葉で骨抜きにできるの？

「いったいどこに行くの？」うしろからイザベルの声がした。「地下牢？」

アンジェリークも同じことを考えていた。あたりは寒くて暗くてじっとりと湿っていたが、とりあえず階段をおり切ったようだ。

「たしかに遠かったな。すまない」マイケルが答えた。

少なくとも明かりはあったから、様子はわかった。一同が立っているのは、普通よりも幅が広い金属製の厚いドアの前だった。右側の台の上には平たいパッドが置かれていて、コンピューターのモニターのように見えたが、点滅する赤いライトが縁を囲んでいた。マイケルが右の手のひらを乗せると、その機械はスキャンをはじめた。

重たげな音が何度か響き、ドアは内側に開いた。古い石の階段から一歩はいったそこは、ハイテクの実験室を思わせる現代風の部屋で、その明るさにアンジェリークは目をしばたいた。

「地下牢兼フォートノックスの金塊貯蔵庫というわけね」イザベルが背後でつぶやいた。

「そうみたいね」

「警備は重要だ」マイケルはドアの脇に立ち、なかにはいるようにと一行を促した。「ここは、〈光の王国〉の拠点のひとつだ。武器を開発し、研究を行い、現場で働くハンターたちのためにできることをしている」

天井の蛍光灯が、部屋をまばゆいほどに照らしている。サッカー場くらいの広さがある洞窟のような部屋だ。なかには大勢の人間がいた。

あちらこちらに大きなテーブルと机が置かれていて、なにやら専門的なことが進行中らしかった。あらゆる種類の武器と弾薬がテーブルの上や鍵のかかったキャビネットに並び、泡のたつ液体がはいったビーカーは実験室さながらだ。部屋の奥にあるびっしりと本が詰まった一〇メートルほどの高さの本棚は小さな図書館を思わせたし、Uの字形の机に置かれたコンピューターの前では一〇人ほどの人々がすさまじい勢いでキーを叩いていた。

一行が通りかかると、彼らは顔をあげて微笑みかけ、またすぐに作業に戻った。

画面をのぞいてみても、アンジェリークにはSF映画の一場面のようにしか見えなかった。部屋中でなにか興味深いことが行われているようだったが、どれも彼女の理解の範疇を超えていた。

「ここではだれが働いているの?」イザベルが尋ねた。

「科学者、武器の専門家、元軍関係者、宗教の研究者。ほかにもいろいろだ。全員が〈光の王国〉のために働いている」マイケルが説明した。

「ここのような施設はいくつくらいあるんだ?」ライダーは武器の置かれているテーブルを眺めながら訊いた。

「世界中でだいたい……二〇というところだ」

「その資金はどこから?」これほどの人員を抱え、研究を行うための施設がどれだけの経費を必要とするものか、アンジェリークには見当もつかなかった。戦いのさなかに見た革新的な武器を開発するにしろ、世界中にデーモンハンターを送りこむにしろ、その費用は莫大なものになるはずだ。

「〈光の王国〉の資金は潤沢だ。経費が問題になったことは一度もない」

ずいぶん漠然とした答えだとは思ったが、どこからお金が出ているのかは知る必要がないということなのだろう。

「大丈夫だ、アンジェリーク。ぼくたちの資産は合法的なものだ」マイケルが請け合った。

「違法だなんて思っていないわ」どこかに大金持ちがいるのだろう。二〇ものこういった施設を維持するには、何百万ドル、あるいは何十億ドルもの資金が必要だ。

「それで、ここの防犯設備はどうなっているの? デーモンはここを攻撃できないようになっているの?」アンジェリークが尋ねたのは、イザベルのことが心配だったからだ。

「ああ。ここは神聖な場所なんだ。この城のなかには古い教会の廃墟があるし、この施設の地下には聖なる品々が保管されていて、デーモンの攻撃からぼくらを守ってくれている。デーモンが、聖なる地に足を踏み入れることはできない。それに、ここの防御態勢は厳重だ」

「デーモンがなにもないところから実体化するのを見たのよ、マイケル」アンジェリークが言った。「地中深くのトンネルだろうと、分厚い壁だろうと、デーモンは問題にしないと思うわ」

マイケルは微笑んだ。「そのとおりだ。だがこの場所の神聖さが、やつらを阻む。呪われたやつらは神聖な場所にははいれない」

アンジェリークもそうだろうと考えていた。だからこそ、ブラック・ダイヤモンドをあそこに隠せば安全だと思ったのだ。

「つまり、ブラック・ダイヤモンドをアンジェリークとイザベルに近づけても、ここなら安全だということね」マンディの顔には、だから言ったでしょうと言わんばかりの満足げな笑みが浮かんでいた。

「きみにはブラック・ダイヤモンドが持つ力がわかっていない」

「あなたには、その力がコントロールできないとでも？」マンディは挑むように言った。

「正直言って、確信はない」

「どうして最初からそう言わなかったの？」

「〈光の王国〉の一員ではない人間を怖がらせたくなかった」だれのことを言っているかは

明らかだ。

その言葉にマンディは黙りこんだ。なにも言わずに背を向けると、テーブルのほうへと歩いていき、武器の専門家たちと言葉を交わしはじめた。

「わたしたちがブラック・ダイヤモンドに触るとなにが起きるのか、あなたにもわからないということ？」イザベルが尋ねた。

「そうだ。なにも起きないことを願ってはいるんだが」

「オーストラリアのときのわたしのように」アンジェリークが言った。

マイケルはうなずいた。

「わたしにも同じ可能性があるということね。触っても……なにも起きない」

イザベルの顔に浮かんだ希望の表情に、アンジェリークの胸は締めつけられた。そうなってほしかった。ブラック・ダイヤモンドとイザベルのあいだに、なんの関係もないことを願った。

けれどそうはならないと、第六感だか虫の知らせだかがアンジェリークの心のなかでささやいていた。とはいえ、イザベルとブラック・ダイヤモンドが接触するのがこの施設のなかだと思うと、いくらか気持ちは楽になった。

少なくとも、なにが起きるのかははっきりする。

「いまから取りに行くの？」マンディはうずうずしているようにからだを揺すっていた。

「きみは忍耐ということを学んだほうがいい」マイケルが言った。

「学ぼうとしているわよ。ただ、その文字はわたしの辞書にはないみたいなの。それで、いつ出発するの？」

マイケルは天を仰いだ。「明日の朝だ」アンジェリークに尋ねる。「どこにある？」

アンジェリークは首を振った。「場所は教えない。いっしょに行くわ」

「それはだめだ。きみはここに残るんだ」

「でもブラック・ダイヤモンドを預けている人は、わたし以外の人間には渡さない。それは間違いないわ。わたしを連れていくほかはないの」

マイケルはうなずいた。「わかった。いっしょに行こう」

「わたしも行く」イザベルが口をはさんだ。

「それは絶対にだめだ。きみが行く必要はないし、なにより危険だ」

「ひとりで残るつもりはないから」

「きみはひとりじゃない、イザベル。なにも怖がることはない。ここには何百人という〈光の王国〉のメンバーがいて、きみを守ってくれる」

「そういうことじゃないの。わたしは姉さんといっしょにいたい。二度と離れ離れになりたくないのよ。たとえほんの数時間でも」

アンジェリークは、どうすればいいだろうと考えた。

「いい考えがあるわ。ブラック・ダイヤモンドがあるのも神聖な場所なの。そこで実験はできないかしら？　そこにもデーモンははいれないんだから、安全なはずよ」

「それはどこなんだ？　アンジェリーク」

「エトナ火山のふもと近くにある小さな教会」

「それほど遠くないな」ダルトンが言った。「いいかもしれない」

「そこに置いたままにしておいたらどうなんだ？」ライダーが尋ねた。「そこが安全なら、どうしてそのままにしておかない？」

「〈闇の息子たち〉が、いずれブラック・ダイヤモンドを見つけるからだ。あるいはそのために、アンジェリークとイザベルを利用するかもしれないし、デーモンではない者を使うかもしれない。どういう方法を取るにせよ、いずれやつらは手に入れるだろう」マイケルが答えた。「ぼくたちの手元に置く必要がある。その力を確かめて、それから破壊するんだ。〈闇の息子たち〉に使わせないようにするには、それが唯一確実な方法だ。イザベルとアンジェリークを守るためのたったひとつの方法なんだ」

　ブラック・ダイヤモンドを破壊するというのは、とてもいい考えのようにアンジェリークには思えた。永遠になくなってしまえば、どれほど安心できるだろう。

「それじゃあ、みんなを案内するわ」彼女は言った。

「ここに持って帰ってきて、より安全な場所で実験をしたほうがいいんじゃないだろうか。アンジェリークにしろイザベルにしろ、ここから連れ出すのは気が進まない」ライダーだった。

　アンジェリークは振り返って彼を見た。「どうして？」

「おれには〈闇の息子たち〉がわかるからだ。やつらは待っている。きみとイザベル、そしてブラック・ダイヤモンドを欲しがっている。きみたちふたりをここに残して、おれたちだけでダイヤモンドを取りに行き、ここで実験をするほうが簡単だ」

アンジェリークは業を煮やしたように答えた。

「ダイヤモンドを預かってもらっている人は、わたし以外の人には渡さないってさっきも言ったでしょう?」

「説得するさ」

「無理強いはできないわ、ライダー。わたしじゃなきゃだめなの」ライダーが彼女とイザベルを守ろうとしていることはわかっていたが、ことを複雑にするだけだ。なにをすべきなのか、アンジェリークにはよくわかっていた。

「ライダーの言うとおりだ。イザベルをいっしょに連れていくような危険は冒せない」マイケルが言った。「アンジェリークだけでも危険なのに」

イザベルに向き直って言葉を継いだ。「すまない。きみにとってつらいことだとはわかっているが、きみにはここに残ってもらわなければならない。いっしょに連れていくのは、危険すぎる」

イザベルの顔に浮かんだ恐怖と苦悶の表情にアンジェリークの胸は痛んだが、この件に関してはマイケルの言うとおりだと思えた。イザベルはここに残るべきだ。イザベルの手を握って言った。

「そんなに遠いところじゃないの。それほど時間はかからないわ。すぐに戻ってくるから」

イザベルはうなずいた。「姉さんがそう言うなら、ここに残るわ」

一行は研究施設を出て、再び階段をあがった。翌日の打ち合わせをしながら夕食を終えると、書斎へと移動した。

「明日は朝早く出発する」マイケルはそう告げると、翌日の準備をするために出ていった。マンディとダルトンとトレースも、武器の確認をしてくるといって姿を消し、あとにはアンジェリークとイザベルとライダーの三人が残された。

三人はしばらく無言で座っていた。それぞれの胸のなかで、いろいろなことが渦巻いているのはわかっていた。ライダーがなにを考えているのか、アンジェリークは頭を悩ませる必要もなかった――すでにわかっていることだ。

「わたしはオーストラリアの洞窟から、ブラック・ダイヤモンドを持ってくるべきじゃなかった。そうすれば、こんなことにはならなかった」

ライダーは彼女を見た。「なんだって？」

「あなたが考えていることはわかっているから」

「明日はレーザー銃を二丁持っていこうとか、新しいデーモンに遭遇したときのために、武器班が銀の武器を用意してくれているだろうかと考えていた。それから、ハンターがほかにもいれば、明日出かけたときにきみの身はもっと安全なのにとも思っていた。おれが考えていたのは、そういうことだ」

「すんだことは仕方がない、アンジー。時間をさかのぼって、やり直すことはできないんだ。前に進むしかない。オーストラリアのことを思い出して、自分を責めるのはやめるんだ。きみがブラック・ダイヤモンドを持ち出した理由はわかっている。あの場に置かれれば、おれでも同じことをしたかもしれない」

「ありがとう」アンジェリークは、彼に関しては最悪のことばかり考えてしまう自分をうしろめたく感じながら、自分の手を見つめていた。

「疲れたから、もう寝るわね」イザベルが立ちあがった。

「いっしょに行ってほしい？」

イザベルは首を振った。

「ううん。ひとりになりたいの。でも明日の朝は早く起きて、姉さんを見送るわ」

「わかった。おやすみなさい、イジー」

イザベルは部屋を出ていった。自分もそうしようとアンジェリークは思った。ライダーとふたりでここに残る理由はない。立ちあがった。

「いてくれ」

短い彼の言葉に、アンジェリークは興味をそそられると同時にいらだちを覚えた。

「どうして？」

「話がしたい」

ライダーは暖炉のそばに置かれた読書用の椅子に座っていた。アンジェリークは彼の向かいにあるソファに腰をおろした。

「さっききみの部屋で、おれはなにかきみを怒らせるようなことを言ったらしい。なにがいけなかったのか教えてくれないか」

アンジェリークには、この話をする心の準備はできていなかった。そもそも、話をしてなににになるの？　どう言おうと、ライダーに彼女を受け入れてもらうことはできない。けれどアンジェリークは言いたいことを胸にしまいこんでおくようなタイプではなかった。

「あなたの言葉にわたしは傷ついたの。でも、あなたのせいじゃないのよ」

ライダーは顔をしかめた。「よくわからない。もう少し説明してもらえるだろうか？」

「そうね、説明するのは難しい。デーモンの血が流れていることがわかっても、あなたにわたしを求めてもらいたかったんだと思うわ。わたしがなんであっても、あなたに受け入れてほしかったのに、あなたはそうしてくれなかった。でもその理由は理解できるから、だからもういいの」

ライダーは無言のまま、長いあいだただ彼女を見つめていた。あまりに彼が見つめるので、アンジェリークは気まずくなって身じろぎした。

「おれがきみを求めていないと思ったのか」

「そうよ」**そうじゃない、あなたがわたしを愛していないと思ったの。**ああ、どうしてわたしたちはこんな話をしているの？　そんなこと、言えやしないのに。

ライダーは立ちあがってソファに近づくと、彼女の前にひざまずいた。

「それだけじゃないだろう？」

アンジェリークはつかの間息を止めてから、吐き出した。「ええ」

「言ってくれ」

「あなたはディレクとニックの話をしたわ。ふたりが人間の女性に愛されて……」

「なるほど。それなのにおれは、きみのことを気にかけていると言わなかった」

アンジェリークの頬が緩んだ。「察しがいいのね」

「いや、そうとは言えない。おれはばかだ。すまなかった。ふたりは愛する人を見つけられたがきみは無理だ、というように聞こえたかもしれない。そんなつもりじゃなかったんだ、アンジー」

「わかっているわ。わたしがもっとよく考えなきゃいけなかったのよ。ただ――」

「もうなにも言わないでいい。おれがいけなかったんだ」ライダーは彼女の手を取った。「正直に言おう。おれはきみを大切に思っている。すごく。だがおれは、だれのことも愛せない。愛するのが怖くてたまらないんだ。愛のせいで母はつらい思いをした。だから、おれは愛には近寄らないようにしてきた。これまでずっと」

告白にほかならなかった。気づいているにせよ、いないにせよ、彼はいま思いのたけを語ったのだ。アンジェリークの胸は高鳴った。

「あなたとお父さんは違うわ、ライダー」彼の顔にかかった髪をうしろに払った。「あなたがどう思っているかは知らないけれど、あなたにはお父さんに似ているところなんてひとつもない。お父さんはいまのあなたみたいに、女の人に心の内を打ち明けたことがあった？」

ライダーはうっすらと笑った。「いや、ない」

「感情をあらわにすると、人は傷つきやすくなる。あなたのお父さんが——少なくとも、あなたから聞くかぎりでは——そんなことをしたとは思えないわ。あなたは、お父さんよりもずっとお母さんに似ているんだと思う」

「かもしれない」ライダーは肩をすくめた。「母は正直で隠し事のできない人だった。父はそれをいいことに、母を傷つけた」

「感情を正直に表わす人がみんな傷つくわけじゃない。ごく普通の人生を生きたいのなら、幸せをつかみたいと思うのなら、どこかで人を信じることを学ばなきゃいけないのよ。大切なのは、だれを信じるかということだわ」

「きみを信じてもいいんだろうか？　アンジー」

低い声でささやかれた言葉と膝から太ももへと移動をはじめた彼の両手に、アンジェリークの下腹部が震えた。熱いものが胸までせりあがってきて、硬くなった乳首が薄いタンクトップの生地を押しあげた。彼の指にとって、ショートパンツはなんの障害にもならなかった。早くもとろけそうになっている彼女の中心部へとじりじりと迫ってくる。

「ええ」声にならなかった。「信じてちょうだい。わたしはあなたを信じてもいい？」

「おれを信じるなんてどうかしている」ライダーはいたずらっぽく笑った。「おれがいまからなにをしようとしているか、きみにわかるかい？」

アンジェリークの心臓が高鳴りはじめた。

「わたしは霊能者じゃないけれど、だいたいわかるわ。でもライダー、ドアが開けっ放しよ。だれかがはいってくるかもしれない」

「かまわないさ。おれはきみが欲しいんだ。いまここで」

ライダーは彼女の脚を開かせると、そのあいだにからだをすべりこませた。アンジェリークが反論する暇もないくらいだったが、どちらにしろ彼女も抵抗する気はなかった。ライダーは彼女をソファに押し倒してその上に覆いかぶさり、唇を重ねた。アンジェリークは彼の激しさにうめきながら、口を開いて彼の舌を招き入れた。

熱く、激しく、アンジェリークは彼の口をむさぼり、すすり泣くような声をあげた。ここがどこであろうと、だれがはいってこようともうどうでもいいと思えるほど欲望の炎が激しく燃え盛っている。アンジェリークは、ライダーが唇でかける魔法に理性をすっかり奪われて、彼の髪に指をからめてすがりついた。彼の舌がベルベットのようにアンジェリークの口のなかをまさぐり、どれほど彼女を求めているかを教えている。アンジェリークも腰を浮かせてそれに応えた。からだの奥がうずき、欲望の炎に焼きつくされてしまいそうだ。

ライダーは唇を離すと、顔が見えるくらいの距離を取った。彼女を見おろす目尻にしわが寄っている。アンジェリークのショートパンツのウェスト部分に手を伸ばして、乱暴に引きおろした。

ああ。彼は本当にここでするつもりなんだわ。ドアを開け放したままの書斎で。アンジェリークの体内を興奮が駆けめぐった。下唇を噛んで腰を浮かせると、ライダーは彼女の顔を見つめたまま、ショートパンツを脱がせた。

「早く」だれかがはいってくるかもしれないと思ったからなのか、ただ早く彼が欲しかっただけなのか、自分でも定かではないままアンジェリークはささやいた。

ライダーはズボンのファスナーをおろすと腰の下までずらし、アンジェリークをソファの端に移動させた。ぐっと腰を突きあげて、自らを彼女に埋めこむ。内側から満たされるその感覚に、アンジェリークは一瞬我を忘れた。

からだの奥が脈打ち、快感が爆発した。ライダーがそのまま動きを止めると、全身の神経がどくどくと拍動するのが感じられた。

息が止まりそうだった。彼女を見おろすライダーの黒い瞳が強く心を揺さぶった。その目が雄弁に訴えかけている。ライダーはアンジェリークの乳房の下に手を添えると、タンクトップの上から硬くなった乳首を親指ではじいた。快感が爪先まで走り抜け、アンジェリークは全身を震わせた。

それからライダーは彼女をいたぶろうとするかのような、ゆっくりしたリズムで動きはじめた。

アンジェリークは恥ずかしさも忘れて、腰を彼にこすりつけた。それ以外のことが考えられない。もう我慢できなかった。

「お願い」

ライダーは満足そうににやりと笑った。その目つきがたまらない。そんなふうに見られるだけで、からだの奥がぞくぞくした。ああ、この人はなんて熱い。ライダーは両手でアンジェリークのお尻を持ちあげて自分のほうに引き寄せると、彼女のなかで動きはじめた。そうよ、こうしてほしかったの。彼が与えてくれる快感にアンジェリークはからだを震わせた。スイートスポットを刺激された彼女がぴくぴくと痙攣をはじめると、ライダーはさらに頬を緩めた。

「さあ、来い」

アンジェリークは彼の肩をつかみ、声が出ないように奥歯をぐっと嚙みしめた。全身をこわばらせ、がくがくと震えながら絶頂に達する。ライダーがお尻の柔らかな肉に指を食いこませて彼女をしっかりとつなぎとめているうちに、荒々しいオーガズムの波がふたりをさらっていった。アンジェリークは息も絶え絶えだった。

ライダーは彼女にぐったりと――少なくとも上半身は――覆いかぶさった。アンジェリークは汗に濡れた彼の髪を指で梳きながら微笑んだ。

ああ。強烈だったわ。すごかった。

自分たちの格好に気づいたのはそのときだった。

「ライダー、服を着ないと」

ライダーはからだを起こして、彼女に微笑みかけた。「おれは着ているぞ」

アンジェリークは目をぐるりと回し、ライダーを押しのけようとした。ライダーがからだを離すと、アンジェリークはあわてて飛び起き、戸口に目を向けたままショートパンツをつかんで急いで身につけた。

「大丈夫だ、アンジー。だれも来ない」

「運がよかったわ」アンジェリークは髪を撫でつけながら言った。

「きみは危険が好きらしい」

アンジェリークは笑顔で応じた。「そのとおりね。好きだわ」

ライダーは彼女をつかんで引き寄せると、長々とキスをした。アンジェリークはまたとろけそうになって、彼が顔を離したときにはからだを震わせていた。

「部屋に戻って、眠ろう」彼が言った。

アンジェリークはうなずき、彼のあとについて階段をのぼった。そのあいだずっと彼が手を握ってくれていたのが、うれしかった。

訊きたいことがあったけれど訊けなかった。胸が痛むくらい訊きたくてたまらなかったけれど、それでも彼女は訊こうとはしなかった。

アンジェリークの部屋の前までやってくると、ライダーはノブを回してドアを開けた。

なにか言おうとして振り返った彼女を部屋のなかに押しこみ、ライダーもそのあとについてはいると、靴のかかとでドアを蹴って閉めた。

うれしさに、アンジェリークの心臓が飛び跳ねた。「なにをしているの？」

「きみといっしょに寝るんだ。なにか問題でも?」ライダーはシャツを脱いだ。

タンクトップの裾をつかんで脱ぎながら、アンジェリークはライダーに完全に心を奪われたことを知った。

愚かなことだとわかっていたけれど、どうしようもない。

「いいえ。なんの問題もないわ」アンジェリークはショートパンツを床に脱ぎ捨てると、ベッドに寝転んで、彼に向かって両手を広げた。

ライダーは全身をとろかせるような危険な笑みを浮かべ、誘いに応じた。

恋に落ちるには最悪のときだとわかっていた。それも、彼女を愛することはできないと断言した男が相手だ。

それでもかまわなかった。なにがあろうとライダーを愛している。

運命が許すかぎり。

19

「ブラック・ダイヤモンドを取って戻ってくるまで、半日もかからないはずだ」ダルトンはイザベルに言った。

彼女はうなずいた。「わたしは大丈夫」

「きみがチャペルで待っていられるように手配をしておいた」マイケルが言った。「そこなら安全だ。この城で一番神聖な場所だ」

「あなたが一番いいと思うようにして」

アンジェリークはイザベルが心配になった。ずいぶん顔色が悪い。彼女の隣にしゃがみこんだ。「大丈夫？」

「平気。疲れたのと、ちょっと怖じ気づいただけ。なにもかも終わってほしいわ。早くブラック・ダイヤモンドを取ってきてちょうだい。そうすればマイケルがわたしに試せるもの。わたしが恐ろしいデーモンかそうじゃないかがわかったら、気分もよくなると思うわ」

アンジェリークはため息をついて、イザベルの手を握った。

「わたしのほうがずっと怖じ気づいているわよ」

イザベルは鼻で笑った。「いいから、早く行って」

「ダルトン、イザベルをチャペルに連れていってくれ」マイケルが言った。「こっちは車に荷物を積んでおく」

ダルトンはうなずいた。イザベルは顔をしかめたものの、アンジェリークの手をほどいて立ちあがった。

「すぐに戻ってくるから」アンジェリークは声をかけたが、イザベルはすでに部屋を出ていったあとだった。

アンジェリークは、胸の奥に重石を入れられたような気がした。気に入らない感覚だった。

*

ダルトンはイザベルと並んで歩きながら、なにか彼女の気持ちを軽くできるような言葉があればいいのにと考えていた。

「きみに嘘をつくつもりはない」

「そうなの？　いまさらどうして？　嘘ならもうたっぷりついたのに」

ダルトンは廊下の真ん中で足を止め、イザベルの手首をつかんだ。ふたりのあいだにまだ電流のようなものが走ることを、これまで以上に意識した。

「すまなかった。だがおれは、するべきことをしたんだ」

イザベルは手を振りほどくと、彼が握っていた手首のあたりをこすった。

「セックスもその一部だったわけね」

「きみを抱いたことを謝るつもりはない。おれたちは互いに惹かれ合っていると思った。だがそれと、おれの任務とは無関係だ。きみを抱いたのは、そうしたかったからだ」

「あなたの正体を知っていたら、あんなことにはならなかったわ。あなたはわたしを利用した。わたしに近づいて信用させるために、わたしを抱いた。あなたはただ日記を手に入れたかっただけなのよ」

彼女が味わっている痛みが、ダルトンをも苛んだ。「確かにおれはあの日記を手に入れたかった。だがそのためにきみを抱く必要はなかった。おれはきみが欲しかっただけだ」

「でもそのおかげで、ことが簡単になったんじゃない？」

「いや、逆に難しくなった」

イザベルは長いあいだダルトンを見つめていた。彼女がためらっているのが伝わってきた。なにか言いたいことがあるようだ。だが結局イザベルは背を向けて歩き出した。

「言い訳は聞きたくないわ、ダルトン。あなたと〈光の王国〉は望むものを手に入れた。わたしはあなたたちの実験台よ。さっさとわたしをチャペルに連れていって、ブラック・ダイヤモンドを取ってきてちょうだい」

ダルトンはため息をつくと、再び歩き出した。

チャペルまでやってくると、ダルトンは厚い木のドアを押し開け、イザベルを連れてなかにはいった。

こんなイザベルは見たくなかった。彼女にこれほど惨めな思いをさせたのは自分だとわかっていたから、なおさらだった。

イザベルは古い木の座席のひとつに腰をおろし、ダルトンと視線が合うのを避けるかのように、顔を祭壇に向けた。

「なにか必要なものがあったら、入り口の外に〈光の王国〉の警備員がいるから頼むといい。おれたちが帰ってくるまで、チャペルを出るんじゃない。きみの安全のためだ」

「わかった」

ダルトンは彼女を抱きしめて、もう一度キスをしたかった。初めて会ったときの彼女は、微笑みと活気と生命力にあふれていた。矛盾に満ちていたが、人を引きつけてやまなかった。もっと彼女のことが知りたくなったし、時間をかけて彼女と向き合いたいと思った。

いまの彼女は抜け殻だ。

以前のイザベルを取り戻してやりたかった。たとえそのために彼女を手放すことになったとしても、もう一度彼女を幸せにしてやりたい。ブラック・ダイヤモンドを使ったテストがその手助けになることを願った。

ダルトンはチャペルを出るとドアを閉め、所定の位置に立つ警備の男に向かってうなずいた。

長い廊下を城に向かって戻りながら、ダルトンは自分も空っぽになったように感じていた。イザベルもきっとこんな気持ちなのだろう。

できることなら、べつのところで彼女と会いたかった。けれど、運命は神によって定められたもので、だれにも変えられないことを、ほかのだれよりもダルトンは知っていた。

＊

「ふたりを感じる」テイスは満足げな笑みを浮かべた。目覚めようとしているブラック・ダイヤモンドの力を感じると同時に、ふたりのなかの弱さが伝わってきた。「弟たちよ、行動するときが来た。やつらは無防備だ」

「我らのデーモンたちは配置についている」アーロンが言った。「すぐに攻撃できる」

テイスは片手をあげた。「落ち着くのだ。あわてて動かないように指示をしろ」

アーロンは顔をしかめた。「いまなら捕まえられるではないか」

テイスは首を振った。「まだだ。ひとりは我らのもとに来るだろう。我々はただ待てばいい。もうひとりを手に入れるためには戦わなければならないが、時機が来るまで待つのだ。急ぎすぎると、目的のものを失うことになる。それは避けたい」

すべてを手に入れるときが、すぐそこまで来ている。すべてを。

〈光の王国〉は大切に守ってきたものを失うのだ。

そして〈闇の息子たち〉の支配がはじまる。

その古い教会に近づくにつれ、アンジェリークは心が穏やかになっていくのを感じていた。だからこそ、ブラック・ダイヤモンドを隠すのに最適な場所だと思ったのだ。そうするのが正しいという気がしたし、ヴィンタルディ神父をひと目見て信頼できる人だと直感した。

神父は若くはなかったが――少なくとも七〇歳は超えているはずだ――丈夫で健康そうに見えたし、充分に教会を守っていけそうだった。内面からあふれる生き生きした活力が、神父を若く見せていた。それとも若く見えるのは、愛嬌のある笑顔のせいだったかもしれない。

神父は入り口でアンジェリークを迎えると、教会のなかへと案内した。そこにいるあいだアンジェリークはずっと平穏な安らぎに満たされていて、ここなら安全だと思えた。彼女だけでなくブラック・ダイヤモンドも。

アンジェリークはトラブルに巻きこまれていることを神父に打ち明けた。闇の力がこの石を――どこにでもあるただの石にしか見えなかった――捜しているのだと説明すると、彼女は頭がどうかしていると神父が考えているのがわかった。それでも神父は、彼女が戻ってくるまで石を教会のなかに隠しておくこと、彼女以外のだれにも渡さないことを約束してくれた。

アンジェリークは神父を信じた。

＊

「赤の他人にブラック・ダイヤモンドを渡したなんて、信じられない」ライダーは門の前に車を止めてぼやいた。

そこはとても小さな町で、道路は舗装されていなかった。ふたりが車を降りると、熱い風が吹き抜けて、足元に土ぼこりを巻きあげた。

「わたしは直感に従ったの、ライダー」アンジェリークは説明した。「だれかを信じなきゃならないときがあるのよ」

ライダーはあきれたように彼女を見ながら、古びた鉄製の門を押し開けた。錆びてきしんだ音がした。

美しい正面玄関《ファサード》と、この小さな町で一番高い建築物である石造りの尖塔を持つ教会は、堂々とした趣を漂わせていた。町とその住人を見おろす——守っているかのようにも見えた——丘の上に建ち、その背後には巨大なエトナ火山がそびえ立っている。その場に足を止めて、教会をほれぼれと眺めていたアンジェリークは、度重なる噴火と溶岩に襲われながらも、この建物が時の試練に耐えてきたという事実に圧倒された。

ふたりが教会の入り口に立つのとほぼ同時に、両開きの扉が開いた。ヴィンタルディ神父の笑顔がアンジェリークを出迎えた。

「ミス・デヴロー。またお会いできてうれしいですよ」

「おはようございます《ブオナ・マッティーナ》、神父《パードレ》さま、お元気ですか《コメ・シエーテ》？」

「元気ですよ《ベニッシモ》、とてもね」神父は両手でふたりを招くような仕草をした。「さあ、おはいりなさい。どうぞ《ペル・ファヴォーレ》」

「ありがとうございます《グラーツィエ》、神父さま《パードレ》」ひんやりした教会のなかにはいったところで、アンジェリークが一行を紹介した。「こちらはわたしの友人です。マイケル、ライダー、ダルトン、マンディ、そしてトレース」

「フォナ・マッティーナ。アンジェリークの友人ならどなたでも大歓迎ですよ。さあ、どうぞ私のオフィスへいらしてください。コーヒーをいれますよ」

マイケルは咳払いをした。

「グラーツィエ、パードレ。残念ですが、ゆっくりしている時間がないのです」

ヴィンタルディ神父の顔が曇った。

「それは残念です」そう言ったあとで、心からの笑みを再び浮かべる。「来訪者はめったにないものですから」

アンジェリークの胸が痛んだ。

「申し訳ありません。ゆっくりできればよかったんですけれど。お預けしてあった石を受け取りに来たんです」

「ああ、そうでしたね」神父はうなずいた。「ちゃんと保管してありますよ」

「だれも探しに来ませんでしたか？」

神父はいぶかしげな視線をアンジェリークに向けた。

「もちろんだれも来ませんでしたよ。あなたがあの石を持ってきて、そしていままた取りに来ただけです。この町の教区民以外に、訪れる人はほとんどいないのです。さあ、こちらへ」

アンジェリークが、わたしが言ったとおりでしょうというように微笑みかけると、ライダーは肩をすくめて彼女のあとを追った。

ヴィンタルディ神父は一行を先導して、身廊を祭壇へと進んでいった。アンジェリークは片膝をついて十字を切ってからひび割れた大理石の階段をのぼり、左方向へと進んだ。

「祭壇の下の秘密の部屋に隠しておいたのです」神父はささやくように言った。「私のオフィスからはいることができます。ちょっと待っていてください《ウン・モメント、ペル・ファヴォーレ》」神父は鍵を取り出してドアを開け、薄暗い部屋へとはいっていった。ややあってから、神父はブラック・ダイヤモンドのはいったバッグを持って戻ってきた。「さあ、どうぞ」

「グラーツィエ、パードレ。また近いうちに来ますが、今日はこれで失礼します」

神父は横手のドアを示した。一行はそこから明るい日差しのなかに出て、通路を進みはじめた。

外に出たとたんに、マイケルが顔をしかめた。

「急いだほうがいい」

「どうした?」ライダーが訊いた。

「車に乗るんだ。いますぐに」

せっぱつまったその声を聞いて、アンジェリークはヴィンタルディ神父の手を取って言った。

「グラーツィエ、パードレ。すぐに教会のなかにはいって、そこから出ないでください」

「なにか邪悪なものが来るのですか？」

「ええ《シ》。お願いです、パードレ。なかにはいって。急いで」

「神のご加護がありますように」

　ヴィンタルディ神父は十字を切ると、急いで教会へと戻っていった。アンジェリークは、神父がドアを開けてなかにはいり、再びドアを閉めるのを見守った。鍵をかける音がして、老いた神父が安全であることを確認するまで、その場を動くつもりはなかった。神父はブラック・ダイヤモンドを預かることで命を危険にさらされたのだ。

「行くぞ、アンジー」

　ライダーが彼女の肘をつかみ、小石だらけの小道をSUVへと進みはじめた。すでに武器を手にしている。なにかがそこに潜んでいるかのように油断のないまなざしを左右に配っていたが、アンジェリークにはなにも見えなかった。

　マイケルとダルトンはすでに車に乗りこみ、マンディとトレースが武器を持ってそのまわりで警戒している。車はアンジェリークたちからほんの三メートルほどのところにあって、ドアは開けてあった。

　デーモンがふたりの目前で実体化して、車への道をふさいだのはそのときだった。

　しまった。ブラック・ダイヤモンドのはいったバッグを持っているのはアンジェリークだ。どうしてマイケルに渡しておかなかったのかしら？　そうすれば安全だったのに。

すべてがあっという間の出来事で、アンジェリークには考える暇もなかった。ライダーが彼女をうしろに押しやり、デーモンに向かって武器を構えた。アンジェリークはライダーから渡された保護用のサングラスと耳当てをつけていたから、彼がデーモンに向けて放った超音波銃にも耳を傷つけられることはなく、ただ跳びあがっただけですんだ。彼が自由に動けるようにと、アンジェリークは二歩うしろにさがった。

ダルトンとトレースがなにかを叫んだが、手遅れだった。

まるで映画のように、すべてがスローモーションで進んでいるように感じられた。ライダーが振り返って、銃を構えた。彼女に向けているようにも思えたが、そんなことはありえない。

つぎの瞬間、アンジェリークはその理由を悟った。冷たい手にからだをつかまれていた。振り返ると、ぞっとするような顔つきの二匹のデーモンが彼女の両脇に立っていた。

ショックを受けている余裕すらなかった。あたり一面デーモンだらけだ。気がつけば、先が見えないほど濃いもやに包まれていて、ライダーの姿すら見えなくなっていた。動けなかった。デーモンにからだをがっしりとつかまれている。あるいはそれは、もやだったかもしれない。ますます濃くなるもやのなかで最後に見て取ることができたのは、デーモンに包囲されるライダーたちだったが、すぐにそれももやのなかに呑みこまれた。視界がまわりはじめ、すべてが真っ白になった。

イザベルは膝の上で両手を握り締め、古いチャペルのなかで座っていた。この数時間あまり、ひたすら自分の心の内を探りつづけている。

明るいニュースなどなにひとつなかったから、ますます気持ちは落ちこむばかりだった。母親の日記の一言一句を記憶しているだけでも暗い気分になるには充分だったが、マイケルやほかのハンターたちと交わした会話も脳裏から離れない。

〈闇の女王〉。なんて恐ろしい称号だろう。そんな称号など欲しくはなかった。

有名になりたいとずっと思っていた。考古学上の大きな発見をして、確たる名声を築きたいと思っていた。雑誌の表紙を飾り、ハリウッドから声がかかる。偉大な考古学者で、トレジャーハンターでもあるイザベル・デヴローの映画ができるかもしれない。そして母親は、彼女のことを誇りに思うのだ。

そう、イザベルには大きな夢があった。だがその夢のなかに、デーモンの女王として君臨するというものはなかった。

考えただけで吐き気がした。

このチャペルはずいぶん古いとイザベルは思い、急に恐怖を覚えた。

アンジェリークがここにいて、手を握り、肩を抱いていてくれればよかったのに。イザベルは目を閉じ、彼女とアンジェリークをつないでいるものを感じようとした。

けれどなにも感じられなかった。そこにあるのは……虚しさだけだ。

ごめんね、姉さん。わたしはいい妹じゃなかった。

どうしてこんなことになったんだろう?

イザベルは三〇分ほど前からはじまった吐き気を抑えこもうとして、お腹に手を当てた。この古いチャペルは光もぬくもりも完全に遮断されていて、最初に足を踏み入れたときには、隙間風がはいって寒いと感じた。窓はひとつもなく、唯一の明かりは祭壇と信者席にある松明《トーチ》だけだ。

　身震いするほど寒かった。

けれどいまは暑い。イザベルは汗をかきはじめていた。髪はすでにまとめてアップにしてあるが、首のうしろがじっとりとして、胸の谷間では汗が玉になっている。

　気分が悪かった。なにかおかしい。

　そうすればめまいと吐き気が少しは治まるかもしれないと思い、イザベルは硬い木の座席に横になって膝を抱えた。ひんやりした木の感触が頬に心地よかったが、それだけだった。横になったことで吐き気はますますひどくなったので、再びからだを起こし、祭壇を見つめた。色鮮やかな工芸品を見ていれば、気が紛れるかもしれない。

　チャペルの隅々まで届くような慈愛の笑みを浮かべた聖母マリアの像。十字架……あれは本物のローズ色の大理石? きれいだった。近くでもっとよく見たいと思ったイザベルは立ちあがり、信者席の手すりでからだを支えながら、前方へと進んだ。

足元がおぼつかない。祭壇に近づくにつれ、吐き気はひどくなり、脚に力がはいらなくなり、めまいも激しくなった。いったいどうしたっていうの？

イザベルは必死になって前に進もうとしたが、脚がまるでゼリーになってしまったかのようにに力がはいらず、いまにもくずおれそうだった。やがてどうにもならなくなったイザベルは、床に膝をついた。全身に冷や汗がにじんでいる。部屋がぐるぐると回転し、このまま気を失うのだと思った。

まわりにあるものが迫ってきた。教会がどんどん小さくなっているかのように、壁がこちらに近づいてきている。視界が歪み、イザベルは眉の上に手を当てて顔を伝う汗をぬぐった。

顔をあげて祭壇を見ると、そこにデーモンがいた。

イザベルはまばたきをして目をこすり、もう一度目をこらした。

身の毛もよだつ恐ろしい生き物たちが、長いかぎ爪で彼女を捕らえようとするかのように両手を広げ、こちらに向かって迫ってきている。

嘘よ。そんなはずはない。ここは安全だって言っていたもの。きっと幻覚だわ。イザベルは一度固く目をつぶり、それから開けた。

デーモン。ゆっくりだけれど、確実に近づいてきている。

じりじりと迫ってくるデーモンを見て、イザベルはパニックに陥った。

「助けて」叫んだつもりだったけれど、ささやくような声しか出なかった。こんな声じゃだれにも聞こえない。

イザベルはよろめくように立ちあがると、祭壇から遠ざかろうとしてあとずさった。みるみるうちに暗くなっていく心の奥まった部分に、恐怖が忍びこんでいく。

逃げて。ここから逃げて。急いで。あなたを捕まえにきたのよ。

息ができなかった。喉を締めつけられるようだ。空気が欲しい。光が欲しい。あの……恐ろしいものから遠ざかりたい。あのかぎ爪、牙……ああ、神さま。彼女のもっとも恐ろしい悪夢が現実となっていた。イザベルはデーモンを見据えたまま、じりじりとあとずさった。

ここにいるはずがないのに。ここから逃げなくちゃ。

心臓の鼓動があまりに激しくて、胸から飛び出しそうな気がした。イザベルは必死になって姿勢を保ち、なんとかしてからだに力を送りこもうとした。

罠だったのかもしれない。ダルトンやマイケルやほかのハンターたちは、彼女を〈闇の息子たち〉に引き渡すために、ここに誘いこんだのかもしれない。そうすれば、もう彼女と関わりを持たなくてすむ。

アンジーも一枚噛んでいたのだろうか。妹から解放されて、自由な人生を送りたかったのだろうか。母さんの日記を読んでわたしが何者かを知ったアンジーは、ぞっとしただろう。イザベルには、アンジーを責めることはできなかった。彼女はこれまでずっと、アンジーの重荷だったのだから。

イザベルはひとりぼっちだった。

頭が痛んだ。泣きたかった。

「あんたたちのものにはならないから」イザベルはデーモンを指差し、低い声でつぶやいた。デーモンはぼんやりした光のなかで揺らめきながら、ゆっくりと近づいてくる。大きなからだは、刻々と恐ろしさを増していた。

荒い息をつきながら、イザベルは一歩、また一歩とあとずさった。転ばないように注意しながら、かろうじて足を動かしていく。ここで止まれば、デーモンが襲いかかってくるだろう。

自分の力がどこから来るものなのかイザベルにもわからなかったが、振りしぼるようにして残った力をかき集め、くるりと向きを変えて外に通じる両開きのドアに向かって全速力で駆け出した。ずっしりした木のドアを押すと、簡単に開いた。

「ちょっと！」

警備員は大きく目を見開き、両手を広げた。「どうしたんだ？」

イザベルは首を振った。「そこをどいて」

「いや、だめだ。行かせるわけにはいかない」

イザベルは足を止めて彼を見た。彼もデーモンに変わっている。牙からよだれを滴らせながらイザベルを見てにやりと笑うと、長いかぎ爪のついた手を伸ばしてきた。イザベルは自分でも信じられないほどの力で、警備員を突き飛ばした。

デーモンの警備員は宙を飛び、廊下の向こう側の壁に激突した。彼のうめく声がした。頭を打ったらしく、警備員は目を閉じて、ぐったりと床に倒れこんだ。

イザベルは頭を振った。現実なのか幻覚なのか、頭のなかがひどく混乱している。わかっているのはただ、息ができないということだけだった。空気が欲しい。

そのうえ暑かった。ひどく暑い。とにかくここから出なければ。

イザベルは建物の外に通じるドアに向かって走った。廊下沿いの窓から明かりは差しこんでいなかった。奇妙な黒い霧が、窓とドアの近くで渦巻いているだけだ。

冷たい霧。熱を帯びた彼女の肌がいま必要としているのはその冷たさだった。

デーモンがすぐうしろから追いかけてくるのがわかっていたから、イザベルは必死になって走った。角を曲がり、重たいドアを押し開けて外に出るやいなや、じっとりと湿った空気を大きく吸いこんだ
ここでなら息ができた。冷たい霧のなかでなら、息ができた。

冷たい手が彼女に触れ、彼女を包み、安らぎを与えてくれた。

「いっしょに来るがいい。我々がおまえの面倒を見よう」

イザベルは顔をあげて声の主を見ようとしたが、彼女の目はすでにその役割を果たしていなかった。

「疲れたの」イザベルはそう言って目を閉じ、彼らの腕のなかに崩れ落ちた。

冷たく心地よい腕だった。

20

デーモンに囲まれていた。霧とどこからともなく現われたデーモンたちのあいだで、ライダーはひたすら引き金を引いた。仲間に当たらないことを祈るばかりだ。

ダルトンの顔が目にはいってくるりと向きを変えたのと、厚いもやのなかからデーモンが現われてアンジェリークを取り囲んだのが同時だった。

くそっ！　ライダーは銃を構えたが、彼が引き金を引くより早く、デーモンたちは消えていた。アンジェリークのほうに足を踏み出す間もなかった。気づいたときには、渦巻くもやと共にデーモンたちはいなくなっていた。

そしてアンジェリークも。

「ちきしょう！」

ライダーは再び向きを変えると、純血のデーモンたちに向かってレーザー銃を矢継ぎ早に撃ちこんだ。ぐずぐずと崩れて形をなくしていく彼らの死体をまたぎ、援護に現われた大柄な混血のデーモンたちには、怒りと共に超音波銃を叩きこんだ。

もやが消え、煙があたりに充満した。ライダーとハンターたちは、残りのデーモンの姿が消えるまでレーザー銃と超音波銃の引き金をひたすら絞りつづけた。

意味のないことだった。彼らは敗れたのだ。

〈闇の息子たち〉は目的を果たした。

アンジェリークとブラック・ダイヤモンドは、デーモンたちと共にもやのなかに消えた。

ライダーはあたりに転がる死体には目もくれず、銃をホルスターに入れると、ライフルを肩にかついだ。

ハンターたちはそれぞれの役割を果たしたことを確認し、無事であることに安堵しながら、死体の数をざっと数えていく。

「文字通りの煙幕だったようだな」マイケルが言った。

「わかっている。アンジーがさらわれた」胸をかきむしられるようだった。しっかり彼女を抱きしめているべきだった。ブラック・ダイヤモンドのはいったバッグはおれが持っているべきだった。そうしたらデーモンはおれを襲っていただろうに。なのにそうしなかった。万一に備えて盾になることと、あたりを警戒することばかりに気を取られて……。

この敷地内にデーモンが現われるとは予期していなかったのだ。ここは教会だ。神聖な場所だ。ここで襲われるはずがないと思っていた。

愚かな過ち。その代償がこれだ。おれはなんて間抜けなんだ。

「どうやって彼女を取り戻す？」答えがわかっていながら、ライダーは尋ねた。

「わからない」

「厄介なことになったな」ダルトンが顔をしかめた。「ずいぶんあっさりとやられたものだ」

「予期していなかった。神聖な地で襲ってくるとは」マイケルは髪をかきあげながら、ため息をついた。「教会の敷地内にいるだけで、デーモンは苦痛を味わう。それほど長くは生きられないはずなんだが」

「アンジェリークとブラック・ダイヤモンドをさらうあいだは、生きていられたわ」マンディが言った。「神聖な場所に足を踏み入れられないという観念が間違っていたのかもしれない。それとも、どうにかしてそれを克服できるようになったのかもしれないわ」

それがなにを意味するのかを理解すると、一同は黙りこんだ。

「イザベル」ダルトンがつぶやいた。

ダルトンの顔に目を向けたライダーは、彼がなにを言いたいのかを即座に悟った。一行はSUVに飛び乗り、ハンドルを握ったマイケルは城を目指してアクセルを踏みつづけた。

ダルトンの険しい表情に、ライダーは彼らを待ち受けているであろう事態を覚悟した。

一時間後、ライダーの懸念は現実のものとなった。警備員は意識を失って倒れ、城の入り口は大きく開け放たれ、イザベルの姿は消えていた。

マイケルは警備員の前にかがみこんで、からだを揺すった。警備員は頭をこすりながら立ちあがろうとしたが、マイケルがそれを押しとどめた。

「脳震盪を起こしたようだ」

「彼女はまるで狂った獣のようでした」警備員はからだを起こし、壁にもたれて座った。

「汗びっしょりになってドアから飛び出してきたんです。顔は真っ赤で、目は飛び出さんばかりで、悪魔かなにかを見るような目つきで私を見ていました。軽々と私をはね飛ばしたんです」彼は頭を振った。「石に頭をぶつけて、気を失いました。すみません」

「きみのせいじゃない。だれも予想していなかった」マイケルが手を貸して、警備員を立たせた。医療スタッフがふたり、廊下を走ってきた。「医務室に連れていってくれ。レントゲンを撮る必要がある。CTスキャンがいいかもしれない」

警備員がいなくなると、マイケルはハンターたちに向かって言った。「イザベルの身になにが起きたのかはわからないが、〈闇の息子たち〉によってチャペルの外に誘い出されたようだ」

「つまりおれたちは見事にしくじったというわけだ」トレースが言った。「ふたりとも守ることができなかった。そのうえ、ブラック・ダイヤモンドも」

「そうだ。してやられた。いつ、どこで攻撃を仕かけるべきか、やつらはよくわかっていた。いい兆候とは言えない。やつらの力が増している」マイケルは首を振った。「この件はほかの〈守り手〉に報告しなければならない。まずは、〈闇の息子たち〉がイザベルとアンジェリークをどこに連れていったのかを探り出す必要がある」

「見つけられればいいが」ダルトンが言った。

「必ず見つける」

「どうやって？」ライダーが訊き返した。「水晶玉でものぞきこんで、彼女たちの居場所を教えてもらうのか？　あんたには彼女たちに通じている第六感でもあるのか？　教えてくれ、マイケル――どうやってふたりを見つけるつもりなんだ？　委員会でも作って話し合おうっていうのか？」

ライダーは、自分が爆発寸前であることに気づいていた。彼は辛抱強いほうではない。この場に突っ立って状況を分析したり、ほかの〈守り手〉たちと話し合ったりするのではなく、どこかに出かけていってアンジェリークとイザベルを見つけたかった。はっきり言えば、ブラック・ダイヤモンドなど〈闇の息子たち〉にくれてやってもいい。ただアンジェリークを取り戻したかった。

「ライダー、ぼくたちはふたりを見つけ出す」マイケルの声が低くなった。だがライダーはその声が、人を説得するときに使われるものであることを知っていた。

「あんたに食ってかかるつもりはないから、そんな声は出さなくてもいい、マイケル。だがおれはただじっと待っているつもりはない。なにかはっきりした答えを出してくれないのなら、おれは草の根を分けてでもアンジェリークを捜し出し、この手で取り戻す」

「ライダー」マイケルは彼の前に立った。「ぼくたちのなかには、ふたりを見つけられる人間がいる。〈光の王国〉には、特殊な能力を持つ者たちがいるんだ」

アンジェリークの居場所を見つけられるのなら、それがサーカスのピエロだろうとなんだろうとかまわなかった。「わかった。見つけてくれ」

「了解した。すぐに取りかかろう」マイケルは淡々と応じた。

自分の態度が反抗的であることはわかっていたが、どうしようもなかった。アンジェリークがさらわれたのは、自分のせいだと感じていた。彼女を見つけることとさえできるのなら、どんな罰であれ、喜んで受けるつもりだ。

ダルトンがライダーの肩に手をまわした。「上でなにか飲まないか?」

ライダーは息を吐き出した。「悪くないな」

「いい考えだと思う」マイケルが言った。「きみたちはふたりとも、少し緊張をほぐしたほうがいい。なにかわかったらすぐに知らせる。だが一杯だけだぞ。すぐにも行動を起こすことになるかもしれない」

「わかった」ダルトンはライダーを抱えるようにしてマイケルに背を向け、廊下を歩きはじめた。「きみたちはどうする?」

マンディは首を振った。「わたしはマイケルといっしょに行くわ。ふたりを見つけるために〈光の王国〉がなにをするつもりなのか、わかったら教える」

「おれも知りたい」ライダーはマンディに近づこうとした。

ダルトンは彼の肩に置いた手に力をこめた。

「おまえはひと息ついたほうがいい。マンディがちゃんと教えてくれる」

ライダーはためらったが、結局はうなずいた。

「おまえの言うとおりだろう。いまのおれは、邪魔になるだけだ」

トレースは肩をすくめた。「おれは研究室に行って、武器を見てくる」

「ということは、一杯やるのはおれとおまえのふたりだけだな」ダルトンが言った。

ライダーは、張りつめたものがいまにもはじけそうになっているのを感じていた。まわりにいる人間すべてにとって自分が危険な存在であることも、ダルトンがなんとかして気を逸らし、チームを守ろうとしていることもわかっている。

上等だ。なんだっていい。数時間は待ってやろう。だがそれを過ぎたら、ひとりでアンジェリークを捜しにいく。そのときは、だれもおれを止められない。

ふたりはミニ・バーのある書斎に向かった。

「テキーラでいいか？」ダルトンが尋ねた。

「ああ」

ダルトンは大きめのショットグラスをふたつ取り出し、なみなみと注いだ。

「気前がいいな」ライダーはグラスを受け取ると、軽く掲げてから、一気に飲み干した。濃厚な液体が喉を焼いたが、その感触が心地よく、胸のなかでつかえていたものが一気にとけていくようだ。

「気分はよくなったか？」

「もう一杯飲んだら、よくなりそうだ」

ダルトンはお代わりを注いだ。ライダーはそれもあっという間に空にして、手の甲で口をぬぐった。

「これで、だれかを殺さずにすみそうだ」

ダルトンはにやりとした。「そいつはよかった。ここにいるのはおれだけだからな」ダルトンはボトルを持ち、ふたりはグラスを手に窓のそばの椅子に座った。

「おれたちはしくじった」

ライダーはゆうべアンジェリークと愛を交わしたソファを見つめながらつぶやいた。彼女の肌の感触も、彼女のにおいも、まだこの手にありありと残っている。

ライダーのなかに彼女がくっきりと刻まれていた——彼の記憶に、そして心に。

アンジェリークのことが気にかかる。これは愛だろうか？　心の奥がうずくようなこの痛みが愛なんだろうか？　彼女がそばにいないと、自分の一部がなくなったように感じられることが？

ライダーは愛を知らなかった。生まれてからずっと、ほとんど触れたことがない。母は彼を守ってくれたけれど、彼が母のなかに見ていたのは恐怖だけだ。だがアンジェリークは……彼女は愛というものを教えてくれた。思いやり、気遣い、ぬくもり、優しさ。自分のなかにあることすら知らなかった一面を、彼女は引き出してくれた。

愛。考えただけで恐ろしかったが、アンジェリークを取り戻して、もっと深く愛を探求してみたかった。

「〈闇の息子たち〉はなんとしてもブラック・ダイヤモンドが欲しいらしい」ダルトンの言葉に、ライダーは現実に引き戻された。

ライダーはショットグラスを見つめた。「やつらが来ることに気づかなかった。教会の敷地内にデーモンが現われるなんて、予想していなかった」

「だれも予想していなかったさ。おまえのせいじゃない、ライダー」

「やつらはどうしてアンジーをさらったんだ？　オーストラリアですでに彼女とブラック・ダイヤモンドの実験は済んでいるじゃないか。うまくいかなかったことはわかっているはずだ。イザベルなら話はわかる。だがどうしてアンジーを？」

「わからない。イザベルを協力させるために利用するつもりかもしれない」

ライダーはうなずいた。「ありえる話だな。〈光の王国〉はふたりの居場所を突き止められると思うか？」

「ああ、思うね。特定の人間の心に同調できる者がいるんだ。マイケルはいま、そいつらと作業をしているはずだ。きっと見つかるさ」

ライダーはなにも答えなかった。ダルトンの言葉を素直に信じる気にはなれない。彼の心のなかは空虚さと罪悪感でいっぱいだった。おれはアンジーを守らなければならなかったのに。デーモンに彼女をさらわれてしまった。やつらの手に彼女を差し出したも同然だ。

アンジーはいまなにを思っているだろう？　やつらは彼女になにをしているだろう？　彼女は無事だろうか？

ライダーは両手で頭を抱えた。

「ライダー、もし彼らが見つけられなければ……おれたちで捜し出すまでだ」

聞きたかったのはその言葉だった。ライダーは顔をあげた。

「ブラック・ダイヤモンドを壊そう。実験はなしだ。あの石がなければ、〈闇の息子たち〉はアンジーもイザベルも必要とはしなくなる」

ダルトンが彼を見つめて、うなずいた。それだけで充分だった。ふたりの意思が確かに通じ合った。ライダーは彼を信じた。

刻々と時が流れていく。

ライダーはボトルをつかみ、お代わりを注いだ。

「わかったぞ」

マイケルの声に、グラスを置いて振り返った。「見つけたのか?」

「仲間のひとりがアンジェリークを見つけた」

「イザベルは?」ダルトンが訊いた。

マイケルは首を振った。「まだつかめていないが、捜索をつづけている。ぼくたちの手の届かないところに隠している可能性もある。だが、おそらく同じ場所にいるだろうから、まずはアンジェリークを追おう」

「わかった。どこだ?」

「ここと同じような、海岸沿いの人里離れた城だ」

「デーモンは普通、地上にはいないんじゃないのか?」ライダーが訊いた。「地下にいるものだと思っていた」

「そのとおりだ。ぼくたちも妙だと感じている。だからこそ、調べる必要がある」

敵がいつもと違う行動を取るのはよくない兆候だ。罠の可能性がある。気に入らなかった。

「そこは警備が厳重だから援軍が必要だ。ルイスにはすでに連絡済みだ。ほかのメンバーを連れてきてくれる。城で合流することになっている」

「武器を用意しよう」戦いの予感にライダーはぞくぞくした。惨めさと罪悪感を飲み干す以外にすることができてほっとした。じっとしているのはうんざりだ。

行動を起こすときがきた。

アンジェリークを取り戻すのだ。

＊

「やつらが来る」ベイドゥンが言った。

「言われなくてもわかっている」テイスはいらだち、炎の手を伸ばした。炎の先端が巻きひげのように伸び、ベイドゥンはすかさずあとずさった。あれに触れると、すさまじい痛みに襲われる。

テイスは、はたからとやかく言われるのが嫌いだった。弟たちは自分の立場をわきまえるべきだ。

「やつらの力を感じる」

「おまえは我々の力を過小評価しているようだ、ベイドゥン。とりわけ私の力を」

やつらがなにをしているのか、テイスはよくわかっていた。もちろん、ここに向かっているのだ。

計画は予定どおりに進んでいた。

〈光の王国〉のやつらは間抜けぞろいだ。

そしてまた弟たちも――だからこそ彼らはいまだに成功することができずにいる。

私以外にリーダーの素養がある者はいないのか？　私の能力や狡猾さに対抗できる者はいないのか？　私がなにをしているのか、理解できる者はいないのか？

〈闇の息子たち〉は勝利する。〈光の王国〉は幽霊を追いかけているのだ。

弟たちもすぐにそのことに気づくだろう。

「おまえの任務に戻るのだ、ベイドゥン。こちらは手配してある」

ベイドゥンはさらになにか言おうとしたようだったが、テイスは部屋中を炎で満たすことで、不満をあらわにした。ベイドゥンはあわてて部屋を出ていった。いい教訓になっただろう。

廊下を遠ざかっていく弟の耳に自分の笑い声が響いていることを、テイスは疑わなかった。

＊

ライダーは数百メートル離れた地点から、城を観察した。青く澄んだイオニア海を背景にして、広々とした砂浜に建つ典型的な観光客向けの城だ。

戦いの観点からすれば、警備しやすい建物だと言えた。砂浜を見張るのに適した位置にあったから、海からの攻撃を監視するために建てられたことは間違いない。城の小塔から見られることなく、砂浜に船を近づけることは不可能だった。三方を海に囲まれ、残りの一方はとても乗り越えられそうにない壁と、やぶやサボテンの生い茂る丘だった。

不可能ではないが、簡単でもない。

「丘から行こう」ライダーが言った。「やぶを抜ける」

「サボテンがあるぞ」ダルトンが指摘した。

「そうだな。いいものじゃないが、なんとかなる。密集してはいるが、あいだを縫って進めるはずだ。地面に近いところは針が少ないから、からだを低くしていけばいい」

「楽しそうな話ね」マンディが言った。「お尻にサボテンの針を刺してみたかったのよ」

トレースが鼻を鳴らした。「おれが抜いてやるよ」

マンディは天を仰いだ。「ばか言ってらっしゃい」

ライダーは腕時計を見た。「援軍はいつ来るんだ？」

「すぐだ」マイケルが答えた。

一行はすでに丘をかなりのところまでのぼり、見張りがいるかどうかを確かめていた。見当たらない。城には人気《ひとけ》がないように見えたが、そうでないことはわかっていた。〈闇の息子たち〉が、昼の日差しのなかでデーモンを見張りに立たせるわけがない。日光にさらされたデーモンが液状化するところを思い浮かべると、ライダーの口元に笑みが浮かんだ。金を払ってでも見たい光景だ。

枝を踏むパキリという音に、ライダーは武器を構えてすばやく振り返った。

そこにいたのが、彼をデーモンハンターにスカウトしたルイスだったので、ライダーはほっと息を吐いた。そのうしろにはほかのハンターたちもいる。彼も知っているディレクとジーナ、リコと弟のレイフ、そしてパンクだった。

「来てくれてよかった」

ルイスはうなずいた。「遅くなってすまない。ローマにいたんだ」

「なにかあったのか？」

「デーモン退治だ」パンクが生意気そうににやりとした。

「殺したか？」

パンクは肩をすくめ、つんつん立てた黒髪を片手でかきあげた。

「いつものことだろう？」

ジーナが微笑んだ。「新しい種類のデーモンがいるんですって？」

「そうなんだ。ルイスから聞いたかい？」

ディレクは、ジーナの肩に腕を回した。「もやのなかから現われて、おれたちの通常の武器はきかないが、銀は効果がある」

「そういうことだ」

「おもしろいじゃないか。やっつけに行こうぜ」

「いやでもそうなる、パンク」ルイスが声をかけた。「いまは待つんだ」

「ルイス、そいつはおれの流儀じゃないってわかっているだろう？」

ライダーは笑みを噛み殺した。彼はパンクが好きだった。パンクがデーモンを殺すことを楽しんでいるからかもしれない。ライダーにもそれはよくわかったから、パンクを非難する気にはなれなかった。いまは彼も同じような気分だ。突入して、デーモンを殺し、あそこからアンジェリークを救い出す。

そしてブラック・ダイヤモンドを破壊する。

ルイスはマイケルに近づき、顔を寄せ合ってひそひそと何事かを相談しはじめた。情報を交換し、作戦を立てているのだろう。上等だ。アンジーをあの城から連れ出すことができるなら、なんでもしたいことをすればいい。小脇にライフルを抱えたライダーは、引き金を引きたくてうずうずしていた。待ち切れない思いだ。だがいまは忍耐と作戦が必要なことはわかっていた。いらだたしくてたまらなかったが、任務を成功させるためには待つほかはなかった。

マイケルが振り返った。「デーモンがより活発になるから、日が落ちるのを待ちたくはないが、明るいなかで行動するのは危険すぎる。太陽が沈んだらすぐに行動開始だ。サボテンのあいだを抜けて、丘の茂みに身を隠す。正面から突入だ」

「こっそり忍びこむのか？　それとも爆破する？」ディレクが訊いた。

「丘側には入り口が三カ所ある」ルイスは地図を広げた。「正面玄関とキッチンの勝手口、それから西側にある従業員用の出入り口だ」ノートパソコンを反対側に向け、城の見取り図をハンターたちに見せる。「チームを三つに分ける。正面玄関に敵を引きつけているあいだに、ほかの二カ所からハンターたちが潜入する」

「地下室のようだな」どこのことを言っているのかわかるように、ライダーは画面を指で示した。

ルイスはうなずいた。「そのとおりだ。デーモンは地下を好むから、やつらはアンジェリークとイザベルを地下のどこかに監禁していると思う。おまえのチームで重点的にそこを探してくれ、ライダー。ディレク、きみとジーナは一階を頼む。パンク、おまえたちの担当は二階とライダーのチームの援護だ」

「了解」パンクが答えた。

役割がはっきりしたところで、一行は考えうるシナリオや、危機にどう対処するかといったことを話し合った。マイケルは、大きなダッフルバッグから銃と弾倉、弾薬の箱を取り出した。ライダーは弾薬の箱を開けてなかを確かめると、マイケルの顔を見た。

「銀の弾？」

マイケルはにやりとした。「そうだ。新しいタイプのデーモンが現われたときに備えて」

「映画では、狼男をしとめるのは銀の弾だもんな」パンクはそう言って、手の付け根で弾倉を押しこむと、スライドを引いて薬室に弾を送りこんだ。

「一度映画のなかで、わたしはそうやって狼男をしとめたわ」ジーナがにこやかに言った。

彼女は現役の女優だった。

「今回は本物の銀の弾だっていうところが違う」ディレクが口をはさんだ。「そういうことだ」マイケルが言い添えた。「それから、相手は狼男じゃないということも。もっとたちが悪い」

「やつらの正体はわかっているのかい？」パンクが尋ねた。「どんなやつと戦っているのかを知っておきたいね」

「これまでに見たデーモンとはまったく違う」マイケルが説明した。「どこから来たのか、目的がなんなのかをつかめるほど、まだやつらと接触ができていない。ライダーとアンジェリークがやつらと遭遇したのは幸運だった。おかげで少なくとも弱点のひとつと、どうやって戦えばいいのかがわかった」

パンクは肘でライダーのあばらをつついた。「まったく運のいいやつだ」

ライダーは片方の眉を吊りあげた。「うらやましいか？」

「わかっているくせに」

「おれはアンジェリークに助けられた。彼女は素手でデーモンを倒したんだ」ライダーはさりげなく言った。

パンクは顔をしかめた。「おやおや。恋に落ちそうだ」

ライダーは声をあげて笑った。

「やめておけ。彼女はおれのものだ」

自分がいとも簡単にそう宣言し、アンジェリークへの思いを口にしたことにライダーは気づいた。深く考えもせず、これだけの人の前で、気がつけば、ぽろりと口からこぼれてしまっていた。

まじまじと彼を見つめる視線や、物問いたげな表情や、さらにはずばりと尋ねられることを覚悟した。

「そいつは残念だ。おれのタイプみたいなんだがな。おまえがデーモンに殺されたら、おれが彼女を慰めてやることにするよ。おれのような本物の男がそばにいれば、数日後にはおまえのことなんてきれいさっぱり忘れているさ」

パンクの一風変わったユーモアのセンスをありがたいと思ったことは、これまでに何度かあった。今回もそうだ。ライダーは、これでアンジェリークについての話題が終わってくれることを願いながら、笑って彼に背を向けた。

なにか思うところがあったにせよ、だれもなにも言おうとはしなかったし、妙な目つきで彼を見る者もいなかった。パンクの台詞に何人かがにやりとしただけで、あとはただ武器のチェックをつづけていた。ディレクはうなずいて訳知り顔にライダーに微笑みかけ、自分の銃に注意を戻した。

ライダーの言葉に一番衝撃を受けたのは、彼自身だったかもしれない。あんなことを口にしたという事実は、彼にとって大きな意味を持っていた。もちろん、それは彼以外だれも知らない。

「おい」

パンクが言った。

「なんだ？」

「恋しい彼女を存分に思い出したところで、彼女を取り戻すためのデーモン退治といこうか？」

21

イザベルは暗闇のなかで目を覚ますと同時に、からだを起こした。ひとりであることに気づいて、恐怖が忍び寄ってくる。聞こえるのは、自分の息遣いだけだった。

チャペルで起きたことを思い出した。壁が迫ってくるように感じて、気分が悪くなって、どうしてもあそこから逃げ出さなくてはならないと思った。それから冷たいもやとひんやりした手が、燃えるような暑さから助けてくれた。そのあとはなにもわからなくなって、気がつけばここにいた。

ここはどこだろう。

「アンジー？」

〈光の王国〉の城ではないと直感で悟り、イザベルは身震いした。なにかよくないことが起きたのだ。でも、いったいなにが？　あたりは暗く、目の前に差し出した自分の手すら見えない。まわりを手探りしてみた。からだの下になにかちくちくする布がある。毛布のようだ。ベッドかなにかだろうか。いや、違う。その下が固いところをみると、壁に取り付けられた台らしい。イザベルはためらいつつも台の脇から足をおろし、床を探った。

冷たい。なにもかもが氷のように冷たかった。毛布をからだに巻きつける。暗闇のなかになにがいるのかわからなかったから、台からおりるのが怖かった。

イザベルはすくみあがった。アンジェリークはどこ？　ダルトンは？　ほかの人たちは？　チャペルでわたしの身にいったいなにが起きたの？

目が暗さに慣れるにつれ、目の前のものがぼんやりと形を取りはじめた。明かりがあればもっとよく見えるのにと思いながら、イザベルは目をすがめた。

だれかがその願いを聞いていたかのように、淡い光が部屋を照らしはじめた。けれど天井からではなかったし、ほかに照明器具もなかったから、その光がどこから来ているのかはわからない。

灰色の石を手作業で削って作ったかのような、粗い作りの古ぼけた長いテーブルがあった。イザベルに一番近いところに、いびつな形の石が置かれている。

部屋は広々としていて、彼女が座っている台とテーブル以外はなにもなかった。壁も床も同じ素材の石でできているが、でこぼこした壁に比べ床はなめらかで、はだしで歩いても怪我をしなくてもよさそうだ。

台の脇に目をやると靴があったのでそれを履き、いま一度部屋のなかを見回した。突き当たりにドアがある。イザベルは立ちあがると、ドアに向かって歩き出した。

ノブはなく、つるりとしたただの石の板だ。押してみたがびくともしない。床に足を踏ん張り、ありったけの力で押してみたが、無駄であることはわかっていた。

胸を締めつけられたようになって、イザベルは冷たい石のドアに額を押し当てた。涙がこみあげた。

「お願い、だれかここから出して」

ドアが動くのを感じて、イザベルは跳びのいた。ドアが開く。

戸口に現われた男たちの姿を見て、彼女のなかの失意は恐怖に変わった。黒装束に身を包んだ大柄な男たち。

男たちが部屋のなかへとはいってくると、イザベルはじりじりとあとずさった。彼らの顔にはなんの表情もなく、黒く冷たい瞳で彼女を見つめるだけだった。

テーブルを取り囲んだ男たちからは、すさまじいばかりの力が放たれていた。イザベルは台のところまで後退した。全身のすべての神経が恐怖におののいている。

この人たちはだれ？

長い黒髪をうしろでひとつに束ねた男がテーブルの端に立ち、恐ろしげな光をたたえた黒い目でイザベルに微笑みかけた。小さく頭をさげる。

部屋の温度があがった気がした。この男が熱を放っているようだ。

「イザベル」

ああ、なんてこと。この男はわたしの名前を知っている。イザベルは動くことはおろか、息をするのもやっとだった。生まれてこのかた、こんなに恐ろしい思いをしたことはない。

「怖がることはない」男の声は低かったが、威嚇するような調子ではなかった。「我々はそなたを傷つけるつもりはない。私の名はテイスという」

唾を飲みこむと、渇ききっていた喉が痛んだ。毛布をぎゅっと握りしめた。

「〈闇の息子たち〉の魔王のリーダーだ。ここにいるのは私の弟たちで、我々はきみを歓迎する」

ああ、神さま、神さま。こんなことがあるはずがない。現実のはずがない。これは夢よ。心のなかでつぶやきながらも、イザベルはこれが現実であると知っていた。部屋を満たす力が感じられる。息がつまりそうなほど圧倒的な力。闇の力。喉がからからで吐き気がした。

「そなたが考えていることはわかっている。だがここにいるだれも、そなたを傷つけはしないと約束しよう。それどころか、我々はただそなたが仲間に加わってくれることを願っているだけなのだ。そなたは我々の女王になれる。想像もできないほどの力を手に入れることができる」

イザベルは声も出せず、もう一度唾を飲みこんだ。声が出たなら、なんと言っていただろう？　こんなことに関わりたくなどなかった。こんな恐ろしいことに。子供のころの悪夢そのものだ。鬼が彼女をさらいに来る夢。イザベルはそうすればこの悪夢から逃れられるとでもいうように、胸元まで毛布を引きあげた。

テイスは小首をかしげて彼女をながめ、やがてうなずいた。

「そなたの恐怖はよくわかる。すぐには受け入れられないだろう。我々はすぐにいなくなるから、落ち着くがいい。ただブラック・ダイヤモンドに手をかざしてくれればよいのだ。そうすれば、我々はここを出ていく」

テイスはテーブルの端に置かれた黒い石を頭で示した。

あれがブラック・ダイヤモンドなの？　ダルトンが言っていた石？　あれとわたしのあいだに、なにかつながりがあるかどうかを確かめようというの？〈闇の息子たち〉はどうやってあれを手に入れたんだろう？

「姉さんはどこ？」イザベルは低い声で尋ねた。

「無事だ」

嘘でしょう？　姉さんも捕まったんだわ。「お願いだから、姉さんを傷つけないで」

「そなたの願いはすべて叶えられる。ただブラック・ダイヤモンドと融合すればよいのだ」

融合。気に入らない言葉だった。なにかの儀式のように聞こえる。イザベルは膝を抱き寄せて、首を振った。

テイスは鋭く息を吸った。つかの間彼の顔が怒りにゆがんだが、すぐにその肩から力が抜け、再び優しげな笑みを浮かべた。けれど瞳は笑っていない。

「急ぐことはない。時間はたっぷりある。あとはそなたに任せよう。いずれそなたの気持ちも変わる。いずれ、その誘いに抗うことはできなくなる」

「そんなものには、一切関わるつもりはないから」

テイスの口の端が吊りあがった。「イザベル、そなたには父親の血が流れている。偉大なデーモンだった——あらゆる闇の力を思いのままに操ることのできる魔王だった。我々の兄弟だ。そなたと私は――私たち全員が――家族なのだ」

「違うわ。わたしには家族がいる。あんたたちなんかじゃない」その手には乗らない。洗脳されるつもりはなかった。

「そなたは我々の一員となる運命なのだ」

「姉さんはどうなの?」

「彼女にはそなたのような強さがない。我々にとっては役立たずだ。そなたは……そなたには力がある。我々はそなたを必要としている。我々と共に世界を支配するのは、そなたなのだ、イザベル」

テイスが合図をすると、ほかの男たちはぞろぞろと部屋を出ていった。ふたりきりになると、テイスはじっと彼女を見つめた。目が濃い赤色に光っている。彼女の心のなかまで見透かそうとするような視線だった。

本物のデーモンだ。その目。そして見る見るうちに変化していく顔。

イザベルは熱を感じていた。内側から焼かれているようだ。自分がなにを手に入れられるかを思うと、恐怖のなかにも心を奪われるような魅力を感じた。力、お金、名声。イザベルが求めていたものすべてだ。彼女はただ望むものを思い浮かべるだけでいい。そうすればそれが自分のものになる。

「そうだ、イザベル。すべてがそなたのものだ。手をかざしさえすれば、ブラック・ダイヤモンドが力を与えてくれる。そなたには継ぐべきものがある。時間の問題にすぎないのだ」

テイスはきびすを返し、部屋を出ていった。石のドアが再び閉まった。

イザベルは激しく動揺し、台の上でからだを凍りつかせていた。あいつらはわたしの心をもてあそんでいるのよ。わたしの弱点を知っていて、父さんの話を持ち出して、わたしを苦しめようとしたのよ。

父は本当に〈闇の息子たち〉の一員だったのだろうか？　彼女はそれを受け継いでいるのだろうか？　彼らの仲間になるべく生まれてきた？　彼女とアンジェリークは本当に違う？

実はもう答えはわかっている？　わたしは答えを知っている？

イザベルはブラック・ダイヤモンドを見つめた。ただの石にしか見えない。この石にそんなに力があるの？　どんな秘密が隠されている？　触ったらどうなるだろう？　わたしには本当にテイスが言ったような力があるのだろうか。それともあれはただのたわごと？

ダルトンがここにいてくれたらと思った。彼女の気持ちを楽にしてくれるのは、ダルトンだけだった。彼といっしょにいれば安心できた。彼の膝に座れば、彼がすっぽりと抱きしめてくれて、苦痛や悪から守ってくれる。

ダルトンなら彼女を守ることができる。どうしてそう思えるのか、自分でも理解できなかったけれど、彼なら守ってくれるとわかっていた。ダルトンは彼女を裏切ったのに、それでも近くにいてくれれば安心できた。いったいなぜ？

ふたりのあいだには……やっぱりなにかがあるのかもしれない。絆のようなものが。ダルトンは彼女の内なる闇を理解できるようだったし、そのことで彼女を批判したりはしない。

彼と話がしたかった。どうして彼に助けてもらわなかったんだろう？　プライドと傷つくことを恐れたせいで、差し伸べられた手を拒んでしまった。いまこそ彼を必要としているのに、彼はいない。

「助けて」イザベルは両手でこめかみを押さえながら、だれもいない部屋のなかでつぶやいた。

ダルトンのところにどうにかして戻るのよ。あなたを救ってくれるのは彼しかいない。だめよ。ほら、ブラック・ダイヤモンドがそこにある。触ってみて。目の前にあるのよ。欲しいものすべてが手にはいる。アトランティスだってあなたのものよ。だれもが不可能だって言った。あなたはずっと否定されてきた。けれど、名声もお金もあらゆる邪悪な喜びがあなたのものになる。

だめよ、イザベル。ダルトンを捜すの。ダルトンがあなたを助けてくれる。

「もうやめて！」イザベルは耳をふさいだ。

苦痛のあまり、内側からふたつに引き裂かれそうだった。それでも頭のなかの声は消えない。異なる道へいざなおうとして、ふたつの相反する力が彼女を両側から引っ張っていた。

イザベルは顔をあげ、ブラック・ダイヤモンドを見つめた。考古学的に見れば、なんということのないものだ。大きな炭のかたまりにしか見えない。大きさだけはあるけれど、クリスマスにもらっても喜べるようなものではない。

どうしてみんな、こんなものに大騒ぎするんだろう？　ただの石なのに。なんの変哲もない花崗岩と砂のかたまり。命も魔法も宿ってはいないし、なんの害も与えないに決まっている。みんなのほうが間違っているのよ。なにも起こるはずがない。証明してみせるわ。

そうしたら、きっとわたしを解放してくれるはず。

イザベルは立ちあがると、台の上に毛布を放った。恐怖に支配されるのはごめんだ。これまで怖いものなどなかったのだし、それはこれからも同じだ。

もちろん、魔王と対面したのは初めてだったけれど。あれは本当に悪魔の化身だったんだろうか？　わたしはこの部屋で、魔王とふたりきりになったの？　そもそもここはどこ？

疑問だらけだった。**一度にひとつずつ片付けていくのよ、イザベル。発掘のときと同じように。**イザベルは意識を目の前の石に戻した。

一歩近づいて、なにか変化があるかどうかを確かめてみた。

なにも起こらない。テーブルの上にじっと載ったままだ。

なにが起きると思っていたの？　飛びかかってくるとでも？

そうかもしれない。

イザベルはテーブルに歩み寄り、もたれかかった。

石からほんの数センチのところまで近づいても、エネルギーのようなものを感じることも、ブラック・ダイヤモンドが息づくこともなかった。

「ばかばかしい」イザベルは両手を伸ばし、石の上に置いた。

石が動いたような気がしたけれど、目の錯覚に決まっている。

けれどつぎの瞬間、彼女は確かに低くうなる音を聞いた。初めは小さかった音が、しだいに大きくなっていき、手のひらから振動が伝わってきた。

錯覚なんかじゃない。現実だ。

両手は石にぴたりと貼りつき、内側から光を放ちはじめた石に魅了されたかのように、視線を逸らすことできなくなった。ぽつんと現われたサファイアのような小さな青い光はやがて石全体に広がって、海を思わせる青色に輝きはじめた。

こんなにきれいなものを見たのは初めてだ。手のひらにごく小さな火花のようなものを感じ、力が石から流れこんでくることに気づいたときには、イザベルのなかから恐怖は消えていた。

ブラック・ダイヤモンドは彼女を受け入れ、力とエネルギーを与えてくれていた。どうしてわたしは、これを怖がったりしたんだろう?

それでも、そこにはどこか押しつけがましく、嫌悪感を覚えさせるものがあった。まるで、このなかになにかが閉じこめられていて、外に出たがっているかのようだ。

彼女を欲しがっている。

母さんが日記に書いていたのはこのことなの? いつか、わたしが闇に呑みこまれてしまうのではないかと、母さんは考えていた。

邪悪さに染まってしまうことを母さんは恐れていた。

ブラック・ダイヤモンドの内側で渦巻く青い光に魅了されているあいだにも、その力は彼女と一体化していき、イザベルは母親が正しかったことを悟った。

光が彼女の内側へと吸いこまれていき、イザベルは闇に包まれた。

その感覚が心地よかった。

*

アンジェリークは、ずっとここに閉じこめられることになるのだろうかと考えながら、狭い部屋のなかを行ったり来たりしていた。いまにもデーモンたちがドアからはいってきて、そして……。

どうなる？　わたしを殺す？　わたしとイザベルを使ってブラック・ダイヤモンドに命を吹きこむ？　そのためにここに連れてこられたとは思えなかった。うすうす感じていることはあったが、どうにもそれが気に入らない。

アンジェリークは両腕で自分のからだを抱きしめながら、再びうろうろと歩きはじめた。意識を集中させて、〈光の王国〉が助けに来てくれることを想像してみる。きっと見つけてくれる。わたしをここに置き去りにしたりはしない。

ここがどこであれ。ブラック・ダイヤモンドのはいったバッグを持って、教会から出たことは覚えていた。デーモンが襲ってきて、ライダーが戦いやすいようにうしろにさがった。そのとたん、べつのデーモンたちに取り囲まれて、氷のような手でつかまれ、あとはなにもわからなくなった。

気づいたときには、窓もドアもない殺風景な寒いこの部屋のなかにいた。どうやってここにはいったのだろう？　なにか手がかりが欲しかった。少なくとも、イザベルと連絡が取れればいいのにと思った。

けれどそれは無理だ。イザベルはここにはいない。この建物がなんであれ、妹がいないことだけはわかっていた。

そしてイザベルのなかの闇が大きくなっていることも。

ブラック・ダイヤモンドが再び息づいている。

不意にそう気づいて、すでに冷え切っていたアンジェリークのからだに鳥肌が立った。

イザベルがブラック・ダイヤモンドのそばにいる。ブラック・ダイヤモンドに触れて、命を吹きこんだのだ。

どうしてわかるのだろう？　どうしてイザベルを、そしてブラック・ダイヤモンドを感じられるのだろう？　そのことがなによりも重要だ。

あの洞窟のなかで、ブラック・ダイヤモンドが光を放っていたときに触ったから？　そのせいでわたしは……あの石とつながりができたの？

アンジェリークは身震いした。あの石には邪悪さがあった。手をかざしたときの感覚や、誘惑しようとする力を覚えていた。魅了されると同時に恐怖を覚え、手を離したくないと思った。ライダーがあの場にいて、彼女を引き離してくれたのは神の思し召しだったかもしれない。

あのとき、なにか彼女とブラック・ダイヤモンドのあいだにつながりができたのだろうか？　それともイザベルとの絆のせいでわかったのだろうか？

ただの直感などではなかった。ブラック・ダイヤモンドに手を触れて、流れこんでくる力と狂気に大きく目を見開いているイザベルの姿が見えるようだ。ブラック・ダイヤモンドに潜むなにかが、その力をイザベルと共有しようとしている。

お願いよ、イザベル。戦うのよ。負けないで。

アンジェリークは壁にもたれ、ずるずると床に腰を落とした。ライダーを殺そうとしたデーモンと戦ったときの力を呼び起こすことができればいいのにと思った。あの力はどこに行ったの？　何時間も壁を叩いたり押したりしてみたものの、結局徒労に終わったのだ。あのときのデーモンの力は、一回限りのものだったのかしら。父親から受け継いだものは、わたしの意思ではコントロールできないの？　必要なときに利用できたなら、どんなに便利だろう。

たとえばいまのように。

ここを出て、イザベルを見つけなければならない。手遅れになる前に。

＊

その夜は月がなく、空は厚い雲に覆われていた。幸運は彼らの側にあるようだ。

「準備はいいか？」パンクが銃を持ちあげ、眉を動かしながら訊いた。

ライダーはうなずいた。早く城に突入し、デーモンを殺し、アンジェリークを助け出したくてたまらない。ハンターたちにはそれぞれの役割が与えられていた。マイケルとルイスの合図を待ちながら、ライダーは引き金にかけた指に力を入れたり、緩めたりを繰り返した。

本当はひとりでやりたかった。彼に任されていたなら、いまごろはすでに突入していただろう。けれどライダーは現実的でもあったから、この戦いがひとりでできるようなものでないことは承知していた。生きて帰りたいのならなおさらだ。

「熱画像カメラによれば、少なくともあそこには四〇人のデーモンがいる」ルイスの表情は、ほかのメンバーたちの心の内を映していた。

厳しい状況だった。城のなかには、デーモンたちが密集している場所がある。おそらくそこにアンジェリークたちが囚われているのだろうと思われたが、画像には写っていなかった。だからといって、ふたりがそこにいないということにはならない。壁が厚すぎたり、部屋の温度が低すぎたりすると、彼らの機械では映像を捉えることはできないからだ。

だが必要な情報は手にはいった。城の間取りとデーモンたちが集まっている場所だ。たしかにデーモンたちは地上にいた。

地下の世界の住人にしては妙だ。

「まずは地上のデーモンたちを倒す」マイケルが指示した。「それから地下に向かう。ぼくが合図をするまでは、だれも地下におりてはいけない。わかったな？」

全員がうなずき、一行は行動を開始した。

ライダーとダルトンが先頭に立った。腹ばいになって、サボテンの区画をじりじりと進んでいく。

「気をつけろ」ライダーはインカムに向かって言った。「低いところに、いくつかとげがある。もし刺さっても、黙って耐えろ。赤ん坊みたいな悲鳴はあげるなよ」

三〇秒もしないうちに、パンクのうめき声と悪態が聞こえてきた。

「ピンセットが必要みたいね？　パンク」マンディがからかった。

低くうなったのが返事だった。

サボテンのあいだを進むのは、時間のかかる単調な作業だった。ライダーとダルトンは時折前進を止めては城の様子を確かめたが、そこは暗く静まりかえっていた。デーモンが明かりを必要としないというだけでなく、彼らを待ち構えているのだろうとライダーは思った。こうして近づいていることを少しでも感じさせてはいけない。それはつまり、どれほど苦痛であろうとも、身を低くして進まなければならないことを意味していた。

彼らの不満の声を聞いている者がいたなら、何時間もそこにいたのだろうと思ったかもしれないが、サボテンの区画はほんの二〇メートルほどにすぎなかった。先頭でその区画を抜けたライダーは、深いやぶのなかへと進んだ。

「低くしていろ」インカムを通じて指示を与えてから、ほかのメンバーたちを待っているあいだに双眼鏡をのぞいた。「サボテンの区画を抜けたら、やぶより上に頭を出さないように気をつけろ」

彼らは慎重にやぶを抜け、ゆっくり城へと近づいた。入り口を警備している者はいない。幸先がいい。一行は打ち合わせどおり、二手に分かれた。ライダーは横手にあるキッチンの勝手口に向かい、爆薬を仕かけると、再び茂みに身を隠し、正面玄関からの突入の合図を仲間といっしょに待った。

「まず一階のやつらを倒す」マンディとトレースに告げる。「そこが片付いたら、ほかのチームと合流して地下に向かう。離れるな」

ふたりはうなずき、ジーナとディレクが自分たちの任務を果たすのを待った。

城の正面から爆発音が響き、彼らの足の下の地面が揺れた。

それが合図だった。ライダーは勝手口のドアを吹き飛ばすと、隠れていた場所から飛び出して突入した。キッチンには煙が充満していたが、間取りはわかっていたから、すぐ撃てるように銃を構えたまま、障害物のあいだをなんなく通り抜けていく。そのあいだも、ライダーの頭のなかにはひとつのことしかなかった——アンジェリークを見つけ出して、ここから連れ出す。ここに連れてこられてから彼女がなにをされたのかは、考えたくもなかった。

怒りが爆発しそうになっていたので、こちらに向かってくる最初のデーモンを見つけて引き金を引いたときには、悲鳴をあげて溶けていくのを見て、胸がすっとした。そうしているあいだに、あちらこちらからデーモンが現われて彼らを取り囲んだ。純血のデーモンもいれば、混血もいる。ハンターたちは背中を合わせるようにして輪を作り、外側に向かってつづけざまに引き金を絞った。アンジェリークをさらったデーモンに対する報復と、彼女を守りきれなかった自分に対する怒りが、ライダーを支配していた。

ライダーは紫外線をつぎつぎにデーモンたちに浴びせ、肉のかたまりに変えていった。彼らが迫ってくればさらに前に出て、青い光を矢継ぎ早に繰り出して倒していく。あとには溶けたゼリーのようなものが残るばかりだった。彼らを殺すことがこれほど気持ちよく感じられる理由を考えることもなく、ライダーはただひたすら敵を倒しては前進を続けた。純血のデーモンたちがいっせいに襲いかかってきたときには、それをひらりとかわし、すばやく向きを変えると、彼らが振り返って再度攻撃を仕かけてくる間も与えずに引き金を絞った。

機械のような正確さで、ライダーはデーモンたちのあいだを進んでいった。彼の大切なものを奪ったデーモンたちにその償いをさせたいという思いは強烈で、できるものならその首に手をかけて、絞め殺してやりたいくらいだった。

「ここは充分倒したようだ」インカムからマイケルの声がした。「ディレク、ジーナ、マンディ、きみたちはぼくとここに残る。ライダーとダルトンは、きみたちのチームを連れて地下に向かえ」

「了解」ようやくライダーに、アンジェリークとイザベルを助け、ブラック・ダイヤモンドを取り戻して破壊するチャンスが巡ってきた。

そしてもし運がよければ、〈闇の息子たち〉も見つけられるかもしれない。

全員、あの世に送ってやるつもりだった。

「行こう」ダルトンが肩を軽く突いた。

ライダーは向きを変え、ダルトンと並んで地下室へと続くドアを目指した。鍵がかかっている。ドアを調べた。木製だ。「鍵を開けている時間はない」

「いいか？」ダルトンが声をかけた。

ライダーはうなずき、ふたりは大きく足をあげてドアを蹴り飛ばした。板が裂けてドアは勢いよく開き、向こう側の壁に大きな音を立ててぶつかった。

「いいか」ライダーはハンターたちに言った。「離れないようにしろ。もっと大勢の敵がいるかもしれない」

一行は、狭いコンクリートの階段をおりた。真っ暗だ。ライダーは明かりのスイッチを手探りで見つけたが、スイッチを入れてもなにも起きなかった。どちらにしろ、ゴーグルをかけているから、暗闇でも支障はない。

全員が階段をおり切ったところで、ライダーは片手をあげてみなに合図をしてから耳を澄まし、混血のデーモン特有の悪臭はしないかとにおいをかいだ。

「混血のやつらはここにはいない」その部屋はがらんどうだった。ほかの部屋に通じるドアもなく、ただトンネルのように見える廊下があるだけだ。「よし、こっちに進むぞ。デーモンが攻撃してきたときに備えて、すぐに援護できるようにしておいてくれ」

「ふたりはここにいると思うか？」ダルトンが訊いた。

「わからない」ライダーが答える。「だが、ほかにどこがある？」

「もっと下かもしれない」

ライダーは顔をしかめ、そうでないことを願った。その場合、爆薬を使ったり、穴を掘ったりしなければならなくなるから、不可能とはいえないまでも、かなり難しい事態になる。

「この先にふたりがいることを祈ろう」

ライダーとダルトンが並んで歩き、ほかのハンターたちがすぐうしろに続いた。コンクリートの床を踏みしめる彼らの足音以外は、なにも聞こえない。話し声も、なにかが動く気配もなかった。熱画像読取装置でかなりの数のデーモンを確認していたから、なにか音や動きがあるものだとばかりライダーは想像していた。

「前方に明かりが見える」ダルトンはレーザー銃の銃身で、トンネルの突き当たりを示した。

「ああ。トンネルの出口の右手に、影のようなものが見えた。全員、戦闘準備だ」

一同はひとかたまりになると、ライダーの合図でトンネルの出口に向かっていっせいに駆け出した。ライダーは右、ダルトンは左を向いて武器を構え、ほかのハンターたちもそれにならった。

だれもいない。

「おれたちがいることに感づいている」トレースが言った。

「そのようだな」そこは細長い部屋で、両側にいくつもドアが並んでいた。なにかの保管場所のようだ。どのドアにもチェーンと鍵がかかっていた。

「よし、なかを調べるぞ」ダルトンが言った。

ライダーはうなずいた。「おれは右側を調べる。おまえは左を頼む」ハンターたちも二手に分かれた。「油断するな」

レーザーで鍵を焼き切るのは簡単だった。チェーンをはずし、重たいドアを開ける。そこにあったのは、なにもない部屋だった。ライダーのチームは右手にある六つの部屋すべてを調べたが、どれも空っぽだった。

くそっ。

振り返ると、ダルトンが左側にある最後の部屋のドアを開けるところだった。なかを調べて出てきたダルトンは、首を振った。

ちきしょう。アンジェリークたちはどこだ？　ブラック・ダイヤモンドは？

そしてデーモンたちは？

一行は廊下の中央に集まった。「どうします？」リコが尋ねた。

「なにかを見落としている」ライダーは顔をしかめた。「ここにいるはずなんだ」

「おれたちが来たことに気づいて、逃げたんじゃないか」パンクが言った。

「かもしれない」ライダーはこの状況が気に入らなかった。もしもデーモンたちが逃げたとしたら、アンジーを連れていったんだろうか？

「上を調べてみるか？」ダルトンが提案した。

ライダーは肩をすくめた。

「それがいいかもしれないな。ほかに考えもないし、そうしよう。おれがしんがりを務める」

ハンターたちは階段をのぼりはじめたが、ライダーはふと足を止めた。音がする。ごくかすかな音だったが、ライダーは再び部屋の中央に引き返した。ほかの者たちの足音が聞こえなくなるのを待って、ライダーはしゃがみこんで耳を澄ました。

「ライダー、なにをやっているんだ？」インカムからダルトンの声がした。階段の一番上に立ち、彼を見おろしている。

「なにか聞こえたんだ。しばらく静かにしていてくれ」

「デーモンか？」

「そうじゃないと思う。少し時間をくれ」

「わかった。デーモンだったら、大声で呼んでくれ。すぐに戻る」

「ああ、そうする」

あたりが再び静かになると、ライダーはインカムをはずし、耳をあちらこちらへと向けた。またなにか聞こえた。ライダーは足元を見た。

だれかが叫んでいる。こもったような声だったが、確かに聞こえた。

デーモンではない。人間だ。

床の下から聞こえていた。

22

「聞こえる？　助けて！」

アンジェリークの声は悲鳴に近くなっていた。大声をあげ続けていたせいで、かすれている。

頭上を通り過ぎる足音と声が聞こえた。人間の足音だ。どうしてそう思ったのか、自分でもわからない。

すばやいけれど慎重な動きだったせいかもしれない。

そこでアンジェリークは、この暗く寒い部屋にわたしを置いていかないでと祈りながら、自分の声が彼らに届くことを願いつつ叫んだ。

「わたしはここよ！」壁に駆け寄って、くりかえし叩いた。だれかがこの音に気づくかもしれない。

お願い。お願いだから、わたしを見つけて。置いていかないで。

けれど足音は遠ざかり、なにも聞こえなくなった。

だめ。お願い、神さま。いやよ。泣きたくなった。床に倒れこんで、あきらめようかとも思った。

けれどアンジェリークはそんな自分を叱りつけると、洟をすすって肩をそびやかした。いいえ、あきらめたりしない。唾を飲みこんで喉を湿らせ、再び壁を叩きながら叫んだ。

「助けて！　だれかお願い、わたしはここよ！」手が痛くなるまで叩きつづけた。

だれかが叩き返してきたのはそのときだった。声も聞こえる。床のすぐそばまで顔を近づけて、彼女に話しかけているようだ。

涙があふれ、思わず声をあげて笑った。声が届いた！　わかったという代わりに、アンジェリークは壁をこぶしで叩いた。

天井からぱらぱらと破片が落ちてきて、レーザー銃のうなる音が聞こえた。

ハンターだ。レーザー銃で天井に穴を開けている。アンジェリークは落ちてくる天井の断片を避けるために部屋の隅にうずくまり、紫外線から目を背けた。

「アンジェリーク？　イザベル？」

アンジェリークは顔をあげて、感謝の祈りをつぶやいた。

「ライダー！　わたしよ」天井に開いた小さな穴の下に駆け寄った。

「ひとりか？　イザベルもいっしょか？」

「ひとりよ。イジーがどこにいるかはわからない」

「わかった。これから、きみを引きあげられるだけの穴を開ける。どうしても出入り口が見つからないんだ。できるだけ離れて、頭と目を覆っているんだ」

アンジェリークは部屋の奥へと移動し、頭と顔を覆った。天井の破片がつぎつぎと落ちてくる。あたりが静かになったところで、急いで穴に近づくと、ライダーがのぞきこんでいた。彼の顔を見て、こんなにうれしかったのは初めてだ。

「無事か？」

「大丈夫」

「ロープで引っ張りあげるが、つかまっていられるかい？　それともおれがそっちへ行ったほうがいいか？」

「つかまっていられるわ。平気よ」ここから出られるのなら、どんなことでもするつもりだった。

アンジェリークはライダーが投げたロープを腕と手に巻きつけ、ハンターたちが引きあげているあいだしっかりとつかまっていたが、床に足が着くやいなや、ライダーに抱きついた。

「わたしの声を聞きつけてくれてありがとう。見つけてくれてありがとう」

ライダーはきつく彼女を抱きしめた。

「見つけられてよかった。きみの叫び声はなかなかのものだったよ」

アンジェリークは声を立てて笑ったが、抱きついた手を離そうとはしなかった。だれかに——彼に触れていたかった。

「ありがとう」

やがてライダーはからだを離して彼女の顔をのぞきこむと眉間にしわをよせ、親指で頬を拭った。

自分が泣いていることにすら、アンジェリークは気づいていなかった。

「アンジー、本当に大丈夫かい?」

アンジェリークは洟をすすりながらうなずいた。「ひとりだったの。寒かったし。ショックとストレスのせいだと思うわ。もう大丈夫」

「なにか覚えているか?」マイケルが尋ねた。

アンジェリークはオーストラリアで見かけたハンターたちとダルトン以外にも、大勢の人間がまわりにいることに初めて気づいた。

わたしを助けるために、いったい何人のハンターを連れてきたのかしら?

彼女は首を振った。「なにも。教会から連れてこられて、気づいたときはこの下にいたの。だれも来なかったし、出ることもできなかった」

「イザベルは?」

お腹のなかに重石を入れられたかのように、冷たい不安が広がった。

「イジーはここにはいない」

ライダーの肩越しにダルトンが顔をしかめるのが見えた。

「どうしてわかるんだ?」

「感じたの。ブラック・ダイヤモンドも」

彼らがいぶかしげな表情を浮かべるのを見て、アンジェリークは説明した。

「あの部屋に閉じこめられているあいだに、なにかが起きたわ。妹とブラック・ダイヤモンドの存在を不意に感じた」マイケルに視線を向ける。「イザベルはここにはいない。どこかほかの場所よ。ブラック・ダイヤモンドはあの子のそばにある。あの子はブラック・ダイヤモンドに触って、命を吹きこんだの」

「どうしてそう言える？」ライダーが訊いた。

アンジェリークは肩をすくめた。「説明できないけれど、感じるの。頭のなかで映画を観ているみたい。起きていることがリアルタイムで伝わってきたわ」

「居場所はわかるか？」

アンジェリークは涙をこらえた。これ以上泣くのはごめんだ。

「いいえ。いろいろなものが見えたけれど、場所はわからなかった」

「とにかくここを出よう」マイケルが言った。「新たな客が来るまえに。アンジェリークを〈光の王国〉に連れ帰る必要がある。イザベルとブラック・ダイヤモンドのありかを突き止めるのは、それからだ」

ライダーはアンジェリークの腕をつかんだ。

「いい考えだ。アンジーが無事だとわかって、おれはぐっと気分がよくなったよ」

＊

「危険な目には遭わなかったのよ、ライダー。わたしは必要じゃなかったの」

書斎で腰をおろしたアンジェリークの前を、ライダーが落ち着きなく歩き回っていた。ほかの者たちもそこに顔を揃えている。城に戻ったあとアンジェリークはシャワーを浴びて、食事をした。いまはさっきよりもずっと穏やかな気分で、紅茶のカップを手にソファに座っていた。

「わからない？　わたしはおとりだったの。あなたたちは簡単にわたしを見つけた。〈闇の息子たち〉がそうさせたかったとおりに」

　ライダーは片手で顔をこすった。

「いいや、そうは思わないね。それに、きみを見つけるのはそれほど簡単じゃなかった」

「サボテンのとげが刺さったのかもしれないわね。彼の……どこかに」ジーナがにやにやしながら言った。「サボテンの区画を匍匐前進しなきゃならなかったの。けっこう大変だったわ」

　アンジェリークの頬が緩んだ。「なるほどね。あとで、抜いてあげなきゃいけないわね」

　ライダーはジーナをにらんだ。「冗談じゃないんだぞ。それに、とげなんてどこにも刺さっていない。おれはアンジーにいらだっているだけだ」

「どうして？」アンジェリークが尋ねた。

「きみの意見には賛成できないからだ。〈闇の息子たち〉はいまもきみを利用したがっていると、おれは思う」

　アンジェリークは首を振った。「わたしは無用なのよ。そのことはもう、オーストラリアではっきりしている。ブラック・ダイヤモンドにわたしが手をかざしたとたんに、光が消えたの」

「きみにイザベルほどの力がないからといって、〈闇の息子たち〉にとってなんの価値もないということにはならない」ルイスが口をはさんだ。「いいかい、きみが魔王の娘であることに変わりはない。きみは、デーモンたちが崇拝する存在なんだ」

「ルイスの言うとおりだ」ディレクだった。「〈闇の息子たち〉は、自分のものを簡単には手放さない。おれは知っている」

アンジェリークはそうは思わなかった。「そんなことないわ。オーストラリアのあの洞窟でバートはわたしをあっさりと手放したのよ。〈闇の息子たち〉は、わたしに用はないのよ。でも、イザベルのことは欲しがっている」

「魔王のなかには、バートが下した多くの決定事項に同意していない者がいるはずだ」マイケルが割ってはいった。「〈闇の息子たち〉は、きみのような力を持つ者を必要としている。きみみたいにデーモンの血を引く者の力を。きみたちは危ない立場にいるとぼくは思う」

アンジェリークは激しいいらだちを覚えた。こんなばかな話をしていないで、どうしてさっさとイジーを捜しに行かないの？

「わたしに力はないわ。試さなかったと思うの？　デーモンの血がなにかの役に立つのなら、自分ひとりであの部屋から出られたはずでしょう？」

「デーモンの力は普通の形では表われないんだ、アンジェリーク」ルイスが説明した。「きみはまだ若いし、自分の能力をコントロールできていない。私たちのだれにも、きみになにができるのか、あるいはできないのかはわからない。デーモンの血を引くきみたちにどんな能力があるのかも。ひょっとしたらきみは、自分の意思ではその力を呼び出すことができないのかもしれない」

何時間この話を続けても、イザベルの居場所はつかめないだろう。

「どっちでもいいわ。とにかくあの子を見つけてちょうだい」

「わかっている」マイケルが言った。「彼女がいるところをつかんだと思う」

「本当に？」

マイケルはうなずいた。

「ぼくたちは、きみがブラック・ダイヤモンドを隠していたあの教会に戻る」

アンジェリークは顔をしかめた。「どうしてあそこなの？」

「やつらはあそこの地下にいる。イザベルとブラック・ダイヤモンドもだ」

「教会に？」マンディが訊き返した。「ありえないと思っていたわ」

「やつらはどうにかして、あの場所の神聖さから自分たちを守ることに成功したらしい。ぼくはあそこに行ったとき、なにか違和感を覚えた。デーモンが現われてアンジェリークとブラック・ダイヤモンドを奪っていったとき、その疑念が正しかったことがわかった」

どうしてマイケルにそのことがわかったのか、アンジェリークは訊かなかった。彼にもアンジェリークと同じような、第六感のようなものがあるのかもしれない。〈守り手〉は不可思議な能力を持っている。けれどイザベルの居場所がわかるのなら、アンジェリークにとってはそれもどうでもいいことだった。

とはいえ、とても親切にしてくれたヴィンタルディ神父のことが心配だった。

「いつ出発するの？」

「いますぐだ」マイケルが答えた。「きみはここに残るんだ」

「いっしょに行く」

マイケルは首を振った。「だめだ。やつらは一度きみをさらった。同じことをくりかえすわけにはいかない」部屋のなかを見回す。「だれかここに残って、アンジェリークを守ってくれる者はいないか？」

「おれが残る」

ライダーが真っ先に手をあげたことが、アンジェリークには信じられなかった。ためらうことすらしない。彼はデーモンと戦うことが好きなのに。どうしてそれをあきらめてまで、わたしのお守りをしようというの？

「彼女をここから出すんじゃないぞ」マイケルが言った。「〈闇の息子たち〉にまた彼女をさらわれるような危険を犯すわけにはいかない。そんなことになったら、イザベルを助け出そうとする努力が無駄になる」

ばかげていた。「わたしが行かなきゃいけないのよ。わからないの？　わたしはヴィンタルディ神父のことも、あの教会のこともよくわかっているし、ブラック・ダイヤモンドにも手をかざしているわ」

「きみを行かせるわけにはいかない、アンジェリーク。危険すぎる」ルイスが告げた。

マイケルは立ちあがり、ほかのハンターたちに向かって言った。「準備だ」

ハンターたちが武器を取ってドアの前に集まるのを、アンジェリークはなすすべもなく見つめていた。

「なにかあったら連絡する」マイケルが言った。

ライダーはうなずき、彼らを見送って玄関のドアを閉めると、書斎に戻ってきた。

アンジェリークは、ライダーの前に立った。「こんなことしないで」

ライダーは思いやりに満ちた顔で、彼女の肩に手を乗せた。

「ごめんよ、アンジー。だがマイケルは正しい。きみはここに残るべきだ。教会であんなことがあったんだから、きみを行かせるのは危険すぎる」

アンジェリークは彼の手を振り払って背を向けたが、すぐにまた彼を見た。

「これがわたしにとってどれほど大事なことか、イザベルがどういう存在なのか、あなたがだれよりもわかっているはずなのに。わたしはその場にいなくちゃいけないのよ」

ライダーは無言で書斎のドアを閉めた。

「お腹はすいているかい？」

アンジェリークは首を振った。

「疲れただろう？　休もうか。きみはつらい思いをしたんだ」

彼女はライダーをにらみつけた。「つらいのは、イザベルとブラック・ダイヤモンドを探しにいけないことよ。それからデーモンのお尻を蹴っ飛ばせないこと」

ライダーはどさりとソファに腰をおろした。

「怒りっぽいんだな。本物のデーモンハンターみたいなことを言っているね。おれもやつらの尻を蹴っ飛ばしたいよ」

アンジェリークはライダーの前にぺたりと座りこんだ。

「それじゃあ、行きましょうよ。こっそりついていくのよ。きっと気づかれないわ」

ライダーは笑みを浮かべ、身を乗り出して彼女の顔を両手ではさむと、そっと唇にキスをした。心から彼女を大切に思っていることが伝わってくるような、温かなキスだ。そのぬくもりに浸っていたいとアンジェリークは思った。抱きしめてキスをして、その手で緊張をほぐしてほしかった。けれど、そうするわけにはいかない。彼女はからだをこわばらせて顔を離すと、意味ありげに彼を見つめた。

「だめだ」ライダーが宣言した。「おれだって行きたいさ。だが、危険すぎる」

アンジェリークは彼の手を振りほどいて立ちあがり、ソファのうしろを行ったり来たりしはじめた。どうすればライダーから逃げられるだろう?

これがわたしにとってどれほどの意味を持つことなのか、ライダーはよくわかっているはずなのに、どうしてこんなことができるの? わたしならこんなことはしない。こんなに大事なことに彼を行かせないなんて、絶対にしない。

ひどい人。彼は命令に従う戦士にすぎない。わたしの感情なんて、彼にとってはなんの意なくては。

「考えても無駄だ」ライダーは彼女の背中に向かって言った。

まったく腹立たしい。「なんなのよ。あなたって、人の心が読めるわけ？」

「きみに関するかぎりはそういうことだ。それに、もしおれたちの立場が逆だったら、おれも同じことをしただろうからな。どうにかしてきみから逃げ出して、ハンターたちに合流する方法を考えただろう」

アンジェリークは足を止め、胸の前で腕を組んだ。

「それなら、どうしてそうさせてくれないわけ？」

ライダーは彼女に近づいて、腕をつかんだ。表情は険しく、声の調子はさらに一段と険しかった。

「おれたちの立場は逆じゃないからだ。〈闇の息子たち〉を二度ときみに近づけたくないんだ。二度と。やつらがきみになにをしているだろうとか、きみは生きているんだろうか死んでしまったんだろうかとか考えるのは、もう真っ平だ」

ライダーの怒りのなかに、彼女への思いと苦悶が潜んでいることが感じられた。彼がどうやってそれと対処すればいいのか、わからずにいることも。彼は大切な人がいる人生に慣れていないのだ。

アンジェリークの怒りは途端に消えて、手を伸ばして彼の眉に触れた。

「ごめんなさい」

ライダーは眉間にしわを寄せた。「なにを謝る?」

「あなたがわたしを気にかけていることを。そのせいで、あなたは苦しんでいる」

ライダーは半分目を閉じて深く顎を引くと、大きく深呼吸をした。

「謝るのはおれのほうだ。こういうことは苦手なんだ」顔をあげる。

「わたしたちふたりとも、いらだっているだけよ。追いつめられて、できないことをしたがっている。すぐに結果を出したくて、過去の出来事をなかったことにしたがっている」アンジェリークは彼から離れて、窓の外に目を向けた。わずか数週間のうちに、彼女の人生はどれほど変わってしまったことか。

「わたしは魔王の娘なんかになりたくなかった。知らないでいられればよかったって思う。デーモンの血を取り出せるものなら、そうするわ。デーモンがわたしのなかにいるのかと思うと、ぞっとする」

「デーモンの血は、きみがきみであることとは関係ない」ライダーは静かだが、力強い声で言った。

そんなことを言われたいのではなかった。彼女が欲しかったのは、必要としていたのは、非難の言葉だったのかもしれない。

「そうかしら?　それこそがわたしだわ。その事実がわたしを変えたの」自分自身を見る目が変わったのだから、人が彼女を見る目も当然変わったはずだ。

「きみがそう思っているだけだよ、アンジー」

アンジェリークは肩越しに彼を見た。「あのコテージであったことはどうなの、ライダー？　わたしは人を殺したのよ」

「きみが殺したのはデーモンだ、人間じゃない。自分の力を必要なときに使ったんだ」

苦痛に苛まれていたにもかかわらず、アンジェリークの口元に笑みが浮かんだ。

「そうね、一理あるわね」

「おれは、きみみたいに強い女性に会ったことがないよ、アンジー。自分のなかのデーモンを支配できる女性がいるとしたら、それはきみだ。きみなら、ディレクやニックのようになれる。デーモンはきみの一面にすぎない。共に生き、必要なときに呼び出すすべを学べばいい。それ以外、きみはなにも変わらない」

ライダーがなにを言いたいのかはわかっていた。

「でも、あなたは違うって言いたいのね」

「そういうことだ。おれは、このからだに流れる血の産物だ。あんないかれた暴力男の息子になんて、生まれたくはなかった。怒っている自分を楽しんで、他人を傷つけることで発散していた男だぞ。おれはそいつの子供なんだ。そいつといっしょに暮らし、そいつから学び……間違いなく影響を受けた。おれがどんな人間になるかを決定づけられた。どうすることもできなかった。受け入れるしかなかったんだ」

「このあいだも言ったけど、あなたはそんな人じゃない」

ライダーは耳を貸さなかった。「おれは、あの男のようになるかもしれない。自分に暴力的な傾向があることを悟って、それを確信した」

ライダーがソファに腰をおろしたので、アンジェリークもその隣に座った。

「特殊部隊にはいって、裏の任務を与えられるようになると、おれは……自分が殺しを楽しめることを知った」

ライダーはちらりと彼女の様子をうかがった。「驚いたかい？」

アンジェリークは首を振った。

「いいえ。あなたが殺していたのは、悪い人たちでしょう？」

「そうだ。だが、だからといって言い訳にはならないだろう？　なにも感じるべきじゃないんだ。いやな仕事だと思うべきなんだ。それなのにおれはだれかを吹き飛ばすたびに、喉をナイフでかき切って、自分の手のなかから命がこぼれ落ちていくのを感じるたびに、ぞくぞくした。快感だったんだ」

アンジェリークはライダーの苦痛を取り去ることができればいいのにと思いながら、無精ひげがざらざらする彼の頬に手を当てた。

「だからといって、あなたがお父さんと同じだというわけじゃない。あなたは自分が大切に思っている人や、死ぬべきではないと思っている人に、そんなことをしたんじゃないわ。それがあなたとお父さんの違うところよ」

ライダーは無言で本棚を見つめている。自分の言葉が彼に届いたことをアンジェリークは祈った。

「コテージでデーモンを殺したとき、きみはいい気分だったかい？」

アンジェリークはそのときのことに思いをはせ、正直に答えた。「ええ」

「自分を邪悪だと思うかい？　本当のことを言ってくれ」

アンジェリークは首を振った。「いいえ」それとも、そう思いたかっただけかもしれない。

「自分の父親が何者だったかがわかったあとも、きみは以前となにも変わっていない。きみのなかに邪悪なものはないよ」

ライダーは心から信じているかのように、力強く断言した。

「ありがとう」アンジェリークは身をかがめて彼にキスをした。彼の腕に力がこもるのがわかった。

「ライダー、もうお父さんのことは忘れて。わたしのことはあっさりと信じてくれたのに、どうして自分をそんなに信じられないの？」

ライダーはざらついた笑い声をあげた。「わからない」

「わたしはあなたを信じている。あなたがお父さんのような人だったら、わたしは愛せないもの」

ライダーはアンジェリークを見た。いま聞いた言葉が信じられないとでもいうように、まじまじと彼女を見つめている。

アンジェリークもまた、そんなことを口走った自分が信じられなかったが、一度口に出してしまうと、すべてを彼に伝えたいという思いがむくむくと沸き起こった。

「わたしたちは似た者同士よ。強くて、頑固で、自分の足で歩いていける。初めて会ったときから、わたしたちが似ているってわかっていたの。どちらもあまりにも長いあいだひとりぼっちだったから、だれかに頼ることを覚えるのには、すごく長い時間がかかるんだと思うわ」

一度言葉を切って、息を吸った。そう感じているのは自分だけかもしれないとわかっていたが、言わずにはいられなかった。

「わたしは母さんとイザベル以外、だれも愛したことはないの。男の人とつきあったことはあるけれど、それほど大切だとは思えなかった。でも、あなたは違う。わたしたちのあいだには、なにかがあるわ。あなたといっしょにいると、驚くことばかりよ。あなたのそばにいると、心もからだも安らぐの。こんなことは初めて。あなたが言うような暴力を内側に抱えている人に対して、こんな気持ちになるはずがない。

あなたが必要なのよ、ライダー。わたしはいままで、だれも必要としたことはなかった。でも、あなたは違う。愛しているわ」

アンジェリークはライダーの返事を待とうともせずに彼の膝に腰をおろすと、彼の首に腕をからめて唇を重ねた。

23

アンジェリークの言葉がライダーの頭のなかで繰り返し響いていた。彼女の気持ちを楽にしてやりたくて切り出したことだった。彼女と自分は違うのだと教えるつもりだった。だが彼女はそれを一蹴し、ありのままのライダーを受け入れたうえに、彼は父親とは違うし、決して父親のようにはならないと断言した。そのうえ、彼を愛しているとまで言ったのだ。

彼女がおれを愛している。そんなすばらしいことがあっていいんだろうか？　おれはそんな立派な人間じゃない。

アンジェリークの柔らかな唇が彼の唇をなぞり、溶けたバターのようなそのなめらかなぬくもりに、わずかに残っていた緊張も消えた。彼女の舌が歯のあいだから口のなかへと滑りこんでくると、熱いものがからだを駆けめぐり、ライダーはあれこれと考えるのをやめた。うめき声をあげながら両手を彼女の背に回し、ぐっと自分のほうへと引き寄せる。こうすれば彼女のからだを感じられる。彼女の全身を。

みるみるうちに股間は硬くなり、熱くなってズボンを内側から押しあげた。アンジェリークが近くにいるだけで、あきれるほど早く欲望がうねりはじめる。初めて彼女を意識したときから、彼女はほかの女とはどこか違うとわかっていた。

彼女の言うとおりだ。ふたりのあいだにはなにかがある。ライダーもいまではそれを確信していた。全身を火花が駆けめぐるようだったし、熱い命を吹きこまれて、彼女のことしか考えられなくなっていた。彼女の服を脱がせて、柔らかな絹のようなそのからだに触れ、あらゆる場所にキスをしたい――いま彼の頭にあるのはそれだけだった。ここにはふたりきりだ。急ぐ必要はなかった。ゆっくり時間をかけて、彼女と愛し合うことができる。

彼女と愛し合う。そうだ、彼女を愛している。違うか？

ライダーがアンジェリークを抱えたまま立ちあがると、アンジェリークは顔を離して彼を見つめた。熱っぽさとすべてをわかっているかのようなその視線に、彼のすべてが溶かされていくようだ。

階段をあがって彼の部屋にたどり着くまでの時間が永遠にも思えた。このあいだのように、あのまま書斎で彼女を抱くこともできたけれど、今回はだれの邪魔もはいらない場所が欲しかった。そうすれば心ゆくまで時間をかけることができる。

ドアを蹴り飛ばして閉めると、アンジェリークをベッドに横たえた。その光景をライダーは気に入った。そこが彼女のいるべきところだ。これからはずっと。

彼女はおれのものだ。沸き起こってきたその思いに、彼はまるで追撃砲の攻撃を受けたかのようなショックに襲われ、いつもの戸惑いがやってくるのを待った。他人との距離が近くなりすぎるといつも感じる、逃げ出したくなるようなあの衝動。

だが、今日は起きなかった。自分の部屋にアンジェリークがいることが心地いい。彼女にはここにいてほしかった。

アンジェリークは肘をついてからだを起こし、片方の眉を吊りあげて彼を見た。すらりとした脚の片方を曲げ、はだしの足をマットレスに乗せたその姿は、このうえなくセクシーだった。なんのてらいもない自然なポーズ。彼女の微笑みは――これから起きようとしていることにいささかのためらいもないことを示す笑みだが、どこかはかなげなものも感じさせた――このうえなく魅力的だった。彼女がいまなにを感じているのか、ライダーにはわかっていた。これから本当の意味で愛を交わそうとしていることをどちらも知っていて、沸きあがる思いがいまにもあふれそうになっている。傷つくかもしれないとふたりともわかっていたけれど、それでもここでやめるつもりはなかった。

ライダーは、ふたりが対等であることがうれしかった。なにも怖がることはないのだと彼女に伝えたい。少なくとも、自分といっしょにいるときには。

じっくりと時間をかけて女性のからだを探索し、相手に歓びを与えるということを、ライダーはこれまでしたことがなかった。彼にとってセックスとは、手っ取り早く快感を味わい、たまっているものを吐き出したら、感情を動かされたりする前にさっさとその場を逃げ出すことにほかならなかった。けれどアンジェリークが相手だと……大きく感情を揺さぶられていた。もちろん肉体的なものもあるが、それだけではない。そしてライダーは、その感情をどう扱えばいいのかわからなかった。

わかっているのは、できるだけ時間をかけたいということだけだ。端からベッドに乗って、アンジェリークの爪先にキスをした。

「くすぐったい」

「そうかい?」ライダーはもう一度爪先に唇を寄せると、今度はそこから足首、そしてふくらはぎへと移動していった。脚を支えようとして手を伸ばすと、アンジェリークは声を立てて笑った。しゃがれた低い笑い声を聞いて、ライダーのなかにどっと歓びがあふれた。

「なにをしているの?」

「キスしているのさ」

「まあ」

唇に当たる彼女の肌の感触が好きだった。膝だろうとかまわない。彼女の反応はさらに好きだ。ベッドに仰向けになって……大きく息をついているアンジェリーク。まるで、膝に触れる彼の唇に感じているかのように。ライダーの頰がゆるんだ。

ライダーが上に移動し、内ももの近くに唇を押し当てると、アンジェリークはあえぐような声をあげた。

「ライダー」

「なんだい、アンジー」ライダーはそのままの姿勢で言った。

「あなたの唇、好きよ」

ライダーはアンジェリークの声が好きだった。「話をやめないでくれ」ショートパンツに手をかけて引っ張り、腰をくぐらせ、脚の下までずらして脱がせた。「かわいいのをはいているね」

サテンとレースでできた黒い小さなパンティーは、腰骨にひっかかるような形でかろうじて局部を覆っていた。みだらな代物だ。これをはいている女性と同じくらいに。

アンジェリークは頭を起こし、恥骨に手を押しあてているライダーを見た。

「下着が……好きなの。ほこりまみれになって汚らしい場所で発掘しているときでも、女らしい気分でいられるから。何カ月もきちんとした格好ができないときがあって、だから……ああ、だめ」

アンジェリークがとても話し続けていられる状態ではなくなったことがわかって、ライダーはにやりとした。サテンの生地の下に指をすべりこませ、じっとりと湿った谷間を愛撫する。アンジェリークは頭をマットレスに、腰を彼の手に押しつけた。

「そうだ。どうしてほしいか言ってごらん」

「もっと」

言われたとおりに、ライダーはさらに愛撫をつづけ、彼女のなかへと指をうずめた。温かな秘所が彼の指を締めつける。ライダーの股間が硬さを増した。彼女のなかにはいりたかった。いますぐに。

だが、足の先から頭のてっぺんまでアンジェリークを快感で満たしてやりたかったから、自分の欲望はとりあえずお預けだ。彼の下で身をよじらせている彼女を見れば、難しいことではなさそうだった。彼女の反応を見るほどに、ますます歓ばせてやりたくなる。そこでライダーは彼女の横にからだをずらし、腰のあたりにそっとキスをすると、顔を眺めながら、彼女の中心部に親指を当てた。

アンジェリークは顔をこちらに向けて、ライダーを見た。

「いいかい？」

「ええ」

「ここは？」

「ああ、いいわ」

女性とこれほど親密になったのは初めてだ——快感を与えているあいだ相手の目を見つめていたことはなかったし、どう感じるかと尋ねたこともない。実のところ、相手がどう感じていようが、気にかけたことはなかった。とりあえず女性を絶頂には導いたものの——それくらいの義務は果たした——得られるのは、単なる肉体的な満足感にすぎなかった。

いま彼は、アンジェリークに感じてほしかった。この快感を与えているのが、彼だと知ってもらいたかった。そしてできることなら、ほかの男よりも彼のほうが感じると思ってもらいたかった。

彼女の声とにおい、うっとりするような欲望の香り、そして彼の手と指の動きにもだえるそのからだでライダーの頭のなかはいっぱいになった。またとない経験で、ライダーはその歓びに酔いしれた。彼女に触れ、味わい、自分のもので満たしたい。

けれどまずは彼女を絶頂に導きたかった。

彼女の中心部の膨れあがったつぼみに親指を当てて、優しくなだめるような動きで快感の極みへと彼女を引きあげていく。そのからだに力がこもり、悲鳴のような声があがると、ライダーは彼女を支えた。クライマックスへと駆けのぼっていく彼女の顔を見つめる。

「ライダー」

あえぐような吐息と共に、彼の名前がアンジェリークの唇からこぼれた。彼女は目を閉じようとはせず、じっとライダーを見つめている。すべてを彼にゆだねていた。いま、自分の手によってのぼりつめた女性ほど美しいものは見たことがないと、ライダーは思った。

これほど女性を近くに感じたのは初めてだったけれど、いまはもっと近づきたかった。アンジェリークの痙攣が治まると、ライダーは彼女のパンティーを脱がせて脚を広げさせた。彼を迎え入れるかのように、いかにも柔らかそうに濡れて光るその様子に、ライダーはうっとりした。タンクトップの裾を上へと引っ張りあげると、パンティーとおそろいの黒のレースのブラジャーがあらわになった。中央の留め金をはずすと、乳房がこぼれた。

「なにを見ているの？」

ライダーは彼女の顔に視線を移し、笑みを浮かべた。「きみはきれいだ」

アンジェリークの頬と胸がうっすらとピンク色に染まった。

「ありがとう。あなたも」アンジェリークは両手をライダーのほうに差し伸べたが、彼はその手首を握って、彼女のからだの脇におろした。

「じっとして」

ライダーは再び、目の前のすばらしい光景に意識を戻した。桃のような胸のふくらみとその中央にある熟したピンク色の突起。彼の口元を待ち受けるように、つんと硬く突き出している。

こうやって見ているだけで、おれがどんな気持ちになるか、彼女はわかっているんだろうか？　早く彼女とひとつになりたくて、ライダーは痛いほどに張りつめていた。

「ライダー」

「なんだい？」

「なにを待っているの？」

「きみを見ているんだ、アンジー」

「わかっているわ。あなたのその真剣さが好きよ。あなたはなにをするときでも、全力で取り組むんだわ」

ライダーは首を振った。「いまは違う」彼女のためにどれほどこらえているか、わからないんだろうか？

「愛してちょうだい」

ライダーはからだを起こし、首を片側に曲げて言った。「愛している」

これほど穏やかなアンジェリークの笑みを見たことはなかった。彼女の目に涙が浮かんだ。

彼女は手を伸ばしてライダーの顔を自分のほうへと引き寄せた。

「わたしも愛しているわ。さあ、愛してちょうだい。激しく。情熱的に。ありのままのあなたをすべてわたしにちょうだい」

「おおせのとおりに」彼に異存はなかった。

不意に、着ているものが邪魔に感じられた。ライダーがいやいやからだを離してすばやく脱ぎ捨てているあいだに、彼女もタンクトップとブラジャーをはずした。どちらも一糸まとわぬ姿になると、ライダーは彼女にからだを重ね、肌と肌が直接触れ合う感覚を全身で楽しんだ。だがそれも長くはつづかなかった。彼女とひとつになりたいという欲望にどうにも耐え切れなくなったライダーは、ぐっと腰を押しつけて自らを彼女のなかに埋めこんだ。彼女の内側がぴくぴくと拍動しながら彼自身を締めつける。

ライダーは身震いすると、さらに深く、強く、彼女の奥へとはいっていった。熱く濡れて彼を包みながら、アンジェリークの手は優しく彼の背中を撫でていた。

緑色の濡れたような瞳で彼を見あげ、すべてをさらけ出しているアンジェリークを見ていると、それだけでどうにかなってしまいそうだ。ライダーは彼女の髪に指を差し入れて顔を引き寄せると、ひとつにつながったまま濃厚なキスをした。

それはまるで激しい戦いのようだった。彼のなかの闇の部分と、存在することを初めて知ったむき出しの感情が、心のなかで争っている。ライダーはいまだにその感情を手なずけることができずにいた。彼のなかの一部は引き返したがっていた。いつものように、ただの肉体的な接触にとどめようとしている。一方で、彼のなかにあるものすべてと共に、アンジェリークとひとつになろうとしているライダーがいた。その葛藤がさらに情熱をかきたてた。

彼という人間の中心にあったものが砕けかけていた。正気を失いそうだ。アンジェリークのことしか考えられない。その彼女はライダーの下で身をよじり、甘く誘惑しながら、すべてを差し出せと彼を駆り立てていた。

そしてライダーは、彼女を傷つけてしまうことを心から恐れていた。

「やめないで」アンジェリークは彼の口元で言った。彼の下唇を軽く嚙みながら、もっと深く彼を迎え入れようとして腰を持ちあげる。「お願いだから、やめないで」

彼女はわかっていた。ライダーのためらいや彼のなかの闇と光の戦いに気づいていた。醜い鎌首をもたげ、彼女を真っ二つに引き裂こうとする獣のような欲望をライダーが恐れていることも、どういうわけか悟っていた。

けれど、もう止められなかった。アンジェリークはすでにゴーサインを出し、彼は走り出してしまっている。ライダーは片手で彼女の髪をつかみ、うしろにぐいっと引っ張って、クリーム色の喉をむき出しにした。顎にむかってなめあげると、彼の下でアンジェリークがからだを震わせるのがわかった。男性自身が一段と締めつけられて、さらなる闇へと彼を駆り立てた。

ライダーは彼女のからだの下に片手を差し入れ、お尻をつかんで自分のほうに引き寄せた。より深く、激しく突き立てる。クライマックスに達したアンジェリークが快感に砕け散り、悲鳴にも似た声をあげながらからだを震わせた。内側も外側もがくがくと痙攣している。

ライダーもそれ以上こらえきれなくなった。彼女をつかむ指に力をこめ、首筋に顔をうずめてその名を呼びながら、彼女のなかへと放った。

忘我の状態が何時間も続いたように思えたが、汗みずくになって我に返ったのは、ほんの数分後のことだった。アンジェリークは彼の下で荒い息をつきながら、ぐったりと横たわっている。

頭をあげて彼女を見た。アンジェリークは彼に微笑みかけた。

「大丈夫かい?」

「ええ、もちろん」アンジェリークは、ライダーの額にかかった髪を払った。

ライダーはごろりと彼女の上からおりると、顔と顔が向き合うように彼女を抱き寄せた。

「きみといると、おれは変になる」

「いい意味で? それとも悪い意味で?」

「両方だな。きみを抱いていると、おれは自分がなにをしているのかわからなくなる」

アンジェリークは眉を吊りあげた。「充分わかっているように思えたけれど」

ライダーは声をあげて笑った。

「そういう意味じゃない。おれは……きみが相手だと感情を抑えられなくなる」

アンジェリークの小さな笑い声にライダーの股間がぴくりと反応した。

「べつに悪いことじゃないわ。わたしは、感情を抑えられなくなっているあなたが好きよ。あなたに心を開いている自分も好き。こんなふうに情熱に身を任せたのは、あなたが初めてなの」

「それを聞いて安心した」

アンジェリークは彼の唇にキスをした。

「自制心を失くすのは罪なことじゃないのよ、ライダー」

「そういうことに慣れていないんだ」

「わかるわ。あなたはまだ自分がどういう人間なのかがわからなくて、なにをしてしまうのかが心配なのね」

ライダーは答えなかったが、彼女の言うとおりだった。

「あなたは絶対にわたしを傷つけたりしない。初めて会ったときからわかっていたわ」

「どうしてそんなことがわかるんだ？」

アンジェリークは肩をすくめた。「直感ね。だれを警戒するべきか、女はわかるのよ」

「きみのお母さんは直感が働かなかったみたいだな」

その言葉が口から出たとたんに、ライダーは自分に毒づきたくなるのをこらえた。なんだっておれは、こんなに無神経でいやな野郎なんだ？　だがこれが彼という人間だし、もしもアンジェリークが彼のそばにいるつもりなら、折り合いをつけることを学んでもらわなくてはならない。

「すまなかった。言ってはいけないことだった。おれはいやな男だ」

アンジェリークは顔を曇らせたが、うなずいて言った。

「そうね。でもあなたはいつだって、思ったままを口にする。あなたのそんなところが好きよ。わたしのことは気にしなくていいわ。それよりも、あなたがなにを考えているかを知りたいの」アンジェリークは笑顔になった。「それに、わたしは母とは違う。あなたも猫をかぶったデーモンなんかじゃない」

それを確信できたならどんなにいいだろうとライダーは思った。

「そうだろうか。長いあいだおれのなかには、大勢のデーモンがいた」

アンジェリークはライダーの頬に手を当てた。

「それは違うわ。わたしにはあなたのことがわかるの。なにができるのかも知っている。確かにあなたには暴力を好むところがあった。それはあなたの一部よ。でもあなたは絶対にわたしを傷つけたりしない。あなたのお父さんがお母さんやあなたを傷つけたように」

ライダーは彼女の手を取って自分の唇へと近づけた。「愛している」

その言葉にアンジェリークは大きく息を吸いこんだが、すぐに真剣な表情を浮かべた。

「それなら、わたしをイザベルのところに連れていって」

「それはできない。危険すぎる」

「みんなそればっかり」アンジェリークは彼を押しのけるようにして座った。「わたしならあの子を助けられるって、どうしてわかってくれないの？　わたしならあの子を見つけられる。ブラック・ダイヤモンドを見つけられる。それができるのは、わたしだけかもしれない。ううん、きっとあなたとわたしにしか見つけられないわ」

ライダーは興味を引かれ、片方の肘をついてからだを半分起こした。「どうしてそう思う？」

「あなたは感じない？」

「なにを？」

「ブラック・ダイヤモンドよ。あれは、わたしたちの一部のようなものなの」

ライダーはアンジェリークのことで頭がいっぱいで、なにも感じられなかった。

「いったいなんの話だい？」

アンジェリークは脚を組んで彼と向き合うと、両手で彼の手を包んだ。

「心のなかを探ってみて。あなたはオーストラリアの洞窟でブラック・ダイヤモンドに手をかざしたわ。わたしの手の上から。そのせいでわたしたちは……ブラック・ダイヤモンドとつながりができたの。わたしにはわかる。命が再び吹きこまれたとたんに、わたしはそれを感じたの」

「アンジー、悪いがおれはなにも感じない」

「集中力が足りないからよ。ブラック・ダイヤモンドのことを考えるの。思い浮かべるのよ。あなただって絶対に感じられる」

アンジェリークは手を引いて、自分の正面に彼を座らせた。「わかった。やってみよう」

「洞窟でブラック・ダイヤモンドに手をかざしたときの感覚を思い出して。あのときのこと、覚えているでしょう？」

忘れてはいなかった。「光っていた。まるであのなかで、命が脈打っているようだった」

アンジェリークの顔が輝いた。「そうよ！　そのとおり。ブラック・ダイヤモンドはいままた活動を始めたの。わたしたちを呼んでいるの」

ライダーはブラック・ダイヤモンドのことを考え、その行方を想像し、つながろうとした。だがなにも起こらない。首を振った。「すまない。なにも感じない」

「変ね。わたしは感じるのに。どうしてかしら」

ライダーにはその理由がわかっていた。「きみにデーモンの血が流れているからだよ、アンジー。きみは〈闇の息子たち〉ともブラック・ダイヤモンドともつながっている。だから、そのシグナルを感じることができるんだ」

アンジェリークはまばたきをして、うなずいた。「もっともな話ね」

ライダーは彼女の顔を観察した。狼狽してはいないかと心配したが、ただ状況を分析しているだけらしかった。「平気かい？」

「ええ、大丈夫。ちょっと考えていただけ。ということは、わたしは〈闇の息子たち〉にとって価値があるのかもしれないわね」

「だから言っているじゃないか。イザベルを捜しにきみを連れていけないのは、それが理由だよ。〈闇の息子たち〉がきみを取り戻そうとするだろうからね」

「だからこそ、わたしが行くべきなのよ。わたしがその場にいれば、デーモンたちはハンターだけに集中していられなくなるわ。わたしを奪い、イザベルを手放さず、同時にブラック・ダイヤモンドを守ろうとする。そのためには戦力を分散せざるを得ないから、それぞれが手薄になる」

アンジェリークの言うことは筋が通っていた。論理的だ。論理に反論するのはたやすいことではなかった。

「それに、わたしはイザベルを見つけられる」

「どうやって？」

「あの子ともつながっているもの。あの部屋に閉じこめられていたとき、これまでにないほど強いつながりを感じた。あの子がブラック・ダイヤモンドに手を乗せたんだってすぐにわかったわ」

アンジェリークの顔に強い不安の色が浮かんだ。

「あの子は闇に堕ちたのよ、ライダー」アンジェリークは手をお腹に当てた。「あの子のなかで悪が渦巻いているのを感じる。気分が悪くなりそうよ。あの子を助けないと」

「ちきしょう」ライダーはうつむいた。

「あなたのせいじゃない。こうなるってわかっていた。わたしのせいよ。オーストラリアで、わたしがブラック・ダイヤモンドを持ち出したから。なにもかも、わたしが引き起こしたことなんだわ。あの子を守っていると思っていたけれど、結局わたしは、あの子がさらわれるお膳立てをしたようなものだもの。そのうえブラック・ダイヤモンドまで」

「きみのせいじゃないさ。自分を責めても、イザベルは戻ってこない。それに、これですべてが決まったわけじゃない。きみが教えてくれたんじゃないか。どんなことでも、変えられるんだ」

アンジェリークは彼に微笑みかけた。「そうね」

「まずはイザベルとブラック・ダイヤモンドを見つけ出して、確実に壊すことだ」

「イジーなら見つけられる。いまこの瞬間も……わたしとあの子はつながっているの。あの子が味わっている奇妙な感覚がわかる。間違いなくイジーよ。絶対に見つけられるわ」

ライダーは、そんなことをすれば自分を難しい立場に追いこむとわかっていた。けれど正しい決断が、必ずしも正しい選択だとは限らない。

「服を着るんだ。出発だ」

アンジェリークはベッドの上でライダーに飛びつくと、彼の首に腕をからめて長いキスをし、ようやく顔を離したところで言った。「信じてくれてありがとう」

彼女は、おれが自分を信じていないときにもおれのことを信じてくれた。おれは彼女に借りがある。

「一〇分で出かけるぞ」

アンジェリークはベッドから飛びおり、勢いよくドアを開けて廊下を駆け出した。

「すぐ仕度するわ」

24

一行は教会のなかで待機していた。デーモンは絶対に教会の建物のなかにははいれないとルイスが断言していたから、もっとも安全な場所だ。教会の敷地はなんらかの理由で神聖さを失ったか、もしくはデーモンが手段を講じてその土地を自分たちのものにしたようだったが、教会そのものに心配はない。このなかには神聖な物体がいくつか置かれていたから、デーモンがはいってくるおそれはなかった。万一はいってきたとしても、攻撃を仕かけられるほど、長くは生きていられない。

マイケルが状況を説明するとヴィンタルディ神父は愕然とし、敷地内を自由に使ってくれていいと言った。必要とあらば、墓地以外のあらゆる場所を掘り起こしてもかまわないと言う。

ダルトンは申し訳ない気持ちでいっぱいになった。ヴィンタルディ神父は、アンジェリークがデーモンにさらわれたことに責任を感じているらしい。デーモンがここにいることに気づくべきだったと神父は言った。

ダルトンにはその気持ちがよくわかった。だれよりも彼自身が、デーモンの襲来を予期しているべきだったのだ。なにより、イザベルにもっと目を光らせていなければいけなかった。それが彼の任務だったのだから。彼はイザベルを守らなければならなかったのに、見事に失敗した。

理由はわかっていた。イザベルに魅了されたせいで、正しい判断ができなかったからだ。すべきことを忘れ、目的を見失って感情が理性を曇らせた。そのために、イザベルは〈闇の息子たち〉にさらわれたのだ。

あの日おれは、イザベルといっしょにチャペルに残るべきだった。〈光の王国〉の職員たちはハンターではない。イザベルの身になにが起きているのかを、彼らに判断できたはずがない。イザベルのことをなにも知らないのだから。もしいっしょにいたのがおれだったなら、わかったはずだ。それなのにおれは罪悪感にかられて、彼女から逃げ出した。そばにいて、彼女を守ってやるべきだったのに。

誘惑の罠がどういうものか、闇に堕ちるのがどれほどたやすいことなのか、ダルトンにはよくわかっていた。〈闇の息子たち〉は、弱く無力なイザベルを誘惑し、彼女はその罠にはまったのだ。

おれなら彼女を止められた。おれにはそれだけの力があった。

ダルトンは、ルイスも知らないことを知っていた。だれにも話せない事柄を心のなかに抱えている。これまで長いあいだ、秘密を抱えて生きてきたが、いまのような事態を防ぐためにはその知識を使うべきだったのだ。

いでいた。

彼には、見るべきものが見えていなかった。イザベルへの欲望と罪悪感が、彼の目をふさ

なんて愚かだったんだろう。気が遠くなるほど長いあいだ、女性に触れていなかったのはそれが理由だったはずだ。そうすることで、デーモン退治に集中していられた。少なくとも、イザベルと出会うまでは。それなのに、欲望に身を任せてしまった。

二度と同じ轍は踏まない。

イザベルを取り戻すと決めていた。〈闇の息子たち〉には彼女を渡さない。闇と悪の巣窟に、彼女を置いておくわけにはいかない。彼女は闇の存在ではない。

彼女はおれのものだ。

ダルトンは即座にその思いを振り払った。

イザベルは彼のものではない。彼のものである女性などどこにもいない。かつて犯した過ちを二度とくりかえすつもりはなかった。それを正すためなら、どんなことでもする覚悟だ。早ければ早いほどいい。

一行がいるのは、礼拝所の外にある小さな部屋だった。ルイスはノートパソコンを開いて、デーモンが地下から姿を現わしそうな場所を調べている。

「なにかわかったか？」任務に意識を集中させたくて、ダルトンはルイスに尋ねた。

ルイスは画面を見つめたまま答えた。「まだだ。静かなものだ。なにも変化はない」

「アンジェリークを連れてくるべきだった」ダルトンが言った。

マイケルは、じっと見つめていた画面から顔をあげた。「本気で言っているのか？　とんでもないことになっていたかもしれないんだぞ」

「わたしもダルトンに賛成」マンディが口をはさんだ。「アンジェリークはおとりになりたがっていたし、〈闇の息子たち〉をおびき出せるものがあるとしたら、彼女しかいないわ。今回はわたしたちがいるんだし、彼女を守れるはずよ」

「そのとおりだ」ダルトンが言った。「やつらを追いかけていくよりは、自分たちの縄張りのなかで戦うほうが、はるかに楽だ」

「ダルトンの言うことにも一理ある」ルイスがマイケルに向かって言った。

マイケルは椅子の背にもたれた。「ぼくたちの仕事を楽にするために、ハンターではない人の命を危険にさらすのは気が進まない」そう言って、ステンドグラスの窓の近くに集まったハンターたちをにらみつける。「きみたちだけでは、任務を遂行できないのか？」

ダルトンの目つきが険しくなった。「あんたはあえておれたちを侮辱しているのか？　それとも、ブラック・ダイヤモンドとイザベルを取り戻させるために、おれたちを挑発して地下に向かわせようとしているのか？　どっちだ？」

「どこであろうと、おれたちは任務を果たす」パンクの声は低く、威嚇するようだった。

「あなたはわたしたちのことをなにも知らないじゃないの。そうでしょう、マイケル？」マンディは首を振りながら訊いた。

「たしかに知らない。ぼくはただ、きみたちがどうして自分の仕事を楽にするために罪のない女性を狼の群れのなかに放りこみたがるのか、その理由が知りたいだけだ」

「戦略っていうやつさ」トレースが答えた。

ディレクまでもが、怒った表情を見せた。

「あんたの部下たちならどうするんだ？　自分たちの能力を見せつけるために、わざわざ困難な方法を選ぶのか？　ほかの選択肢は考えないのか？」

ディレクの言葉に、マイケルの瞳が翳った。マイケルのチームになにがあったとしても、ダルトンにはどうでもいいことだった。それはマイケルが背負っていけばいい。けれど、自分のチームが侮辱されるのを聞き流すことはできなかった。

「そこまでだ」ルイスが静かに告げた。

マイケルが片手をあげた。「いいんだ。ぼくのチームは常に選択肢を考える。だが、結果を考えずに銃をぶっ放すのが、最良の方策とは言えないことだってある。そのせいで、人が命を落とすことがあるんだ。ぼくたちはデーモンハンターだ。そのための訓練を受けている。だがアンジェリークは違う」

「だから、一番いい方法を無視しようっていうのね」マンディが反論した。

「そうじゃない。ぼくは常にあらゆる方法を考える」

「それじゃあ、どうしてわたしを使うことを考えないの？　それが一番いい方法だわ」

アンジェリークの声に、ダルトンは振り返った。銃を脇に抱えたライダーが、隣でにやりとしている。

「アンジェリークといっしょに城で待っているはずだっただろう」マイケルが苦々しげに言った。

「アンジェリークは説得がうまくてね。彼女がここに来るのが、〈闇の息子たち〉を引っ張り出す最善の方法だと、おれも納得したんだ。そうすればイザベルを助け出し、ブラック・ダイヤモンドを取り戻すことができる」

ダルトンもにやりと笑った。ライダーには心を読む才能があるらしい。

「実を言うと、たったいまその話をしていたところよ」マンディはゆっくりとアンジェリークに近づくと、肩に腕をまわした。「本当にいいの？」

アンジェリークはうなずいた。「最初からそう思っていたわ。いまは確信している」

ライダーはレーザー銃を肩にかけると、部屋のなかへとはいった。

「アンジーはブラック・ダイヤモンドとなんらかのつながりができているんだ。それからイザベルとも」

「どんなつながりだ？」ダルトンが訊いた。

「うまく説明できないんだけれど、あの部屋に閉じこめられていたとき、ブラック・ダイヤモンドに命が吹きこまれた瞬間がわかったの。イザベルがブラック・ダイヤモンドに手を乗せたのが、そのときよ。石がぱっと輝いて、わたしにもそれがわかった」

「きみはあの洞窟で、ブラック・ダイヤモンドに手をかざしたからか」ルイスが言った。

アンジェリークは肩をすくめた。「わたしも最初はそう思ったの。でもあのとき、ライダーも手をかざしたわ。でも彼はなにも感じなかった」

「ライダーにはデーモンの血は流れていないが、きみには流れている。きみとブラック・ダイヤモンドにつながりができても、不思議ではない」

アンジェリークはルイスの隣の椅子に腰をおろした。

「でもわたしが手をかざすと、ブラック・ダイヤモンドの光は消えた。バートはわたしを追い払ったわ。なにをさせたかったのかは知らないけれど、わたしにはできないことがわかったとでも言わんばかりに」

ライダーがアンジェリークの肩に両手を乗せた。アンジェリークは頭をそらせるようにして彼を見あげ、微笑みかけた。ふたりのあいだに結びつきができたことは、だれの目にも明らかだ。

ダルトンはうれしかった。ライダーとアンジェリークは幸せをつかんだようだ。だが、彼には決してそんな日は来ない。

ルイスが椅子をうしろにずらし、アンジェリークのほうにからだを乗り出した。

「きみのなかには、魔王の血が流れている。だがどういうわけか、やつらが求めている闇はきみの妹が持っているらしい」

アンジェリークは息を吸いこみ、それからゆっくりと吐き出した。

「そうね、わたしもそれはわかっているの。あの子はブラック・ダイヤモンドに手を乗せたとたんに、内なる闇に屈したわ」

ダルトンが聞きたくなかった、けれどそうではないかと恐れていた言葉だった。

「どの程度だ？」

アンジェリークはダルトンを見た。「わからない。あの子に会わないと」

「もし彼女が〈闇の息子たち〉の側についたのだとしたら――完全にやつらの手に落ちたのだとしたら……」

マイケルは最後まで言おうとしなかったが、ダルトンにはわかっていた。もしイザベルが悪に染まったとしたら、〈光の王国〉にとって危険な存在になる。排除しなければならなかった。

「なんなの？」アンジェリークが訊き返した。「言ってちょうだい」

ライダーが彼女の手を握った。「もしイザベルがデーモンなら、完全なデーモンになってしまったなら、〈光の王国〉は彼女を倒す」

アンジェリークはからだを震わせ、部屋のなかを見回した。「妹を殺すのね」

だれも答えようとはしなかったが、その必要はなかった。どのデーモンであれ、彼らはすべきことをする。それがアンジェリークにとってどれほどつらいことなのか、ダルトンにはよくわかっていたし、彼もまた考えたくはなかった。その可能性を頭のなかから追い出した。

「あなたたちは、混血のデーモンのディレクとニックを殺さなかったじゃないの」

「アンジェリーク、イザベルの身になにがあったか、まだわかっていないんだ」ルイスが言った。「彼女もディレクやニックと同じように、内なるデーモンをコントロールできることを祈ろう。きみがそうできているように」

「できなければ、わたしのことも殺すのね」

「その必要はないだろう」ルイスはかすかに笑った。「きみには、デーモンの血に乗っ取られているような兆候は見られない」

「イザベルだってそうよ」

そうであることをダルトンは願った。イザベルを死なせたくはない。ルイスたちは、ダルトンほどイザベルのことを知らないのだ。

「あなたが来てくれてよかった」マンディの言葉に、緊迫した空気が緩んだ。

「きみは自分からすすんで危険な立場に身を置いた。ここに来たからには、〈闇の息子たち〉はきみを狙ってくるだろう。きみは勇気があるよ」ディレクは感心したように言った。

「勇気なのか、恐怖なのか、わたしにもわからない。あの子を見つけなきゃならないの。たったひとりの家族なのよ。なにもしないでお城で待っているなんて、とてもできなかった。わたしなら、デーモンたちを隠れ場所から引きずり出せることがわかっているんだもの」

マイケルはため息をついた。

「いいだろう。きみはいまここにいるわけだし、どうあっても残るつもりでいるらしい。やってみようじゃないか」

この場に残れることを知って、アンジェリークはほっと息を吐いた。

「ありがとう。わたしを守ろうとしてくれたことはよくわかっているし、ありがたいと思っているわ。でも、これが一番いい方法なのよ」イザベルの運命を知らされたいまとなっては、なおさらそう思えた。それを阻止するためなら、どんなことでもするつもりだ——手遅れにならないかぎり。

「きみがここにいるというだけで、〈闇の息子たち〉の注意を引くはずだ」ルイスが言った。「きみを取り戻そうとすれば——おそらくそうするだろうが——やつらは、自分たちの存在を明らかにすることになる。そうなれば、我々はやつらを倒し、隠れ場所を探し出せる」

「イザベルはそこにいると思う？　地下のどこかに？」

「可能性はある」マイケルが答えた。「彼女がここにいることはわかっている。ブラック・ダイヤモンドも。ただそれが地下なのかどうかははっきりしない」

ライダーは椅子を引っ張ってきて、アンジェリークの隣に座った。

「これからどうするの？」アンジェリークが尋ねた。

「待機して、様子を見る」

「おもしろいものがある」

アンジェリークは、テーブルの上で書類を眺めていたルイスに目を向けた。

「なに？」

「もう長いあいだ使われていない、古い墓地がある」

アンジェリークとライダーは立ちあがってテーブルに近づいた。

「古い見取り図みたいね」

「そうだ。人員をどう配置するかを考えていた。デーモンは教会の建物と同様、墓地にもはいれないから除外するつもりだったんだが、どうもここが気になるんだ」

「ヴィンタルディ神父を呼んでくるわ」ジーナが部屋を出ていった。

「そこのなにが気になるの？」マンディが尋ねた。

「なにかが引っかかる」

「だがそこが墓地なら、デーモンははいれないんだろう？」ダルトンが訊いた。

「そのはずだ。穢されているなら話は別だが」

ジーナがヴィンタルディ神父を連れて戻ってきた。

「なにか私にお手伝いできることがありますかな？」神父が訊いた。

「神父さま、このあたりのことをお尋ねしたいのです」ルイスは見取り図を指差した。

ヴィンタルディ神父はテーブルに身を乗り出し、見取り図を眺めてうなずいた。

「ふむ、古い埋葬地ですね」

「つまり、神聖な場所ですよね？」

神父は首を振った。「あそこは古い地所です。一七〇〇年代に最初の教会がこの地に建てられたとき、そこに埋葬されていた遺体は新しい墓地へと移されました」

「ということは、いまあそこには遺体はないんですね」ダルトンは見取り図を眺め、それからルイスに視線を移した。「あそこにはいるかもしれない」

ルイスはうなずいた。「可能性はある。あそこには、なにか心をざわつかせるものがある」

「あの地所は長いあいだ、手つかずのままです」ヴィンタルディ神父が顔をしかめた。「あそこには邪悪なものがあって、だれも足を踏み入れたがりません」

「邪悪？　神父さま、どういう意味ですか？」アンジェリークが尋ねた。

「あの場所には、犯罪者だけが埋葬されたと言われています。祈りを捧げられることもなかったそうです。処刑された悪党たちや、魔術を行ったと疑われた者たちが、赦されることもなく葬られたのです」

アンジェリークはライダーを見た。赦されることもなく。それがなにを意味するのか、彼女にはよくわかっていた。

「もちろん私たちは遺体を新しい墓地へと移し、改めて埋葬する際には祈りを捧げました」

「でも古い埋葬地は、神聖な墓地ではない。そういうことですね？」

神父はうなずいた。「そのとおりです。残念ですが」

「そこにはなにが残っているのですか？」マイケルが尋ねた。

「空っぽになった墓地と、古い石造りの建物です。かつては犯罪者たちを勾留したり、処刑したりするために使われていました」

「つづけてください」マイケルが言った。

神父はうなずいた。「黒魔術も行われていたという噂があります。悪魔をあがめたり、禁じられている儀式を行ったり」神父は十字を切った。

「間違いないな」ライダーがつぶやいた。

ルイスはうなずいて言った。「準備をしよう」

「戦いの時間だ」ダルトンはそう言いながらすでに背を向け、レーザー銃のほうへと歩き出していた。

ハンターたちがホルスターを身につけ、銃を装塡するのを眺めていたアンジェリークは、アドレナリンが体内を駆けめぐるのを感じながら、ライダーのかたわらへと歩み寄った。

「わたしを置いていかないわよね」たとえ、デーモンと直接対決することになってもかまわなかった。二度とあとに残るつもりはない。イザベルの命がかかっているのだ。

ライダーは顔をあげ、しばし彼女を見つめていたが、やがてわかっていると言いたげな笑みが口元に浮かんだ。

「置いていかないさ。もう二度と」バッグから予備のホルスターと銃を取り出し、テーブルに置いた。「ちゃんと撃てるといいんだが。きみはいまからデーモンハンターだ」

25

数カ月前であれば、ライダーがアンジェリークをハンター退治に同行させることは決してなかっただろう。訓練を受けていない彼女は、チームの足手まといになりかねない。けれどいま彼は、アンジェリークが隣にいることがうれしかった。彼女を信じていたし、なにが起きても彼女なら対処できるという確信があった。

ライダーは、あたりに注意を払いながら最後尾を進んだ。暗闇と木と茂みがあるばかりだ。なにも変わったことはない――いまはまだ。けれど時間の問題だとわかっていた。

アンジェリークとマンディが、彼の二歩前を歩いていた。

ふたりはなにかを話しながら、並んで歩いていく。マンディはアンジェリークを見おろすくらい背が高かったが、どちらも楽しげに笑いながら、小さな子供のように互いの肩を小突き合っていた。身長差があるにもかかわらず、顔を寄せて小声で言葉を交わしている。アンジェリークが一度こちらを振り返ってからマンディに視線を戻し、なにごとかをささやいてくすくすと笑いはじめた。一〇代の少女のようだ。

彼女が自分のことをマンディに話しているのはわかっていたが、ライダーは気にしなかった。たとえそれがいまだけのことであったとしても、リラックスしているアンジェリークを見るとほっとした。恐ろしい事態が待ち受けていることを、彼女はよくわかっている。そんなものなどないふりをして、緊張をほぐしているのだ。いいことだった。ライダーも戦いの前には同じことをする。神経を張りつめすぎると、いざというときに肝心なことに集中できず、冷静さを失いかねない。

彼女は頭がいい。

アンジェリークの戦いはいまにもはじまろうとしている。だが彼女の隣にはおれがいる。彼女を失うつもりはなかった。

なにがあろうともこの戦いに勝利する、ライダーは固く心に決めた。

不意にアンジェリークが足を止めた。

「後方で待機する」ライダーが前方にいるマイケルにインカムで告げた。

「了解」マイケルが応じた。

ライダーはアンジェリークに近づいた。「どうした?」

「イザベルを感じる」アンジェリークは前を見つめ、それから左側を指差した。「あそこよ。光が見える?」

ライダーは目をすがめ、アンジェリークが示した方向に建物があることを見て取った。

「北東だ、マイケル。建物があって、光が見える」ライダーは再びインカムに向かって言った。

「了解。前進する」

「あそこでなにが起きているか、感じるかい？」ライダーはアンジェリークに尋ねた。

「イジーがデーモンに囲まれている。でも怯えていないの。デーモンがあの子とブラック・ダイヤモンドを守っている。イジーとブラック・ダイヤモンドはあのなかよ」

「デーモンの数はわかるか？」マイケルが訊いた。

数秒間、アンジェリークは無言だった。

「全部はわからない。イジーのまわりにいるデーモンだけ。あの子のまわりに集まっているとしか、わからないわ」

「建物内部の様子は？」

アンジェリークは再び黙りこんだ。頭のなかに見えているものをさらに深く探っているようだ。

「あの建物は二階建てで、地下にも部屋がある。イジーは地下だと思う。すごく暗いの」

「ブラック・ダイヤモンドも同じ場所に？」

「ええ。あの子のすぐ横に」

「おかげで仕事が楽になる」マイケルが言った。「一階から侵入し、全員でまっすぐ地下に向かう。できるだけ早く、イザベルとブラック・ダイヤモンドを取り戻したいんだ」

「ほかの階のデーモンはやっつけないのか？」パンクが尋ねた。

「いまの目的は、イザベルとブラック・ダイヤモンドを取り戻すことだ。抵抗するデーモンは倒すが、あとはただイザベルを取り戻し、ブラック・ダイヤモンドを手に入れる。ぼくたちがするのはそれだけだ」

パンクがうなった。ライダーには彼の気持ちがよくわかった。デーモンを殺すことが彼らの仕事だ。だが、マイケルが言っていることも理解できた。

前方に建物が見えてきた。周辺の闇に溶けこんでしまいそうなほど黒い。二階建てで、古い教会と同じような造りだったが、人目を引くようなものではなかった。さほど大きくもないから、全体を調べることになってもたいして時間はかからないはずだ。だが地下はどうだろうか？　デーモンは地中から出てくる場合もあるから、いったい何匹くらいいるのか見当もつかなかった。

「油断するな」正面入り口に近づきながら、マイケルが言った。

「おれのそばにいるようにするんだ」ライダーがアンジェリークに言った。「一瞬たりとも離れるんじゃないぞ。おれは、デーモンを倒し、イザベルを取り戻すことに集中しなくちゃいけない。きみが我慢できずに、自分ひとりでイザベルを助けにいこうとしたら、おれはきみのことが気になって、仕事ができなくなる」

アンジェリークはうなずいて、彼の腕に手を置いた。

「わかったわ、ライダー。わたしは大丈夫。約束する」

ライダーはそれでも心配だった。〈闇の息子たち〉はなにをしてくるかわからない。困った状況に陥る可能性はおおいにあった。彼らの目的がなんであれ、アンジェリークは生きてここから帰す。それがライダーの一番重要な目的だった。

「準備はいいか？」マイケルが尋ねた。

全員から返事があったところで、一行は身を隠していた木立から出て、建物へと向かった。

「玄関に鍵がかかっていないほうに、一〇ドル賭ける」パンクが口を開いた。

「乗った」トレースが応じた。

一同がドアの前に集まると、パンクがノブを回した。したり顔で背後を見やってから、手のひらでドアを押し開けると、その向こうには墨を流したような闇が広がっていた。

「ちきしょう」トレースがつぶやいた。

ハンターたちはアンジェリークを取り囲み、そろって玄関をくぐった。使われていない部屋のなかは、かび臭いにおいが充満していた。

それは死のにおいだった。だがそれは古い死だろうか。それとも新しい死？　ライダーはさらにアンジェリークにからだを寄せた。

「大丈夫」

ライダーが心配していることがわかったかのように、アンジェリークが小声で言った。

一同はひとかたまりになって進んでいった。下の階に通じるドアを探す。一階に人気《ひとけ》はなく、聞こえるのは石の床を歩く彼らの靴音だけだった。泥とほこりが厚く積もった床には、足跡すらない。もう長いあいだ、ここにはだれもはいっていないということだ。つまり、デーモンはこの階にはいない。

「こっちだ」マイケルが声をあげた。「ドアがある」

彼はドアを開けると、振り返ってうなずいた。「下におりる階段がある。油断するな」

一同は一列になって、ひび割れたコンクリートの階段をおりはじめた。ライダーはアンジェリークの前に立ち、彼女の手を引いて危なっかしい階段を進んだ。おり切ったところで、アンジェリークの手に力がこもった。ライダーは足を止めて振り返った。

「どうした？」

アンジェリークはもう一方の手をお腹に当てた。「イザベルを感じるの。すぐ近くにいる」

「彼女の状況はわかるか？」

アンジェリークは首を振った。「いいえ。なんだか……不透明なの。まるで、わたしが彼女を感じようとしていることがわかっていて、それを締め出しているみたい」

「妙だな」そのうえ、いい兆候とはいえない。ライダーの予感が正しければ、歓迎すべき結末にはなりそうもない。なにかが起きる前に、ルイスとマイケルに話をする必要があった。

「こっちよ」アンジェリークは細い廊下の先を指差した。

「ライダー、アンジェリークの指示に従って、先頭に立ってくれ」マイケルが指示をした。

「ぼくたちがあとに続く」

ライダーはアンジェリークの手を握ったまま、先頭に立った。

「アンジー、どっちだ？」

「まっすぐ。廊下が狭くなるわ。その先に見えるのは、土と暗闇と部屋よ」

ライダーは真っ暗な廊下をゆっくりと進んだ。肩が壁に触れるくらい狭い。大柄な混血のデーモンが、どうやってここを通るのだろう？

通れるはずがない。上の階にやつらがいなかったのはそれが理由だ。だがからだの大きさでは人間と変わりない純血のデーモンなら、なんなく通れるはずだ。

あるいは、デーモン全員がイザベルとブラック・ダイヤモンドを護衛しているせいで、建物のほかの場所には見あたらないのだろうか。どちらにしろ、すでに危険なにおいがぷんぷんしていた。混血のデーモン特有の腐ったような悪臭が漂っている。

「におうか？」インカムで訊いた。

「ああ」パンクがうなるような声で応じた。「混血だ」

少なくとも、敵の一部の正体はわかったわけだ。

廊下は短く、その先は床から天井まで厚い石があるだけの小さな長方形の部屋になっていた。死のにおいがする。

「人間のもののようだな」部屋にはいってきたライダーが言った。

「処刑に使われていた部屋じゃないだろうか」マイケルが応じた。「壁に穴や溝がある。囚人を縛った鎖かなにかを、そこにつないでいたのかもしれない」

ライダーは顔をしかめ、アンジェリークに寄り添った。触れた肩がひどく冷たいことに気づいた。

「大丈夫かい？」

アンジェリークは小さくうなずいた。

「イジーを見つけて、こんな恐ろしい場所から早く出ましょう」

うなり声が聞こえ、混血のデーモンの悪臭が鼻をついたのはそのときだった。逃げ道といえば狭い廊下だけだったから、ハンターたちは袋のねずみも同然だ。

「来るぞ」ライダーが警告した。

「どこからでも来い」パンクが武器を構えた。

「ドアがないわ」アンジェリークは悪臭に顔をしかめながらつぶやくように言った。「どこから来るの？」

ライダーが答える必要はなかった。たったいままで壁だったところにドアが現われ、デーモンが姿を見せたからだ。

大勢いた。混血だ。広い額、うつろな瞳、そして牙とかぎ爪を持ったおぞましい生き物。子供たちの悪夢そのもののような、慈悲も魂も持たない生き物。何度見ても、慣れることはなかった。この世からやつらを消し去りたいとライダーは思った。〈闇の息子たち〉が、人々に恐怖を与えるためだけに作り出した生き物だった。

そのためにライダーは戦っているのだ――こいつらに人間を傷つけさせないために。

ライダーはレーザー銃を構え、ドアからはいってきた最初のデーモンのグループに向かって撃った。だがレーザーが命中してデーモンたちがゼリーと化すやいなや、うしろからつぎのグループが現われた。

だれに指示されることもなく、ハンターたちはさっと横一列に広がると、レーザーの集中砲火を浴びせはじめた。デーモンたちに近づく隙を与えない。部屋はすぐに煙と、肉の焼けるにおいでいっぱいになった。引き金を引きながら、ハンターたちは前進した。

魂を持たない混血のデーモンにも自衛本能はあるらしく、レーザー銃の攻撃にひるみ、じりじりと後退をはじめた。

「急げ！」ディレクが叫んだ。「ドアが消えないうちに」

ハンターたちはデーモンを追ってドアをくぐると、レーザー銃を撃ちながらさらに前進を続けた。シューという音が背後から聞こえ、ドアが閉じたことをライダーは悟ったが、気にしている暇はなかった。ハンターたちは全員がこちら側にいて、レーザー銃でデーモンを攻撃している。いま大事なのはそれだけだった。

ちらりと視線を向けると、真剣な表情を浮かべ、つぎつぎにデーモンを撃っているアンジェリークが見えた。一匹を倒すと、即座につぎのデーモンに照準を合わせ、引き金を絞っている。

さすがだ。呑みこみが早い。

煙はますます濃くなって視界をさえぎった。そこがどこであれ、明かりはなかったから、あたりの様子を見て取るのがいっそう難しくなった。

だがようやく、デーモンたちの動きが止まった。

「撃つのをやめろ」ライダーが命じた。

一行は発砲をやめ、銃を構えたまま、煙が薄まるのを待った。デーモンの死体があたり一面に散乱していたが、生きているものは見当たらない。

「やつらは消えたみたいだな」パンクが満足げにうなずいた。「やったな」

「だな。で、ここはどこだ？」トレースが尋ねた。

「いい質問だ」ライダーが応じた。「建物の外らしい」土と木のにおいがした。煙に混じって、外の空気が流れてきた。

「これも〈闇の息子たち〉の魔法なの？」マンディが訊いた。「オーストラリアの洞窟のときみたいに？」

「わからない」ライダーはアンジェリークを振り返った。

彼女はすでに煙のなかを歩きはじめていた。濃いもやのなかに、その姿が隠れかけている。もしもそれが本当にもやだとしたら、デーモンが実体化する前に彼女を引きとめなくてはならない。ここがどこであるかすら、まだわからないのだ。

「アンジー」

アンジェリークは止まらなかった。

ライダーは彼女の腕をつかんだ。「止まるんだ、アンジー。どこに行く？」

ライダーの言葉にも反応はなく、アンジェリークはそれから数秒間、前方の濃い煙を見つめたままだった。ようやく彼に向けた視線も焦点が合っておらず、またすぐに煙のほうへと顔を戻した。

「アンジー、どうしたんだ？」

「あっちにイザベルがいるの。ブラック・ダイヤモンドも。わたしを呼んでいる。わたし……行かなくちゃ。いますぐに」

アンジェリークは再び歩きだそうとしたが、ライダーはつかんだ腕を放そうとはしなかった。

「待つんだ。ブラック・ダイヤモンドがきみを呼んでいるって？」

アンジェリークは顔をしかめた。「そうじゃない。イザベルを感じるの。あの子がわたしに手を差し伸べている。あの子のところに行かなくちゃ」

さっき言ったことと違っている。アンジェリークはライダーの手を振りほどこうとしたが、ライダーはつかんだ手に力をこめた。

「待てったら。落ち着いて、よく考えるんだ」

アンジェリークは、ライダーにつかまれた腕に目を向け、それから彼に視線を戻した。

「もう考えるのはたくさん。行動するときがきたのよ、ライダー。もう待たないわ」

ライダーが手を放さずにいると、アンジェリークの腕の筋肉が硬直した。

「ライダー、放して」

「悪いが、放すわけにはいかない」

ライダーはアンジェリークを引きとめ、彼女の言葉の意味を見極めようとした。いったいどうしたのだろう？　なにかおかしい。

だがいぶかっていたのも、彼女が振り返るまでだった。こちらに向けたアンジェリークの目が真っ赤に染まっている。アンジェリークは普段からは想像もできないほどの力でライダーの手を振りほどくと、悪魔のようとしか表現できない声で言った。

「いいえ。あなたにはそろそろ放してもらうわ」骨が砕けそうなほどの力で、ライダーの肘の下を握り締める。

なんてこった。なにかが起きるだろうとは思っていたが、これはまったくの想定外だった。

26

アンジェリークのなかでなにかが渦巻いていた。邪悪なものが、内側から彼女を蝕んでいる。

自分のなかのデーモンが、自由になろうとして圧力をかけていることはわかっていた。けれどどうしてもイザベルのところに行きたかったから、アンジェリークはそれを阻止しようとはしなかった。その圧力に身を任せていれば、イザベルの身になにが起きているのかがわかるかもしれない。けれどその過程でライダーに危害を加えることになるとは、思ってもいなかった。自分のしたことにアンジェリークは怯え、動きを止めた。わたしはなにをしたんだろう……。

神さま、力をください。

アンジェリークは甘美な悪意――強烈で、一瞬でも気を抜けば自由に暴れ出すだろう――をつかまえ、心の奥に押し戻して、牢獄の入り口を閉めるように元の場所に閉じこめた。内なるデーモンがそこにいることに変わりはなかったが、とりあえず制御することはできた。

安堵感が彼女を包んだ。内なる邪悪を支配することができた。少なくともいまは。

「ごめんなさい」アンジェリークはライダーの腕を放した。指のあとが黒く残っているのを見てぞっとした。ライダーにこれだけのあざを残すには、相当な力が必要だったはずだ。

「ライダー、本当にごめんなさい。こんなことをするつもりじゃなかったの」

「いいんだ」ライダーは彼女の頬に手を触れた。怒っているというよりは、心配しているようだ。自分はその優しさを受けるに値しないとアンジェリークは思った。「きみは動揺していて、どうしてもイザベルに会いたいと思っているだけだ。愛する人の邪魔をするやつは、だれであれ、おれが倒すよ」

アンジェリークは、彼が許してくれたことに感謝しながらうなずいたが、自分自身を許すことはできなかった。胸の奥が痛む。どうしてあんなことをしたんだろう？　わたしの態度を見て、ライダーはお父さんを思い出したかしら？　わたしは冷酷で、自分がなにをしているのか、なにを言っているのか、わかっていながら……やめようとはしなかった。

いいえ、わたしはやめた。その違いは大きい。やめたわ。そうでしょう？

「そこまでだ」ライダーは、アンジェリークの心の内を見透かしているかのように目を細めて告げた。「おれはきみを愛している。きみはイザベルにどうしても会いたかっただけだ。おれはそんなにやわじゃない。きみのことはおれが受け止めるさ」

「なにか問題でも？」マイケルがふたりに近づいてきた。

ライダーは首を振った。「いや、なにも。この煙のなかでどう行動すべきかを相談していたんだが、意見が一致しなくてね。アンジーはとにかく進みたがったんだが、まずは検討してからだと説得していたところだ。彼女の妹だからな――気持ちはわかる」

いま彼女がなにをしたのか、ライダーはマイケルに話すつもりはないようだった。ライダーが自分を信じてくれていることが、アンジェリークの心にしみた。

「ライダーの言うとおりだ。ぼくたち全員が攻撃を仕かけるまで、きみは待つべきだ。向こう側でなにが起きているのか、わからないんだから」

アンジェリークにはわかっていた。イザベルはデーモンに囲まれている。デーモンに守られている。

ストレスや極度の緊張状態が、内なるデーモンを解き放つらしかった。アンジェリークは、今度はもっと強くなると心に誓った。コントロールを失う前に、なにが起きているのかを把握するのだ。内なるデーモンを操ることができなければ、逆に支配されてしまう。

二度とライダーを傷つけるつもりはなかった。

「ええ、もちろんよ。ごめんなさい。長いあいだ待っていたから、早くあの子を取り戻したくて仕方がなかったの」

「あせってはいけない。もうすぐだ」マイケルが言った。

ライダーがアンジェリークの腰に手を回して、自分のほうに引き寄せた。

「おれたちは大丈夫だ」

「ええ」〝彼女〟ではなく、〝おれたち〟と言ってくれたことがうれしかった。

「制御できたかい？」

「ええ」二度とデーモンを表には出さない。ライダーやほかの人たちを傷つけるおそれがあるのに、そんなことはできなかった。

「デーモンと向き合うのを怖がらなくてもいい」ライダーが彼女の耳元でささやいた。「おれがうしろにいるんだし、きみのなかのその強力な血を必要とするときがくるかもしれない」

アンジェリークはライダーを見あげた。「本気で言っているの？　コントロールできるかどうか、まだ自分でもわからないのに」

「心配ない。おれがきみを守る」

アンジェリークはつかの間、目を閉じた。「愛しているわ、ライダー」

アンジェリークは大きく息を吸うと、もやの向こうに待っているのが自分の知っているイザベルであることを願った。

マイケルが先頭に立った。視界をさえぎっているのが、彼らの武器から出た煙だけでないことは明らかだ。〈闇の息子たち〉が作り出したもやに違いなかった。

建物の外であることは確かだ。濡れた芝と土のにおいがしたし、夜の空気が冷たい。アンジェリークはハンターたちに囲まれて、ただ彼らについて歩いていた。

彼女は昔から暗闇が好きだった。だれもいない洞窟で作業するのも平気だったし、ひとりで発掘をするのもいやだと思ったことはない。けれどいまは、闇に怖じ気づいていた。闇には、デーモンが潜んでいる。

とはいえ、一行がかけているゴーグルは優れものだった。青白い光に照らされたように、すべてをはっきりと見ることができる。色はついていなかったが、画像は鮮明だった。もやが薄くなりはじめたが、そこがどこなのかはわからなかった。目印になるようなものもなく、ただ深い森が広がるばかりだ。道らしい道もない。

胸の奥に抗いようのない鋭い痛みを感じて、アンジェリークは振り返った。

そこにイザベルが立っていた。

少しも変わっていないように見えながら、どこかが違っていた。足先まで覆う真っ黒な長衣が、生き物のようにはためいている。その瞳はいままでよりも色が濃く、悪意を秘めているように見えた。

アンジェリークは身震いした。イザベルの変化が自分の想像にすぎないことを願いながら、あたりに目をこらす。イザベルの足元にブラック・ダイヤモンドがあった。以前よりもはるかに強く、脈打つように光を放っている。

イザベルのそばに行かなくてはならない。知らなくてはいけない。

「イジー」

「アンジェリーク、待つんだ」

うしろでライダーの声がしたけれど、アンジェリークは耳を貸そうとはしなかった。イザベルが、そしてブラック・ダイヤモンドが彼女を呼ぶ力は強烈だった。

イザベルが両手を広げて笑みを浮かべると、アンジェリークは駆け出した。高まる鼓動に合わせるように、ブーツが硬い土を蹴る。急がなくては。ハンターたちがすぐあとを追ってきていることはわかっていた。

アンジェリークはイザベルの腕のなかに飛びこんだ。イザベルが彼女に腕を回して、抱き寄せる。アンジェリークは強くイザベルを抱きしめて、その髪に顔をうずめた。

「大丈夫だった？」

イザベルは答えなかった。その肌がひどく冷たいことにアンジェリークが気づいたのはそのときだ。服の上からでも、まるで氷のように感じられた。

死人のように。

アンジェリークはからだを離し、息を呑んだ。

イザベルの目に命は感じられなかった。かつては生き生きと明るく輝いていた美しい瞳は、いまはただ悪意だけをたたえて赤く光っている。

「ああ、イジー。いったいなにをされたの？」

イザベルの口の端が吊りあがり、牙の先端がのぞいた。

「なにもされてなんかいないわ、アンジー。わたしを完全な存在にしてくれただけよ。わたしといっしょに来れば、あなたもそうなれるわ」

背後でハンターたちが足を止めたのがわかった。彼らが武器を構えていることも、自分と同じものを見ていることも、アンジェリークは気づいていた。

イザベルのなかで悪がうごめいていた。まるで、彼女の肌の上を蛇がのたくっているようだ。蛇の吐く息が聞こえた気がした。アンジェリークの全身に鳥肌が立ち、ぞくりとして吐き気がした。

イザベルはデーモンだ。完全なデーモン。

嘘よ！　信じなかった。簡単にあきらめるつもりはない。

「イザベル、お願いよ。あなたはまだそこにいる。あなたのなかに、ぬくもりと人間の部分が残っている。わたしのところに戻ってきて」

あたかもアンジェリークを脅そうとするかのように、イザベルの足元でブラック・ダイヤモンドがうなりはじめた。

「わたしの居場所はここよ、アンジー。〈闇の息子たち〉がわたしの仲間であり、家族なの」

イザベルの言葉と同時に、男たちが実体化した。黒装束に身を包んだ一〇人の魔王。イザベルの背後に立つ彼らの顔に感情はなく、その瞳はただ黒いばかりで魂も人間性もまったく感じられなかった。

〈闇の息子たち〉。

そしてどこからともなく現われたデーモンたちが、彼らを取り囲んだ。純血のデーモンもいれば、コテージでアンジェリークとライダーが戦ったデーモン――もやに包まれ、光る青い目をしたデーモン――もいた。その邪悪さを目の前にして、アンジェリークは息が苦しくなった。

〈闇の息子たち〉のひとりが前進してきたので、アンジェリークはあわてて一歩あとずさった。男の発する熱で、腕のうぶ毛がちりちりと焦げるようだ。

男の腕が腰に回されても、イザベルはまばたきひとつしなかった。それどころか、笑みが顔いっぱいに広がった。

「アンジェリーク。我々のもとに戻ってきたそなたを歓迎する」

ライダーは即座にアンジェリークの隣に立ち、魔王に銃を突きつけた。「さがれ」アンジェリークのこともうしろにさがらせようとしたが、彼女は応じなかった。

「いいえ、大丈夫。ここにいさせて」

魔王の口の端が吊りあがった。

「彼女はおまえと行きたくないそうだ、ハンター。妹といっしょにいたいらしい」

「彼女はおまえたちなんかと関わりを持ったりしない」

ライダーはいま一度アンジェリークを引っ張ったが、それでも彼女は動こうとはしなかった。いまのアンジェリークには、イザベルを取り戻すことがなにより大切なのだ。

「ライダー、お願い。イザベルのところに行かなきゃいけないの」

「テイス。アンジェリークを連れていって」イザベルが言った。

イザベルがテイスと呼んだ魔王は声をあげて笑った。

「彼女はいずれ我々のところに来る、我が女王」

女王？　いいえ、そんなことを許すわけにはいかない。

ダルトンがふたりの脇を抜けて前に出ると、アンジェリークよりも、さらにテイスの近くに立った。耐えられないほどの熱さのはずだが、たじろぎもしない。テイスを無視し、ただひたすらイザベルを見つめていた。

「イザベル」

ほんのつかの間、イザベルの瞳に光が揺らめいたようだったが、それも一瞬のことだった。

「おまえに彼女は渡さない、テイス。彼女はおまえたちの仲間なんかじゃない」ダルトンはイザベルに向かって手を差し出した。「さあ、イザベル。おれと帰ろう」

イザベルは首をかしげ、眉間にしわを寄せてダルトンを見つめた。

どうかイザベルがダルトンといっしょに来ますように。

「ならぬ！」テイスの声が暗闇に響きわたった。「彼女は我々のものだ」

テイスがイザベルに与えている影響は、計り知れないくらい大きいようだ。イザベルはすっくと背筋を伸ばし、瞳は再び焦点が合わなくなった。ほんの一瞬ではあったけれど、イザベルの耳にたしかにダルトンの声が届いたことに気づいて、アンジェリークは希望を抱いた。

イザベルはまだあそこにいる。

アンジェリークはダルトンとライダーのシャツを引っ張って、こちらを向かせた。

「もう一度やってみたい。どうにかしてあの子にわたしのほうを向かせたい。本当にわたしを見てほしいの」

「きみ自身も戦わなくちゃならないかもしれないぞ」ライダーが反論した。

アンジェリークはうなずいた。彼の言いたいことはよくわかった。「ええ」

「大丈夫か？」

「だめだと思ったら、戻るわ。信じてくれる？」

ライダーはいささかもためらわなかった。「もちろんだ。やるといい」

「おれが援護する」ダルトンが言った。「彼女はまだいる」

それこそアンジェリークが聞きたかった言葉だった。ダルトンの手を強く握り締める。

「ハンターたちにはおれが話す」ダルトンが言った。「〈闇の息子たち〉とデーモンはおれたちに任せて、きみは妹を取り戻すんだ」

アンジェリークはダルトンに向かってうなずき、それからライダーに視線を向けた。

「あの子を殺させないで。わたしにできることをすべてするまでは」

「やってみるよ、アンジー」

アンジェリークが頼めることはそれだけだった。

アンジェリークはテイスとイザベル、そしてデーモンたちに意識を集中させた。イザベルを取り戻すためにハンターたちが攻撃してくることを、彼らは予期していたようだ。すべて計画どおりであるかのように。

そのとおりなのかもしれなかった。〈光の王国〉を倒すのも、アンジェリークを手に入れるのもたやすいことだと、〈闇の息子たち〉は考えているのかもしれない。

けれどそれは間違いだ。

イザベルが〈闇の息子たち〉の一員になるくらいなら、この手で殺そうとアンジェリークは決めていた。考えただけで、心臓にナイフを突き立てられるような気がしたけれど、そうするつもりだった。イザベルをデーモンにさせるわけにはいかない。イザベルはそんなことを望まない。彼女が知っている、愛しているイザベルは。

そんな事態にならないことをアンジェリークは祈った。

ライダーとダルトンが彼女のところに戻ってきた。ダルトンが小さくうなずいたのを見て、アンジェリークは安堵のため息をついた。ハンターたちが背後を守ってくれると思うと、心強かった。

あとは彼女しだいだ。この戦いには勝たなければならなかった。イザベルの命がかかっている。アンジェリークは背筋を伸ばしてイザベルを見つめると、昔ながらの口調で言った。

イザベルがなにか悪いことをするたびに、こんなふうに叱りつけたものだ。

「イザベル、もうやめてちょうだい。いますぐわたしといっしょに来るのよ」

「そなたの言葉になど耳は貸さぬ。彼女は我々の支配下にある」テイスが口を開いた。

「おまえに話しているわけじゃない」ライダーはそう言って銃を構えた。

テイスが片手をあげるとデーモンたちが歩み出て、魔王たちの前に立った。

アンジェリークは身震いした。いまにも火蓋が切られようとしているが、アンジェリークが集中すべきはイザベルただひとりだった。

「ダルトンとおれがきみを守る。きみはイザベルのところに行くんだ」ライダーはそう言うと、デーモンに銃口を向けた。

アンジェリークは、彼女のなかにあるデーモンの血を呼び起こそうとした。自分の意思で呼べるものなの？　以前に試みたときには失敗した。今回失敗したら、イザベルを二度と取り戻すことはできないとわかっていた。

はじまりは一瞬だった。デーモンが突進してきたが、アンジェリークはその背後にいるイザベルから意識を逸らすことはなかった。ダルトンとライダーがレーザー銃を発射し、あたりは突如として戦場と化した。アンジェリークは、デーモンに向かっていくハンターたちの背後で銃を構えた。

アンジェリークの視界は煙と死体、そして突撃していくハンターたちでいっぱいになった。純血のデーモンの動きはすばやかったが、肉弾戦にならないかぎり、ハンターたちの武器の敵ではない。新たな種類のデーモンには、ダルトンとライダーが銀の弾丸を使った新兵器で相手をした。アンジェリークは彼らの邪魔をしないように注意した。ふたりはデーモンに向かって引き金を引きながら、アンジェリークと共にイザベルに近づいていく。デーモンは苦痛のあまり悲鳴をあげていた。

アンジェリークはくるりと向きを変えると、ライダーの横手に向かって銃を撃ち、新たなデーモンを一匹倒した。すぐさまべつのデーモンが彼女に向かってきたので、それも倒した。アンジェリークはライダーの気持ち――デーモンを殺す快感――を初めて理解した。一匹倒すたびに達成感のようなものが沸き起こり、胸のすく思いがした。けれど次々と襲ってくるデーモンたちが絶えることはなかった。

この生き物のせいで妹に近づけないのだと思うと、アンジェリークの全身が怒りで熱くなった。怒りが激しくなるほどに、彼女の内に潜むデーモンが出口をもとめてのたうつのがわかった。

それこそが、アンジェリークの望むところだった。邪魔をするデーモンたちを倒し、再びイザベルの前に立ったとき、彼女は息ひとつ切らしていなかった。怒りがもたらすエネルギーに満ち、いまにも爆発しそうだ。いらだちと怒りをなんとかてなずけていた。

「イザベルを放して」テイスに告げる。

テイスはイザベルから手を放した。「姉のところに行くがいい」イザベルに向かって言う。「我々の仲間になるよう説得するのだ」

イザベルは宙に浮いているような足取りで近づいてきた。笑みを浮かべてはいるけれど、目は笑っていない。その瞳はうつろだった。そこにあるのはからだだけで、アンジェリークが知っているイザベルはどこかへ行ってしまったようだった。

けれどアンジェリークからほんの数センチのところで足を止めたときには、イザベルの目は焦点を取り戻し、顔には心からの笑みが浮かんでいた。「アンジー」

希望が沸き起こった。イザベルは魔王の束縛から逃れて自由になったの？　それともなにかの罠？

「あなたなの？」

イザベルはうなずいた。「当たり前じゃないの。わたしはわたしよ」

アンジェリークはイザベルの手を取った。氷のようだ。「わたしといっしょに帰りましょう」

イザベルは穏やかな笑みを浮かべて首を振った。

「いやよ。わからない？　わたしはここにいたいの」

「自分がなにを言っているのか、あなたはわかっていないのよ。なにかの呪文をかけられているんだわ」

イザベルは声をあげて笑った。「違うわ。わたしがここにいるのは、そうしたいからよ。わからない？　ここが、わたしがいるべきところなの。昔からそうだったのよ」

アンジェリークは首を振った。「あなたは彼らとは違う。あなたはデーモンじゃない」

「デーモンなのよ。自分のなかにいるのがわかる」イザベルは両手でこぶしを作ると、胸に当てた。「なにかの力がここに潜んでいるって、昔から感じていた。でもどうすることもできなかった。ブラック・ダイヤモンドが……わたしを受け入れて、その力を解き放ってくれたのよ」

アンジェリークは腹立たしさのあまり涙があふれそうになるのをこらえた。過ちを犯そうとしていることをイザベルにわからせるには、冷静でなくてはいけない。

「わたしを見て、イジー。わたしにはあなたと同じ血が流れている。わたしは邪悪じゃないわ。あなただってそうよ」

イザベルはつかの間目を閉じ、首をかしげた。「知らないことをとやかく言うものじゃないわ。わたしたちがどれほどの力を手に入れられるか、姉さんにわかるの？　わたしだけでもこんなに力があるのよ。ふたりいっしょなら、だれもわたしたちにはかなわない」

「もうたくさんよ、イザベル。あなたはこんなことをしたくないはず。母さんだって、あなたにこんなことしてほしくないはずよ」

イザベルは顔をしかめた。「母さんは、いずれわたしが悪に堕ちるって考えていたわ。わたしはどこかおかしいって思っていたのよ。なにがおかしいのか、わたしにはわからなかった。でもいまならわかる。予言どおりになったの。母さんの言うとおりだったのよ」

「母さんの日記を読んだ？　本当に読んだ？」

「何度も読んだわ。あのおかげで、わたしは自分の運命がわかったのよ」

「いいえ、あなたはまったく読んでいない。本当に読んだなら、母さんがあなたを愛していたことがわかったはずだもの。母さんはあなたを恐れてなんかいなかった。あなたが堕ちることを望んでなんかいなかった。あなたを救いたかったのよ。母さんはあなたを愛していたの」

イザベルが目をしばたいた。光って見えるのは涙？

イジー、お願いよ。わたしのところに戻ってきて。

「母さんはわたしのなかの闇に気づいていたのよ」

アンジェリークは首を振った。あきらめるつもりはない。

「そんなことない。あなたのことはよくわかっているの。あなたが欲しいのは光なのよ、闇じゃなくて。さあ、もうお芝居ごっこはやめにしましょう。あなたはただ注目されたいだけ。昔からそうだったわ。でもこれはいただけないわ」

イザベルは目を細めた。「よくもそんなことが言えたものね」

こんなことを言えば、イザベルを怒らせるのはわかっていた。けれどその怒りが、〈闇の息子たち〉の呪文だかなにかからイザベルを解放してくれるかもしれない、彼女と喧嘩をすることで目的を果たせるかもしれない、とアンジェリークは思った。

「本当のことだもの。子供みたいに振る舞うのはもうやめなさい。家名にこれ以上泥を塗る前に、家に帰りましょう」アンジェリークはイザベルの手をつかみ、ハンターたちのほうへと引っ張った。

イザベルがその手を握り返した。痛い。アンジェリークはイザベルの力に息を呑み、その顔の変容にすくみあがった。目の前にあるのは、悪魔としか言いようのない表情だった。美しかったイザベルの顔が、醜く恐ろしいものに変わっている。広い額に赤い瞳、口からは牙がのぞいていた。

アンジェリークは悲鳴をあげて逃げ出したくなった。ここにいるのは、わたしの妹じゃない。

「いいえ。あなたがわたしといっしょに来るのよ」イザベルはうなるような低い声で言うと、アンジェリークをテイスのほうへと引っ張りはじめた。

イザベルに自分の声が届かない怒りといらだちが、アンジェリークのなかで爆発した。自分でも知らなかったほどの力で両足をぐっと踏ん張ると、イザベルがどれほど引っ張ってもびくとも動かなくなった。

イザベルは振り返り、恐ろしいまでの怒りのこもったまなざしでアンジェリークをにらみつけた。「さからわないで、アンジー」

ふたりはすさまじい力で引っ張り合いをはじめた。互いにつかみかかり、相手の服や肌にどうにかして手をかけようとする。ライダーやほかのハンターたちがどこにいるのかすら、アンジェリークにはわからなかった。けれど、背後で繰り広げられている戦いに気を取られている暇はない。ライダーが無事であることを、ハンターたちがデーモンにやられていないことを祈るばかりだ。

彼女自身は、イザベルとの戦いに必ず勝つつもりでいた。すべてが終わったときにイザベルを連れ帰るには、ハンターたちにも勝ってもらう必要がある。

イザベルは強かった。恐ろしく強い。その力に対抗するのがしだいに難しくなってきた。彼女のなかに渦巻く怒りが伝わってくる。それがどこから生まれたものなのかは、アンジェリークにもわかっていた。

同じ考古学を志しながら、母親ともアンジェリークとも異なるやり方を選んだせいで、イザベルは自分は認められていないと思いこんでいた。テイスはイザベルを女王と呼ぶことで、その劣等感にうまくつけこんだのだ。

彼女がテイスの崇拝と愛情の対象であると思いこませた。

「彼はあなたを愛してなんかいない」アンジェリークはイザベルの意識をこちらに向けようとして、彼女の肌に爪を食いこませた。「あなたは利用されているだけよ。〈闇の息子たち〉は、あなたが欲しいものを与えることはできないのよ、イザベル」

「姉さんは間違っている」イザベルは強引にアンジェリークの向きを変えさせると、うしろから抱えこみ、片方の手を彼女の喉に当てた。長いかぎ爪にいまにも頸動脈を引き裂かれそうになって、アンジェリークは動きを止めた。イザベルが本当に自分に危害を加えるつもりなのかどうか、確信が持てなくなっていた。

「わたしは〈闇の息子たち〉にとって究極の存在なの。唯一の女王なのよ。ほかにはいない。ほしいものはなんでも手にはいるの」

これは本当にイザベルなの？　イザベルは本当にいなくなってしまったの？

「あなたの忠誠心を示すためにわたしを殺すの？　これが、あなたの求めていた愛なの？実の姉を殺すことが？」

「殺す必要はないわ、アンジェリーク。わたしたちの一員になりさえすれば。断れば、あなたにはなんの価値もない。わたしたちにはむかうくらいなら、死んでもらうわ」

どれほど必死であがいても、アンジェリークはイザベルの手を振りほどくことはできなかった。イザベルの持つデーモンの力はますます大きくなっていたが、内なる闇はそれ以上に深かった。

アンジェリークの負けだった。

27

ダルトンはくるりと向きを変えると、突進してきたデーモンの胸に銀の弾丸を撃ちこんだ。傷口から煙がたちのぼってデーモンの姿が消えるのを見て、ほくそえむ。

銀の弾丸が新しいデーモンを殺したのかどうかは、まだわからない。再生するために、姿を消しただけなのかもしれない。だがそれを判断するのは〈光の王国〉だ。彼の仕事ではない。

煙が消えると、ダルトンは立ちはだかるデーモンにつぎつぎとレーザー銃を撃ちこみながら前進を続けた。やがて、腕組みをして一列に並んで立つ〈闇の息子たち〉が目の前に現われた。

彼らの前にはイザベルがいて、うしろからアンジェリークを抱えこんでいる。かぎ爪がいまにもアンジェリークの喉に食いこみそうだ。

くそっ。まずい。頼む、イザベル。これはきみじゃない。戦うんだ。まだ手遅れではないはずだ。だが彼女にそれがわかっているだろうか？

すぐにでもわからせなくてはいけない。視界の隅に、突進しようとするライダーの姿が映った。ダルトンは片手をあげて、彼を押しとどめた。

「やめろ。そんなことをすれば、アンジェリークが危ない」

ライダーは足を止めた。息を荒らげているのは、戦いの余韻とアンジェリークの危機を目の当たりにしたせいだろう。彼は顔をあげ、敵意をむき出しにした視線をダルトンに向けた。いまの彼には、ダルトンも敵に見えるに違いない。「アンジェリークがイザベルに殺される」

「おれに話をさせてくれ。おれの話なら、彼女は聞く」

ライダーはしばし考えてから言った。「三〇秒だけやろう。それでだめなら、彼女を撃つ」

ライダーはレーザー銃を構え、イザベルの頭に狙いをつけた。彼の射撃の腕は確かだ。

ダルトンはうなずいた。「わかった」じりじりとイザベルに近づいていく。イザベルは冷たいまなざしで彼を見つめていた。

「イザベル、アンジェリークを放すんだ」

イザベルはにやりとした。上唇がめくれあがり、牙がのぞいた。

「姉さんはもうわたしのものよ。わたしたちの仲間になるか、でなければ死ぬかね」

「自分の姉さんを殺すのか?」

イザベルは肩をすくめた。

「わたしは〈闇の息子たち〉の一員なの。彼らがわたしの家族なのよ」

ダルトンがちらりと視線を向けると、テイスが満足げにうなずいた。

くそったれ。〈闇の息子たち〉はあとで片付けてやる。

「あんな汚らわしい最低の悪魔の仲間になるくらいなら、死んだほうがましよ」アンジェリークの目の縁は赤く染まり、かぎ爪をイザベルの腕に突き立てていた。そこから血が滴っていたが、イザベルはまだアンジェリークの喉に傷をつけてはいない。いい兆候だと思えた。イザベルはためらっている。けれど彼女自身はそのことに気づいていないようだ。

アンジェリークの攻撃的な台詞にも、イザベルはなんの反応も見せなかった。

「本気なの？　姉さん。人間ではありえないような力が、姉さんのものになるのよ。不死、権力、富。わたしは人間たちのなかで暮らして、闇を支配するの。欲しいものすべてが手にはいる。彼らの女王になるの」

「その代わり、魂を失くすのよ。彼らの一員になるくらいなら、あなたが死んだほうがましよ、イジー」アンジェリークは涙を流しながら抗い、ようやくのことで喉をつかんでいたイザベルの手から逃れた。顔をさげて、妹の腕に嚙みつく。

イザベルは痛みにうなると、再びアンジェリークの首をつかみ、もう一方の手を振りあげて、むき出しになった彼女の首をかき切ろうとするかのようにかぎ爪を構えた。

いましかない。いまを逃せば、ライダーは撃つ。

ダルトンは、ライダーの銃とイザベルのあいだにからだを入れ、振りあげられた彼女の腕をつかんだ。イザベルのなかのデーモンの力を考えれば危険な行為だったが、その意外な動きに驚いたらしく、彼女はアンジェリークをつかんでいた手を放した。アンジェリークはよろめきながらイザベルから離れ、地面に膝をついた。

「やめるんだ、イザベル」ダルトンは低い声で呼びかけた。「おれのところに戻ってこい」

イザベルは顔をしかめ、目をしばたたかせた。

「きみが必要なんだ、イザベル。おれたちは互いを必要としている」

イザベルは首をかしげ、じっと彼を見つめている。

「方法を探そう――いっしょに。おれがきみを助ける。それに――」ダルトンは言葉を切るとイザベルに近づき、彼女にしか聞こえないような声でささやいた。「ひょっとしたら、きみもおれを助けられるかもしれない」

彼女に声を届ける唯一の方法は、正直になることだった。

だから彼は、本当のことを打ち明けた。ダルトンが自分自身を救うには、イザベルが必要だった。これほど身勝手な行為はないかもしれない。だがイザベルの命と魂を救えるのなら、どんなことでもするつもりだった。

イザベルの目が大きくなった。その瞬間、彼女のなかのデーモンが消えたのがわかった。希望。絶望。謝罪。言葉を発することはなかったが、彼女が助けを求めて悲鳴をあげているのがダルトンには聞こえた。

そこにいるのがイザベルであることをダルトンは悟った。いま彼女がそこにいる。本物のイザベル。人間のイザベル。

そんなことをしたくはなかったが、それが唯一の手段だった。ダルトンはレーザー銃を取り出すと、イザベルのわき腹に押しつけて電気ショックを与えた。イザベルはかっと目を見開き、がくがくとからだを震わせたかと思うと、突然の衝撃にデーモンの力を呼び起こす間もなく、ぐったりとダルトンの腕のなかに倒れこんだ。ダルトンは彼女を抱きかかえた。うまくいった。

アンジェリークが荒い息をつきながら彼を見あげた。

「ありがとう」頬にはまだ涙が伝っている。「イザベルの命を助けてくれて」

「ならぬ！」

戦いの音を圧するように、テイスの声が轟いた。

「おまえは彼女に触れる価値もない。彼女の足元にも及ばない、地球のけだものに過ぎぬ。彼女に踏み潰されてしかるべきだ」

ダルトンは耳を貸さなかった。同じ台詞は前にも聞いた。デーモンは彼を傷つけることはできないし、つかの間でも人間に戻ったのはイザベルの意思だ。

「意識を取り戻す前に、彼女をここから連れ出すんだ」ライダーがテイスとダルトンのあいだに立った。「やつらはおれたちに任せろ」

ダルトンはうなずいてうしろにさがり、代わりにハンターたちがいっせいに前に出て、壁を作るように並んだ。ダルトンが向きを変えると、そこにはマイケルとルイスが立っていた。

「とりあえずは止めたようだが、彼女は敗れた」マイケルが言った。

わかってはいたが、ダルトンはなにも答えなかった。

「残念だが、マイケルの言うとおりだ」ルイスが口を開いた。「彼女は闇に支配された」

「すべきことはわかっているはずだ」マイケルが、ライダーの隣で銃を構えているアンジェリークに目をやりながら言葉を継いだ。

「アンジェリークには見せないようにするんだ」マイケルが言った。「どこかに連れていって、処置をしろ。デーモンはここに引きつけておく」

ダルトンはうなずき、イザベルを抱えたまま走りはじめた。茂みや木の枝に服を裂かれても、足は軽やかに土を蹴る。不用意に木立のなかを走ってイザベルを傷つけたくはなかったから、しっかりと彼女を抱き寄せていた。

教会の駐車場に出ると、SUVのキーを取り出した。鍵を開け、意識を失ったままのイザベルを乗せてシートベルトを締める。それから車の前にまわり、来た道を振り返った。

充分に離れている。ハンターたちに彼の姿は見えないはずだ。ルイスとマイケルが感づく可能性はあるが……。

いや、いまは戦うことでせいいっぱいのはずだ。しばらくは気づかないだろう。すべきことをするために、どこか離れた場所まで彼女を連れていったのだと思うに違いない。アンジェリークが見なくてもすむように。

ダルトンは運転席に座り、イザベルを見やった。眠っている彼女はまるで天使のようだ。純真そのものだった。

あの一瞬、ダルトンは彼女の瞳のなかに光を見た。助けを求めていた。

イザベルは闇から逃げたがっている。

贖罪。〈闇の息子たち〉に連れこまれた地獄から、彼女が逃げ出す機会を与えてやりたかった。たとえそのために彼の未来を、あるいは命さえ犠牲にしなくてはならないとしても。呪われた者として闇のなかを歩くのがどういうことなのか、ダルトンはだれよりもよく知っていた。

イザベルに同じ運命をたどらせたくはなかった。

＊

アンジェリークは、イザベルのことばかりを心配しているわけにはいかなかった。〈闇の息子たち〉はまだそこにいたし、デーモンを倒さなければならなかったし、テイスの足元ではブラック・ダイヤモンドがうなりながら拍動を続けている。

妹がデーモンに変わったのはブラック・ダイヤモンドのせいだ。あの石を壊さなければいけない。そのためには、〈闇の息子たち〉の手から奪う必要があった。

地面に倒れこんだアンジェリークからほんの数十センチのところに、ブラック・ダイヤモンドが見えていた。ハンターたちはデーモンとの戦いに忙殺されていて、だれも彼女を気に留めている者はいない。

アンジェリークは四つんばいのまま、じりじりと石に近づいた。充満する煙と死体が、彼女の身を隠してくれた。

ちらりと顔をあげると、デーモンたちが防衛線を作り、身を挺して魔王を守っているのが見えた。けれど彼らは少しずつ後退している。

ハンターたちが〈闇の息子たち〉に向かっていっせいに電子銃とレーザー銃の引き金を引き、アンジェリークはとっさに頭を低くした。彼らの攻撃をかわそうとして魔王たちが手をあげたその一瞬を、アンジェリークは見逃さなかった。地面を蹴り、すばやくブラック・ダイヤモンドを拾いあげると、だれかに気づかれたかどうかを確かめようともせずに、すぐに向きを変えて元来たほうへと駆け戻った。

しっかりと抱えたブラック・ダイヤモンドは、アンジェリークの胸元でどくどくと脈打っていた。この石はたしかに生きている。

アンジェリークがハンターたちのところに戻ると、ルイスが手を差し出した。

「渡すんだ」

アンジェリークに異存があるはずもなかった。ほんの数秒抱えていただけなのに、彼女を引きずりこもうとするブラック・ダイヤモンドの力に抗うには、すべての力を振りしぼる必要があった。胸の悪くなるような甘い誘惑。催眠術のような力があるのかしら？　イジーはこの誘いに負けたの？

なんておぞましい石。「このなかになにがあるの？」

ルイスは目を細め、ブラック・ダイヤモンドを高く掲げた。「デーモンだ」

「本当に？」

「説明はあとだ。そこからさがるんだ、アンジェリーク。戦いがはじまる」

戦い？　なんの戦い？

アンジェリークは万一に備えてレーザー銃を構えると、数歩あとずさり、ルイスが両手でブラック・ダイヤモンドをつかむのを眺めた。

ダイヤモンドがうなったように聞こえたのは気のせいだろうか？

「いったい何事だ？」ディレクがアンジェリークに近づいてきた。ほかのハンターたちもやってきて、ライダーが彼女の隣に立った。

「ブラック・ダイヤモンドのなかにデーモンがいるの」アンジェリークは振り返って告げた。

「〈闇の息子たち〉はどうしたの？」

「総攻撃をかけたら消えた。いなくなったよ」ライダーが答えた。

「情けないやつらだ。熱さに耐えられないのさ」パンクが満足げにうなずいた。

「倒したわけじゃない」マイケルの眉間には深いしわが刻まれていた。「決して」

「戻ってくるだろうか？」トレースが尋ねた。

マイケルは首を振った。

「いや、いまは戻ってはこないだろう。ここに来た目的は果たしたのだから」

アンジェリークには、マイケルの言葉が理解できなかった。

「ブラック・ダイヤモンドのなかに、本当にデーモンがいるの？」マンディはじっとルイスを見つめている。「いったいなにをするつもりなの？」

「わからない」アンジェリークが答えた。

ブラック・ダイヤモンドは明るさを増していた。光は内側から放たれていて、うなるような音は耳をつんざくくらいに大きくなっている。まばゆいほどの青い光にアンジェリークは思わず目を覆った。

あたりの気温がさがりはじめた。ルイスの手は氷に包まれ、彼が立つ地面は白く凍った。

「デーモンが外に出ようとしているのか？」トレースが尋ねた。

「そうだ」マイケルが答えた。「デーモンが自由になろうとしている」

「どんなデーモンなの？」アンジェリークはブラック・ダイヤモンドから目を逸らすことができなかった。

「強力だ」

「〈闇の息子たち〉と同じくらい？」

「それ以上だ。やつらがどうしてブラック・ダイヤモンドに命を吹きこみたがったと思う？」

「どうしていまになって？　イザベルはずっとブラック・ダイヤモンドといっしょにいたわ。あの子が引き金になるんだとばかり思っていたのに」

「イザベルはあのなかのデーモンを眠りから目覚めさせるきっかけだった。実際に解放する力を持っているのは〈守り手〉だ」

アンジェリークはあんぐりと口を開けた。「どうしてそんなことを？」

「いいから見ているんだ」

青い光がブラック・ダイヤモンドを包んでいた。ルイスが片手で石を支え、もう一方の手をその上にかざすと、光が彼の手にまで伸びた。手の下で光が躍っているようだ。ルイスはしゃがみこんで、ブラック・ダイヤモンドを地面に置いた。ゆっくり立ちあがると、光が彼の手を追うようにしてさらに伸びた。

魔法のランプから精霊が現われたかのようだった。ルイスの指のあいだで光が渦巻き、腕にからみつき、手の下でしなやかに舞っている。

アンジェリークはその光景に釘づけになった。あれがブラック・ダイヤモンドに隠れていたデーモンなの？　オーストラリアの洞窟から逃げ出したあと、わたしはずっとデーモンといっしょにいたの？　そう気づいて、彼女は身震いした。

光が形を取りはじめた。ルイスの手の先でうねりながら、青と白の光がしだいに大きくなって人間の形を作っていく。脚、腰、ウェスト、青みがかった白く長い髪……。

ブラック・ダイヤモンドのなかにいたデーモンは女だった。

「見える？」アンジェリークはライダーに訊いた。

「ああ」

「なんてこった」ディレクがつぶやいた。「女だ」

「そのようね」ジーナがうなずいた。

「知っていたの？　マイケル」アンジェリークが尋ねた。

「ああ」

デーモンが男だろうが女だろうが、どうでもいいのだろうとアンジェリークは思った。それともなにか意味があるのかもしれない。ブラック・ダイヤモンドのなかにいたデーモンが女だったという事実が、どうにも奇妙に思えた。

そのデーモンはルイスに好意を抱いているように見えた。それとも彼が〈守り手〉だからだろうか？　腕と手が実体化するやいなや、デーモンはルイスにその手を差し伸べた。

ルイスは降伏したかのように、両手をからだの横に垂らしたままだ。デーモンは宙を漂いながらルイスに近づくと、彼の顔や肩に触れた。

彼女は美しかった。陶器のようなその顔も肢体も非の打ち所がない。彼女がルイスの顔を撫で、さも愛おしそうにからだをすり寄せるのをアンジェリークは息を呑んで見つめていた。

いったいなにが起きているの？

ルイスはなんの感情も浮かべることなく、ただうなずいただけだった。デーモンに肩をつかまれても、両手は垂らしたまま動かそうとはしない。

「気に入らない」ディレクがぼそりと言った。

ルイスが目を閉じた。そのとき一陣の風が吹いて、彼の髪がうしろになびき、服がからだにからみついた。デーモンはルイスと同じ姿勢を取り、ふたりは鏡に映ったような格好になった。

デーモンが不意にルイスににじり寄って、正面に立った。ルイスは目を閉じたままだったが、鼻と鼻が触れそうなくらいの距離だ。

つぎの瞬間、デーモンの姿が消えた。

アンジェリークは目をしばたいた。あまりのショックに、声が出るまで数秒かかった。ライダーを見あげると、彼も同じくらい呆然としているようだった。

「なにがあったの?」アンジェリークはマイケルに尋ねた。

「ルイスがデーモンを吸収した」マイケルは固く口を結んだ。

マイケルの苦々しい顔を見るかぎり、なにが起きたにせよ、いいことだとは言えないようだ。けれどマイケルはなにも行動を起こそうとはしない。

「いったいどういうことなの?」マンディは眉をひそめた。「あのデーモンは、ルイスのなかにはいったわよ」マンディはルイスに近づいた。ルイスは目を閉じたまま、ぴくりとも動かない。振り返ってマイケルに尋ねる。「ルイスは……大丈夫なの?」

「触るんじゃない、マンディ」

「これからどうするんだ?」ライダーが訊いた。

「待つ。長くはかからないはずだ」

なにを待つというのだろう? 「デーモンは本当に彼のなかにはいったの?」アンジェリークが訊いた。

マイケルはうなずいた。

ルイスが目を開けた。瞳の色が変わっている。デーモンと同じような青色になっていた。

両手をからだの脇に垂らしたまま、大きく息を吸い、そして吐いた。「あまり時間がない」

その視線はマイケルに向けられていた。

「わかった」

「いったいなんの話をしているの?」マンディが口をはさんだ。「なにかしなくちゃ」

「そうだ、なにかをする。彼を殺すんだ」

「なんですって?」アンジェリークは耳を疑った。

「いやよ」マンディは首を振った。「それはわたしたちのすることじゃない」

マイケルは顔を伏せた。「いまは、それがぼくたちのすべきことだ」

アンジェリークはなにかに胸を突き刺されたような気がした。ルイスは、平穏で落ち着いた表情を浮かべている。彼がこんな事態を予想していたはずがない……。

「そうは思わないね」ディレクはいったん銃を構えたが、すぐにおろした。マイケルに向き直って尋ねる。「どうやったらデーモンをルイスから追い出せる?」

「出さない。ルイスが生きているうちは」

「ばかげてるわ」マンディはマイケルを見つめ、すぐに視線をルイスに戻した。「わたしたちがそんなことをするなんて——」

マンディが手を伸ばしてルイスの腕に触れると、電気のような青い光がルイスから放たれた。その衝撃にマンディは悲鳴をあげ、あわてて手を引っこめた。

「なんなの?」マンディは赤くなった手に目をやり、それからルイスを見た。

「すまない」ルイスは奥歯を噛みしめた。「私にはどうにもできない。このデーモンはとても強い。長くは持ちこたえられない」

「ルイスはブラック・ダイヤモンドからデーモンを解放したんだ」マイケルの声には切羽つまった響きがあった。「ほかに方法はなかった。こいつを倒さなければならない」

「ルイスを殺せというんだな。デーモンを道連れに」ライダーが言い添えた。

「そうだ」

アンジェリークには到底信じられなかった。〈守り手〉を殺す？〈守り手〉はあんなに数が少なくて、貴重なのに？

「やるんだ」ルイスの声は、顔と同じくらい引きつっていた。「急げ」

「ぼくたちの仕事は生やさしいものではないと、全員がわかっているはずだ」マイケルが言った。「〈闇の息子たち〉とやつらが関わるものすべてを破壊するために、ぼくたちは必要なことをする。いつかこういう日がくることを、ルイスはわかっていた。覚悟の上だ」

「いやよ」マンディの声はしわがれていた。

「おれはやらない」パンクが宣言した。

「頼む」ルイスが懇願した。「もう長くはもたない」

「やるならいまだ」マイケルが言った。

「あんたがやればいい」ディレクの顔はこわばっていた。

マイケルは首を振った。「できない。〈守り手〉であるぼくは、そうすることを禁じられている」

「ちきしょう」ディレクはルイスに向き直った。

ルイスはうなずいた。からだが震えはじめている。

ディレクは深いため息をつくと、銃を構えた。パンクも悪態をつきながらそれにならった。同じように銃を構えたマンディの目は涙に濡れている。全員が渋々ながらもルイスにレーザー銃を向けたが、だれも引き金を引くつもりはないようだった。アンジェリークは、自分には人間を殺せないとわかっていた。

必死になってデーモンを自分のなかに閉じこめているルイスの顔には、汗が光っていた。胸につくくらい顎を引き、両手を固く握りしめている。

「頼む」

か細い声で懇願の言葉を口にした。

それは目の錯覚だったかもしれない。だがアンジェリークは彼の内側でデーモンが揺らめくのを見たような気がした。外に出ようとしているの?

だめ。そんなことを許すわけにはいかない。

だれが最初に撃ったのかはわからなかった。それでよかったのだろう。一瞬ののちには、ハンターたち全員が引き金を引いていた。青い光がルイスの胸を直撃した。ルイスは後方にはじき飛ばされ、その衝撃で全身が激しく痙攣した。

アンジェリークは涙を流しながら、人間の肉体が破壊される様を見つめていた。目をふさいでいたかったし、その行為の残酷さを非難したかったけれど、デーモンを殺すにはこうしなければいけないことはわかっていた。ルイスはそのために自らを犠牲にしたのだ。自分に同じことができるとは思えなかった。

攻撃がやんだとき、ルイスも彼のなかに閉じこめられていたデーモンも、すべてがあとかたもなくなっていた。

だれもなにも喋ろうとはしなかった。マンディはまったく表情のない顔で銃を肩にかけると、向きを変えて歩き去った。ディレクは顔を伏せ、ジーナが彼の手に指をからめた。頬には涙が伝っている。

深い悲しみがあたりを満たした。

終わったのだ。ルイスは死んだ。そして彼のなかにいたデーモンも。地面に転がるブラック・ダイヤモンドは、ただの黒い石と化していた。

ライダーがアンジェリークに腕を回し、顔をあげさせた。

「大丈夫かい？」

「ひどい気分よ。どうしてこんなことになったの？」

「わからない。最悪だよ。だが少なくとも、ブラック・ダイヤモンドのなかにいたやつは死んだ」ライダーはマイケルに顔を向けた。「死んだんだろう？」

マイケルは厳しい表情でうなずいた。「デーモンは死んだ」

そしてルイスも。そう考えただけで、アンジェリークは激しい苦痛に襲われた。

「行こう」マイケルが言った。「本部に戻ったら、なにもかも説明する」

アンジェリークは震えながら息を吸いこむと、ライダーに促されるまま車へと戻りはじめた。

SUVが一台なくなっていた。「もう一台はどうしたの?」

「ダルトンが……〈闇の息子たち〉に奪われないようにイザベルを連れていった」マイケルが説明した。

彼の態度にはどこか釈然としないものがあったけれど、アンジェリークは考えないことにした。本部に戻ってから訊けばいい。いまはほかのことで頭がいっぱいだった。

一行はヴィンタルディ神父に挨拶をしてから、残ったSUVに乗りこんだ。ぎゅうぎゅう詰めだ。アンジェリークは、たったいま起きたことをいまだ受け止められないまま、窓ごしに教会を眺めた。

ライダーに優しく抱き寄せられ、アンジェリークは彼の肩に頭をもたせかけた。彼がそこにいるだけで心が安らいだけれど、本当は彼にも同じ安らぎを与えたかった。ルイスを殺したことで深く傷ついているはずなのに、それでもライダーは彼女を慰めようとしている。頭のてっぺんにキスをされて、アンジェリークのからだから力が抜けた。アンジェリークにできるのは、ただ彼のそばにいて、自分を愛してくれているように彼を愛することだけだった。

喜ぶべきことはいくつかある。〈闇の息子たち〉は姿を消したけれど、イザベルを連れては行かなかった。デーモンを大勢殺したし、ブラック・ダイヤモンドは力を失った。

一方で、イザベルが抱える闇の深さが明らかになった。彼女を取り戻せるかどうかすらわからない。そして仲間をひとり失った。これからもっとわかり合えるはずだった、親切ですばらしい人を。

この戦いに勝ったわけではなかった。

＊

「我々は敗れた」

「意気揚々と戻ってくるはずではなかったのか。それがこの有様だ。イザベルを手元に置いておくどころか、ブラック・ダイヤモンドまで失った。あのなかにいたドルシラも」

テイスは弟たちの嘆きの言葉を聞きながら、彼らの前を行ったり来たりしていた。弟たちの愚かさに、あきれたように首を振る。

大局というものが、こいつらにはわからないらしい。

「おまえたちは間抜けばかりだ。我々がどれほどのものを得たのか、おまえたちにはわからないのか？」

弟たちは繰り言をやめ、テイスに視線を向けた。

「どういうことだ？」ベイドゥンが尋ねた。

「文句を言ったり非難したりするのをやめれば、今回のことで我々がなにを得たのかがわかるはずだ」

カルが腕を組んだ。「説明してください」

「イザベルは闇に堕ちた。おまえたちもその目で見て、感じたはずだ。彼女はいまも我々のものだし、どこにいようとそれは変わらない」

「それは間違いない」アーロンは渋々うなずいた。「イザベルは悪に染まった」

「いずれそれを利用するときも来よう。すべての結果をいま出す必要はない。おまえたちは忍耐というものを学ばねばならぬ。イザベルが役に立つときはいずれ来る」

弟たちが熱心に耳を傾けはじめたのがわかった。

「確かに我々はドルシラを失った。だが大いなるものを手に入れるには、大いなる犠牲が必要なときもある。彼女を我々の一員として、その力を我らのものにすれば、役に立ってはくれただろうが、彼女はそれなりに目的を果たしてくれた」

「どういうことだ？」ベイドゥンが尋ねた。

「ドルシラは死んだが、〈光の王国〉の〈守り手〉をひとり道連れにした。それも非常に力のある〈守り手〉を。ルイスは長年、我々の宿敵だった。そいつが死んだ。我々は〈光の王国〉が大切にしていたものを奪い、やつらの力を切り崩したのだ」

全員がそのとおりだというようにうなずいた。

「我々の新しいデーモンは、完璧とはいえないまでもそれなりに結果を出している。新たな世代が生まれるごとに、目標に近づいている。遠からぬうちに、やつらに気づかれることなく我々の命令どおり動けるようになるだろう」

「たしかに」ベイドゥンが口をはさんだ。「人間社会に同胞を紛れこませるという我らの目的に、あと一歩のところまで来ている」

「それだけではない」テイスの熱を帯びたまなざしを受けて、弟たちは明らかに落ち着かない様子だった。

こいつらは知らない。気づいていない。テイスはにやりとし、優越感に浸った。

「ハンターのひとりであるダルトンが、再び闇に足を踏み入れた。やつはまた堕ちたのだ。〈光の王国〉はばらばらになりかかっている。いずれ内部でいさかいがはじまるだろう。そして我々は望むものを手に入れるのだ」

〈闇の息子たち〉は今回の戦いで勝利を収めた。

完全なる勝利を手にする日は近い。

28

ライダーは戸外に座っていた。マイケルのオフィスを出たのが三〇分ほど前のことだ。あまりに多くの事柄が頭のなかで渦巻いていて、それを整理する必要があった。マイケルのオフィスに漂う空気は最悪だった。ルイスは彼ら全員にとって、リーダーという以上の存在だった。友人であり、師であり、ある者にとっては父親も同然だった。その彼を失ったのだ。そのうえライダーは、さらに悪い知らせをアンジェリークに伝えなければならなかったから、どう切り出すかを考える必要があった。

真実を告げるのが一番いい。アンジェリークは強いから、受け止められるはずだ。それに、彼女には正直であるべきだと思った。

アンジェリークはキッチンにいた。紅茶のはいったカップを見つめている。向かい側にはマンディが同じようにして座っていた。

「やあ」ライダーが声をかけた。

アンジェリークは顔をあげて微笑んだ。「あら、どこにいたの？」

「外だ。マイケルとの会議のあと、少しひとりになりたくてね」

アンジェリークはうなずいた。マンディはカップを見つめたままだ。笑顔はない。教会から戻って以来、彼女は一度も笑っていなかった。

ルイスの死がかなりこたえているようだ。マンディはほんの子供のころから、ルイスといっしょにいた。父親も同然だ。その彼をマンディは自分の手で殺したのだ。それがどれほどのことなのか、ライダーには想像もつかなかった。

ディレクもまた混乱しているようだ。すべては泥沼だった。だれも決断したくはない、けれど下さなければならない決断。行動しなければならないことはわかっていた。それが戦争だ。戦いは続く。たとえだれかが死んだとしても。

「やあ、マンディ。大丈夫か？」ライダーは彼女の横を通り過ぎるとき、肩に手を置いて尋ねた。

「ええ、平気」

ライダーはキャビネットに歩み寄ってカップを取り出すと、苦いくらいに濃いことを願いながらコーヒーを注いで、アンジェリークの隣に腰をおろした。

マンディが立ちあがった。「トレーニング室に行って、なにかを叩きのめしてくるわ」

「いっしょに行こうか？」ライダーが訊いた。

マンディは戸口にもたれ、首を振った。「いいえ。気持ちはうれしいけど、ひとりで行くわ。いまのわたしはいっしょにいて楽しい相手じゃないし、それにひとりになりたいの。だれかを殺してしまうかもしれない」そう言って鼻を鳴らす。「なにかほかのものをね。ああもう、自分でなにを言っているのかわからなくなってきたわ。それじゃあ、あとで」

マンディはキッチンを出て行った。

「ひどく傷ついているみたいね」アンジェリークがマンディの背中を見つめながら言った。

「ああ。みんな傷ついている。ルイスはいいやつだった」

「いったいなにが起きたのか、わたしにはわからないのよ、ライダー」

ライダーは肩をすくめた。「だれにもわからないさ。〈守り手〉は自分の運命を知っているし、永遠に生きるものはだれもいないとマイケルは言った。ルイスはこうなることを覚悟していたという意味なんだろうと思う」

アンジェリークは身震いした。「恐ろしい運命ね」

「ああ、そうだな」

アンジェリークはライダーの顔を見つめた。口数が少なくなっていたが、それも無理もないと思えた。彼女には慰めることすらできない。いったいなにが言える？　すべてを理解することはまだできなかったけれど、いまはこれが彼女の人生の一部だ。

「慣れるものなの？」

ライダーは手を伸ばし、アンジェリークの髪を撫でた。「なにに？」

「死に」

「ある意味では慣れる。だが友人を失うことには……無理だ。いつだってつらい。だがそれも、おれたちの仕事の一部なんだ。おれたちのだれかが死ぬかもしれない。それがおれたちの任務だ。おれたちは命を懸けて、〈闇の息子たち〉から世界を守ると誓ったんだ」

アンジェリークは自分がなにに関わることになったのかを改めて思いながら、まばたきして涙をこらえた。彼女が愛した人はそんな人生を歩んでいる。そして彼女はその人といっしょにいると決めたのだ。

「もしきみが耐えられないというのなら――」

アンジェリークは、ひげを剃っていないライダーのざらざらした顎を撫でた。

「あなたといっしょなら、なんだって耐えられる。一日だろうと、一カ月だろうと、一年だろうと、永遠だろうと。どんなことだって、わたしなら大丈夫」

ライダーは身を乗り出し、軽く唇を重ねた。

「きみは、おれが自分でも知らなかった強さを与えてくれる」

アンジェリークは微笑んだ。「あなたはいつだって強い人よ」

「それは別の種類の強さだ。きみがくれるのは、自分自身を信じる力だよ。おれはこれからもきみを守る」

「わかっているわ。わたしもあなたを守るから。ここを」アンジェリークは彼の心臓の上に手を置いた。

ライダーはアンジェリークの額に自分の額を合わせた。アンジェリークはこんな満ち足りた気持ちになるのは、ずいぶん久しぶりのような気がした。

やがて彼女はからだを引いて、尋ねた。「マイケルと話をしたとき、ダルトンとイザベルのことはなにか言っていた？　なにかわかった？」

ライダーは顔をしかめた。「いや。きみに話さなきゃならないことがある」

その口調に、アンジェリークはいやな予感がした。「いいわ、話して」

「ダルトンは、教会から離れたところにイザベルを連れていくようにという指示を与えられた」

「ええ」

「そして彼女を始末するようにと」

血の気が引いた。

「嘘」イザベルとダルトンがいなくなったのはそれが理由？　信じたくなかった。ダルトンはイザベルを殺したりしない。彼だけは。

「ほかに方法はなかった。イザベルは完全にデーモンになってしまったが、きみの前で彼女を始末したくなかったんだ。イザベルは〈光の王国〉にとって危険な存在なんだよ、アンジー」

彼女のなかの理性的な部分は、それが正しい選択だと理解していた。けれど、心はなにがあろうと変わらずに妹を愛していて、あくまでも抗議の声をあげていた。

訊きたくはなかったけれど、知らなければならない。こらえた涙でアンジェリークの声は震えた。

「イジーは死んだの？」

ライダーは彼女を自分の膝に座らせた。

「わからない。ダルトンは行方不明だ。彼の携帯電話が教会の敷地のすぐ外で見つかっている。彼が捨てたらしい」

やっぱり。アンジェリークのなかに希望が沸き起こった。

「ダルトンはできなかったんだわ。そうでしょう?」

「彼女を殺せという命令を実行できなかったんだろうとおれは思う。彼女がきみを捕まえていたとき、レーザーで撃とうとしたおれをダルトンは止めた」

アンジェリークは顔をのけぞらせて彼を見た。「あなたはイザベルを殺していた?」

ライダーの視線が揺らいだ。「きみかイザベルのどちらかを選ばなければならないとしたら、選択の余地はない。きみの命を救うためなら、おれは彼女を殺していただろう」

ほかのだれよりも自分のことが大切だと言ってくれるライダーを責めることはできない。たとえそれがイザベルを犠牲にすることであったとしても。ライダーはそれくらいアンジェリークを愛してくれているのだ。

「ありがとう」

「だがダルトンはおれを止めた。自分の言葉なら彼女に届くと言って。おそらくいまもそう考えているんだと思う」

「でも〈光の王国〉は、ダルトンがどこにいるのかわからないのね?」

ライダーはうなずいた。「マイケルはふたりの居場所を知らない。ダルトンは地下に潜った。イザベルもいっしょであることは間違いない」

「〈光の王国〉はふたりを追うの？」

「そうだ。追わなければならない。ダルトンは命令に従わなかったし、おれたちはいまもイザベルを危険な存在だと考えている」

「見つけたらどうするの？」

ライダーはアンジェリークの顔にかかった髪を払った。

「わからない。ふたりを見つけて、事情が判明してから決めるんだと思う」

とりあえず希望は残った。イザベルは死んでいない。もし死んだら、わたしにはわかるはずだもの。「手伝うわ」

ライダーは眉を吊りあげた。「イザベルを捜すのを手伝うというのかい？」

「結果がどうであれ、知らなければならないの」

「悪い結果だったらどうする？」

「イザベルにあのまま生きていてほしくはないわ。あの子が彼らの仲間だなんて、とても耐えられない。それくらいなら、死んでもらったほうがいい」

ライダーはうなずき、彼女を抱き寄せた。「まだ彼女とつながっているかい？」

「わからない。いまは、なにも感じない。あの子の感覚がまったくないわ。でもルイスが死んだショックのせいかもしれない。つながりはいずれ戻ってくるのかもしれないけれど、いまあの子がどういう状況なのかもわからないでしょう？　あの子の意識がなければ、つながりを感じられないのかもしれない」

「そうだな。〈光の王国〉はきみの協力が欲しいはずだ」

「わたしもチームの一員ということ？」

ライダーは彼女の腰を抱きしめた。「きみはおれの一部だよ。大事なことはそれだけだ」

アンジェリークは彼への思いを改めて意識し、高揚感を覚えると同時にいくらか恐ろしくなった。ひとりの人への感情でこれほど胸がいっぱいになったのは初めてだ。彼女はずっとひとりで生きてきた。あらゆる決断を自分で下し、すべての責任は自分で負ってきた。

これからはその必要はない。彼女の隣にはライダーがいる。

「愛しているわ、ライダー」

ライダーの瞳が明るく輝いた。「おれも愛しているよ」

彼の愛さえあれば、ほかにはなにもいらなかった。愛があるかぎり、どんなことでもできると思えた。

訳者あとがき

　ヴァンパイアに狼男、はたまたゾンビまで登場する昨今のパラノーマル・ロマンス。つぎはなんだろうと楽しみにしていましたが、本書にはデーモンが現われます。ただし、ロマンスのお相手ではなく純然たる敵として。なかにはパラノーマルは読み慣れていないという読者の方もいらっしゃるかもしれませんが、本書はパラノーマル初心者の方にも、もちろん大好きな方にも楽しんでいただける作品となっています。

　本書のヒーローはデーモンハンターのライダー。もちろんその仕事はデーモンを倒すことです。（余談ですが、〝デーモンハンター〟という響き、素敵じゃないですか？）実は彼にはアルコール依存症で人でなしの父親がいて、自分のなかに流れるその父の血を恐れています。暴力を好む自分の性格に気づいてからは、なおさらでした。いつか自分も父のようになってしまうのではないか、父が母を傷つけたように、自分も愛する人を傷つけてしまうのではないか。その恐怖ゆえ、彼はこれまで他人とのあいだに距離を置き、必要以上に近づこうとはしませんでした。愛という感情すら、彼には無縁だったのです。そんな彼の前に現われたのが、アンジェリークでした。考古学者である彼女は、そうとは知らずデーモンに利用され、ブラック・ダイヤモンドなる謎の石を見つけ出す仕事を依頼されていたのでした。ライダーの言葉に耳を貸そうともせず、危険な場所で発掘を続ける生意気なアンジェリークは、彼の心に強烈な印象を残します。

一方のアンジェリークにはひそかに心を痛めていることがありました。同じ考古学者である双子の妹のイザベルです。イザベルには幼い頃からどこか邪悪な部分があることに、アンジェリークは気づいていました。女手ひとつでふたりを育ててくれた母は、イザベルのことを頼むと彼女に言い残して数年前に亡くなっていました。それ以来、なにかとトラブルを起こしがちなイザベルの尻拭いをしてきたアンジェリークでしたが、ここしばらく彼女と連絡が取れなくなっていたのです。そんななか、アンジェリークにデーモンたちの魔の手が迫ります。ブラック・ダイヤモンドとはいったい何なのか、自分に何の関係があるのか、皆目見当もつかないまま、なにかの儀式らしいものに巻きこまれた彼女は……。さて、彼女とライダーの行く手にはどんな困難が待ち構えているのでしょうか

ここで作者のジェイシー・バートンについて、少し紹介しておきましょう。本国アメリカではすでに五〇冊近いロマンス小説を発表しているベテラン作家ですが、邦訳は本書が二冊目となります。趣味はご主人が運転するハーレーダビッドソンのうしろにまたがり、風を切って走りながら、次の作品のプロットを考えることだとか。彼女の作品のなかに、バイク乗りを主人公にしたシリーズがあるのもうなずけるところです。しっかりと自分の足で立つ行

動的なヒロインは、作者の分身なのかもしれません。本国でホットな描写に定評があるバートンですが、本書もまたホットで、ロマンティックで、さらにはアクションとサスペンスがちりばめられたバランスのいい作品に仕上がっています。

オーストラリアの洞窟で幕を開けた物語は、イタリアへと舞台を移し、地中海を航海するクルーザーやシチリア島など映像のような光景が広がります。そんな美しい景色のなかで、デーモンに襲われてもひるむことなく、みずから銃を取って立ち向かおうとするアンジェリークと、自分のなかの闇に怯え、愛に臆病なライダー。デーモンとハンターたちの戦いのなか、少しずつ距離を縮めていくふたりの物語をどうぞお楽しみください。

ライムブックス

闇《やみ》に煌《きら》めく恋人《こいびと》

著 者 ジェイシー・バートン
訳 者 田辺千幸《たなべちゆき》

2011年11月20日 初版第一刷発行

発行人 成瀬雅人
発行所 株式会社原書房
〒160-0022東京都新宿区新宿1-25-13
電話・代表03-3354-0685 http://www.harashobo.co.jp
振替・00150-6-151594
ブックデザイン 川島進(スタジオ・ギブ)
印刷所 中央精版印刷株式会社

落丁・乱丁本はお取り替えいたします。
定価は、カバーに表示してあります。
 ISBN978-4-562-04421-4 Printed in Japan